CAROL HIGGINS CLARK

Nacht in Las Vegas

Deutsch von Marie Henriksen

Weltbild

Originaltitel: *Popped*
Originalverlag: Simon & Schuster, Inc.

Besuchen Sie uns im Internet:
www.weltbild.de

Weltbild Buchverlag
Deutsche Erstausgabe 2006

Steinerne Furt 67, 86167 Augsburg

Projektleitung: Gerald Fiebig
Übersetzung: Marie Henriksen
Redaktion: Jürgen Bolz
Umschlag: Hauptmann & Kompanie Werbeagentur,
München–Zürich
Umschlagfoto: Ryan McVay/getty images
Satz: Andrea Göttler
Druck und Bindung: Bagel Roto-Offset GmbH & Co. KG,
Gewerbegebiet Sachsen-Anhalt Süd, Kirchweg, 06721 Schleinitz

Gedruckt auf chlorfrei gebleichtem Papier

Printed in Germany

ISBN 3-89897-283-6

Für Elaine Kaufman
von Elaine's,
die seit nunmehr vierzig Jahren
Schriftsteller in ihr legendäres
New Yorker Haus einlädt.
Herzlichen Glückwunsch zum Jubiläum
und alles Gute!

Gebet der Ballonfahrer

Die Winde haben dich sanft willkommen geheißen.
Die Sonne hat dich mit ihren warmen Händen gesegnet.
Du warst so hoch oben und bist so gut gefahren,
dass Gott in dein Lachen einstimmte.
Und Er hat dich sanft wieder
in die liebenden Arme von Mutter Erde
zurückgebracht.

Montag, 6. Oktober

1

Regan Reilly saß an dem verschrammten eichenen Schreibtisch in ihrem gemütlichen Büro am Hollywood Boulevard in Los Angeles. Mehrere Baufirmen rissen sich seit Jahren darum, dem alten Gebäude mit der Abrissbirne zu Leibe zu rücken, aber bisher stand das Haus immer noch, und das machte Regan sehr froh. Sie arbeitete allein als selbstständige Privatdetektivin, und sie liebte alles an ihrer Arbeit, abgesehen von der Tatsache, dass sie dreitausend Meilen von ihrem Freund entfernt lebte, den sie allerdings auch erst seit zehn Monaten kannte. Jack Reilly war Chef der Abteilung für Kapitalverbrechen bei der New Yorker Polizei. Er würde kommen, um das Wochenende mit ihr zu verbringen, aber bis dahin mussten noch vier Tage vergehen.

Montag, dachte Regan und nahm einen Schluck von ihrem Kaffee. Montage sind schrecklich, so sehr man seine Arbeit auch lieben mag. Irgendwie sind sie anders als andere Tage. Auf jeden Fall verderben sie einem den Sonntagabend. Aber ich sollte mich nicht beklagen, dachte sie, denn dieser Montagmorgen bringt mich einen Tag näher an mein Wiedersehen mit Jack.

Die Stille des Oktobermorgens wurde durch das Telefon unterbrochen.

»Regan Reilly.«

»Wow. Spreche ich wirklich mit Regan Reilly, nach all den Jahren?«, fragte eine Männerstimme.

»Sie sprechen in der Tat mit Regan Reilly«, versicherte sie dem Anrufer. »Und mit wem habe ich das Vergnügen?«

»Erinnerst du dich nicht an mich?«

Oh, geht das jetzt schon wieder los?, dachte Regan. Es ist noch nicht einmal neun Uhr an diesem Montagmorgen, und die Taugenichtse sind schon unterwegs. Hört das denn niemals auf? »Ich habe keine Ahnung, wer Sie sind«, antwortete Regan ruhig und schaltete ihren Computer ein.
»Dreimal darfst du raten. Aber nur dreimal.«
Und das alles, noch bevor ich meine erste Tasse Kaffee ausgetrunken habe, dachte Regan. »Rufen Sie doch einfach später wieder an«, schlug sie vor. »Ich bin sicher, bis dahin habe ich Ihre Identität feststellen lassen. Bis dann!« Sie wollte den Hörer auflegen, als sie einen Schrei vom anderen Ende der Leitung hörte.
»Warte! Regan, hier ist Danny Madley. Der Baum!«
Regans Hand blieb auf halbem Wege in der Luft stehen. Ihre Gedanken rasten viele Jahre zurück. Der Baum! Nein, das konnte nicht wahr sein. Sie hob den Telefonhörer wieder ans Ohr.
»Der Baum?«
»Ja!«, ertönte es triumphierend.
»Danny Madley«, lachte Regan. »Ich habe das Gefühl, du hast dich in all den Jahren kein bisschen verändert.« Sie erinnerte sich an den schlaksigen Jungen aus Grundschultagen in New Jersey. Danny war der Klassenkasper gewesen, derjenige, der immer einen Streich im Sinn hatte. In der zweiten Klasse hatte die Lehrerin ihm keine Sprechrolle bei der Schulaufführung von *Das wunderbare Land* geben wollen, weil er so viel Unsinn gemacht hatte. Also sollte er einen Baum spielen. Aber in diesem Stück sprechen natürlich auch die Bäume, und Danny schaffte es, ein paar Zeilen herauszubringen, die er selbst eigens für diese Gelegenheit geschrieben hatte. Er hatte sogar ein paar Äpfel in der Tasche, mit denen er die arme Dorothy bewarf, eine Szene, die die Lehrerin mit gutem Grund aus der offizi-

ellen Version des Stückes getilgt hatte. Die anderen Kinder hatten ihn von da an nur noch »Der Baum« genannt, jedenfalls, nachdem er eine Woche in Einzelhaft verbracht hatte: in einer Ecke im Büro des Schuldirektors. »Nein, erwachsen geworden bin ich wohl immer noch nicht.«

»Das kann auch sein Gutes haben«, erwiderte Regan. »Also, Danny, welchem glücklichen Umstand verdanke ich die Ehre deines Anrufs?«

»Zum einen weiß ich, dass du Privatdetektivin bist.«

»Ach, das weißt du, ja?«

»Ja. Du wirst immer wieder in Artikeln über deine Mutter und ihre Bücher erwähnt, und letztens habe ich irgendwas darüber gelesen, dass dein Vater entführt worden ist. Der Name deines neuen Freundes ist Reilly. Sehr schlau.«

Regan dachte an das letzte Weihnachtsfest, als ihr Vater in New York City entführt worden war. Damals hatte sie auch Jack zum ersten Mal getroffen, denn er hatte die Ermittlungen geleitet und Tag und Nacht gearbeitet, um Luke zu retten. Jack sagte im Scherz immer, dass es sehr hilfreich war, sich bei der Familie eines Mädchens beliebt zu machen, und Luke fügte regelmäßig hinzu, dass er alles tun würde, um zum Glück seiner einzigen Tochter beizutragen, selbst wenn das bedeutete, dass er sich entführen lassen musste. Regans Mutter Nora, die Krimiautorin, war ganz begeistert, dass Regan nun endlich einen anständigen Freund hatte, auf welche Art auch immer sich die beiden getroffen haben mochten. Regan lächelte und informierte Danny: »Jack Reilly ist ein wunderbarer Mann.«

»Da bin ich sicher. Regan, ich habe deine Telefonnummer von der Homepage unserer alten Schule, wo du dich hast registrieren lassen.«

»Diese Ehemaligen-Seiten machen mir einfach Spaß,

und ich dachte mir, warum nicht?«, antwortete Regan und lehnte sich in ihrem Schreibtischsessel zurück. »Es ist immer schön, von alten Freunden zu hören, und auf diese Weise erweitert sich auch das Netzwerk.«

»Siehst du, und genau aus diesem Grund rufe ich an, Regan. Ich brauche nämlich deine Hilfe.«

O Gott, dachte Regan. So, wie sie Danny kannte, konnte alles Mögliche passiert sein. »Um was geht's?«, fragte sie.

»Ich lebe in Las Vegas und arbeite fürs Fernsehen. Ich habe das Angebot bekommen, eine Reality-Show zu produzieren. Da läuft so eine Art Wettbewerb, und es kann sein, dass meine Show sogar gesendet wird.«

Genau das, was die Welt braucht, dachte Regan. Noch so eine Reality-Show.

»Ein Typ namens Roscoe Parker, der seit Jahren hier tätig ist, besitzt einen lokalen Kabelsender namens *Balloon Channel,* auch bekannt unter dem Namen *Hot Air Cable.* Er besitzt außerdem eine Heißluftballon-Firma. Wie auch immer, jedenfalls ist er steinreich. Er stellt mir das Geld zur Verfügung, um die Show zu produzieren, und gleichzeitig finanziert er jemanden, der eine Comedy produziert. Beide Shows müssen irgendwas mit Heißluftballons zu tun haben, das war seine Bedingung. Diese Woche bauen wir unsere Pilotsendungen zusammen, die Roscoe Parker sich dann am Freitagnachmittag ansehen wird. Und die Show, die ihm am besten gefällt, wird er Freitagabend auf Sendung schicken.«

»Ein harter Wettbewerb«, bemerkte Regan.

»Wohl wahr. Roscoes Sender ist noch klein, aber er wächst ständig. Das ist eine ganz große Chance für mich. Wenn er meine Show auswählt, bekomme ich einen regelmäßigen Sendeplatz auf seinem Kabelsender. Aber wir haben jede Menge Schwierigkeiten bei den Dreharbeiten. Gestern zum Beispiel wurde eine unserer Kameras gestohlen. Dann waren wir dabei, den Einleitungsteil der Show zu drehen, und die Plattform, auf der ich stand, brach unter mir zusammen. Ich habe das Gefühl, jemand versucht, unsere Arbeit zu sabotieren. Und nun habe ich mir gedacht, vielleicht könntest du für ein paar Tage nach Las Vegas kommen und mir helfen.«

Regan fürchtete sich fast vor der Frage, aber sie musste sie stellen: »Wie heißt deine Show?«

»Sie heißt *Zurück auf Wolke sieben.* Untertitel: *Balsam für das verflixte siebte Jahr.*«

»Wie bitte?«

»Ich wollte eine Show für Ehepaare machen. Bei so vielen von diesen Reality-Shows geht es um Singles, die nach der Liebe fürs Leben suchen. Aber wir machen eine für Leute, die ihre große Liebe schon gefunden haben und sich nun bemühen, sie zu erhalten. Wir haben drei Paare, alle nicht mehr gerade in den Flitterwochen, um es vorsichtig auszudrücken, und sie verbringen eine Woche in Las Vegas und versuchen, das alte Feuer wiederzubeleben. Am Ende der Woche werden die beiden Kummerkasten-Autoren Aunt Agony und Uncle Heartburn entscheiden, welches Paar es am meisten verdient hat, sein Eheversprechen zu erneuern. Wir fliegen dann in Roscoes Privatflugzeug nach Albuquerque zum Ballonfestival, und dort gehen wir alle mit einem Heißluftballon in die Luft, der wie eine Hochzeitstorte aussieht, gleich nach Sonnenaufgang am Freitagmorgen. Die Kamera ist natürlich immer dabei. Das Siegerpaar wird dort oben ausgerufen, und sie werden ihr Eheversprechen erneuern und um eine Million Dollar reicher wieder landen.«

Hast du Töne, dachte Regan.

»Bist du noch dran?«, fragte Danny vorsichtig.

»Ja, allerdings.« Regan räusperte sich. »Nur um meine Neugier zu befriedigen: Woher hast du die Paare?«
»Roscoes Leute haben sie ausgesucht. Ich vermute, sie hatten reichlich Auswahl. Wir wollten Paare, die wirklich Hilfe und ein bisschen Spaß in ihrer Partnerschaft gebrauchen können. Ich sehe diese Show als die einzige, die einen wirklich positiven Beitrag zum Leben in unserer Gesellschaft leistet. Wenn wir nur ein Paar dazu bringen, den verlorenen Funken der Liebe wieder zu entzünden, haben wir unsere Aufgabe erfüllt.«
Beim Gedanken an eine Million Dollar würde jedes Paar auf der Welt jeden beliebigen Funken entzünden, dachte Regan. »Und du willst, dass ich nach Las Vegas komme?«
»Ich weiß, dir kann ich vertrauen.«
»Wirklich?«
»Jeder, mit dem man die Schule überlebt hat, ist doch zunächst einmal vertrauenswürdig. Zwischen zwei Menschen, die acht Jahre lang zusammen die Schulbank gedrückt haben, besteht doch eine enge Bindung.«
»Stimmt schon«, lachte Regan. »Aber ich sage dir, ich kenne mindestens einen Menschen aus unserer Klasse, der inzwischen hinter Gittern gesessen hat. Kreditkartendiebstahl. Ich würde ihm meine Handtasche nicht zur Aufbewahrung geben, wie viele Jahre auch immer wir in einer Klasse gesessen haben mögen.«
»Lass mich raten: Bobby Hastings.«
»Genau.«
»Nun, ich habe das Gefühl, ich habe mindestens einen Bobby Hastings hier in meiner Nähe. Und ich habe außerdem das Gefühl, der Ärger wird noch weitergehen.«
Regan öffnete ihre Schreibtischschublade und zog wie üblich ihren großen Schreibblock heraus. Das kommt davon, wenn man sich auf Ehemaligen-Seiten im Inter-

net registrieren lässt, dachte sie. Wie ging das alte Sprichwort noch? Sei vorsichtig mit den Dingen, die du dir wünschst. Sie griff nach einem Kugelschreiber. »Gut, Danny. Dann muss ich dir jetzt noch ein paar Fragen stellen. Und anschließend werde ich versuchen, einen Flug zu bekommen, was heute Nachmittag sicher kein Problem sein wird. Aber am Freitagabend muss ich wieder zurück.«

»Keine Sorge, bis Freitag sind wir fertig mit der Show. Auf die eine oder andere Weise.«

2

Roscoe Parker schlug mit der Faust auf seinen massiven Mahagoni-Schreibtisch und kicherte. Er blickte auf einen der sechzehn Video-Bildschirme an der Wand seines Büros. Hinter ihm hing das riesige Logo seines *Balloon Channel:* Das Foto eines bunten Heißluftballons, der verträumt in den Himmel stieg, füllte einen Großteil der Wand hinter dem Schreibtisch aus. Eine Plakette mit dem »Gebet der Ballonfahrer« hing gleich daneben. Dieses Büro war Roscoe Parkers Allerheiligstes. Nur seine engsten Berater durften dieses Zimmer betreten. Nicht, dass sie viel zu beraten hatten, sie taten alles, was er ihnen sagte. Aber er zahlte gut.

Roscoe sah sich selbst als eine Mischung aus Howard Hughes und Merv Griffin. Aber im Unterschied zu Howard Hughes hielt sich Roscoe gern außerhalb seines Bettes auf und mischte sich unter die Leute. Er wäre nie auf die Idee gekommen, sich jahrelang in einem Hotel in Las Vegas einzuigeln und zu versuchen, die Stadt zu erobern, ohne irgendjemanden zu sehen. Er wäre auch nie auf die Idee gekommen, immer und ewig dasselbe langweilige Essen zu sich zu nehmen, und das auch noch in einem abgedunkelten Zimmer. Roscoe wollte hinaus ins Rampenlicht und seinen Spaß haben, während er seine Arbeit tat. Und seine Arbeit bestand wie die von Merv Griffin darin, ein Imperium aufzubauen. Er besaß noch keines der großen Hotels, wie Merv es tat, aber er hatte seine Heißluftballon-Firma und einen Kabelsender, mit dem er ganz groß rauskommen wollte. Aber zum Durchbruch fehlte ihm, wie er irgendwann verärgert festgestellt hatte, eine originelle Idee für eine erfolgreiche Show. Merv hatte die allzeit erfolgreichen Sendungen *Jeopardy* und *Glücksrad* erfunden, und sie ließen noch keine Anzeichen von Schwäche erkennen. Nun hatte Roscoe sich einen Wettbewerb zwischen einer Reality- und einer Comedy-Show ausgedacht, um zu sehen, welche von beiden attraktiver sein würde.

Reality-Shows liefen derzeit den Fernsehsendungen mit festem Drehbuch den Rang ab. Was war nun unterhaltsamer? Wo lag die Zukunft des Fernsehens? Diese Frage machte viele Leute beim Fernsehen ganz wahnsinnig, aber Roscoe liebte es, wenn das Chaos tobte. Sein Motto war: »Wettbewerb hat Amerika groß gemacht.«

Nun beobachtete er, was in den Studios von *Zurück auf Wolke sieben* und *Heiße Luft und coole Sprüche* vor sich ging. Beide Drehteams waren in heller Aufregung, was Roscoe ohne Ende amüsierte.

»Mögen die Besten gewinnen!«, rief er und schlug mit seiner Reitgerte gegen den Schreibtisch. Er war kein Reiter, fürchtete sich sogar vor Pferden, aber die Reitgerte tat doch immer wieder ihre Wirkung. Und Wirkung war es, worauf es Roscoe ankam, dafür hätte er alles getan. In letzter Zeit hatte er sich darauf verlegt, genietete Cowboystiefel und dicke Edelsteinklunker zu kaufen. Die Klunker waren für ihn selbst, sehr zum Missfallen seiner altgedienten, stets gegenwärtigen Freundin Kitty, die sich auf der roten Ledercouch zusammengerollt hatte und Kaugummi kauend einen Liebesroman las. Kitty war über fünfzig und wusste, dass es den perfekten Mann auf dieser Welt einfach nicht gab. Sie war seit mehr als einem Jahr mit Roscoe zusammen, und obwohl er exzentrisch und wie besessen sein konnte, war es mit ihm ganz gut auszuhalten. Sie hörte seinem Geschwafel mit einem Ohr zu, denn die meiste Zeit war er ganz witzig, und außerdem war er reich. In letzter Zeit ging ihr seine Besessenheit mit diesen beiden Fernsehshows allerdings ziemlich auf die Nerven. Und sie fragte sich, ob es nicht ein bisschen makaber war, wie viel Freude ihm das Leid anderer Menschen bereitete. Aber dass er sich schon wieder ein neues Goldkettchen zugelegt hatte, das machte sie wirklich böse.

Roscoe war vierundsechzig Jahre alt und sah ziemlich durchschnittlich aus. Er hatte ein wenig Übergewicht und eine hohe Stirn. Die verbleibenden Haare färbte er alle drei Wochen nach, ob es nun nötig war oder nicht. Er hatte mit verschiedenen Unternehmen über die Jahre hin Millionen verdient, und zuletzt hatte er noch eine nette Summe von einem längst vergessenen Onkel geerbt, der ihm aus dem Jenseits noch ein wenig beistehen wollte. Zudem hatte er vor Jahren eine Million im Lotto gewonnen, und zwar zu einer Zeit, als eine Million noch etwas bedeutet hatte. Vor zwei Jahren, nach einem gesundheitlichen Schuss vor den Bug, hatte Roscoe eine Vision gehabt. Damals hatte er sich entschlossen, mehr Spaß an seinem Geld zu haben, während er nach wie vor versuchte, die Stadt zu erobern. Und er hatte seinen Spaß, auch wenn das bedeutete, dass er mehr Geld riskierte.

Mit anderen Worten, er war nicht mehr so billig zu haben.

Und nun saßen seine zwei engsten Berater, die beiden Topmanager von *Hot Air Cable*, vor seinem Schreibtisch in den roten Veloursledersesseln.

»Was gibt's?«, fragte Roscoe den Mann und die Frau, die vor ihm saßen. Erene, eine Endzwanzigerin, war eine ernsthafte junge Frau mit scharfen Gesichtszügen, die am College jede Menge betriebswirtschaftlicher Seminare besucht hatte und es liebte, aus Studien und Untersuchungen zu zitieren. Ihr hellbraunes Haar reichte ihr bis auf die Schultern, und sie trug stets nichtssagende Businesskostüme. Sie war eine Frau mit Zahlenverständnis und feurigem Blick. Leo dagegen war ein dicklicher rothaariger Mann Mitte dreißig. Er hatte verschiedene Jobs in der Werbung hinter sich, trug Hawaiihemden und hielt sich selbst für den kreativen Kopf von *Hot Air Cable*.

»Nun, Sir ...«, begann Erene.

»Nun, was?«, fragte Roscoe und schlug wieder mit der Reitgerte gegen seinen Schreibtisch. »Wie sehen unsere Pläne aus, den Wettbewerb noch ein wenig anzuheizen, damit *Hot Air Cable* endlich seinen Hit bekommt?«

Kitty verdrehte im Hintergrund die Augen und blätterte die Seite ihres Romans um.

Erene räusperte sich und setzte noch einmal an. »Wir haben eine Reihe von Ideen entwickelt, die Sie hoffentlich zufrieden stellen werden.«

3

Regan reservierte sich einen Nachmittagsflug nach Las Vegas, schloss ihr Büro ab und fuhr nach Hause in ihre Wohnung in den Hollywood Hills. Sie schloss ihre Wohnungstür auf, ging hinein und spürte einen tiefen Frieden, wie immer, wenn sie in ihre eigenen vier Wände zurückkehrte.

Die Dreizimmerwohnung war auf eine besondere Weise beruhigend. Aber das änderte sich sehr schnell, wenn Regan den Schrank in der Diele öffnete. In diesem Schrank befanden sich ihre Koffer und eine ganze Reihe anderer Gegenstände, vor allem Sportausrüstung, Weihnachtsschmuck, Schirme und zwei alte Diktiergeräte, die sie sicher nie mehr benutzen würde, aber auch nicht wegwerfen wollte. Jeder besitzt wohl einen Schrank wie diesen, dachte sie, als sie den mittelgroßen Koffer mit den Rollen vom obersten Regalbrett zerrte und in ihr Schlafzimmer schob. Sie legte ihn aufs Bett, setzte sich und rief Jack an.

»Nach Las Vegas? Vielleicht sollte ich dann zum Wochenende dorthin kommen«, schlug er vor.

»Abwarten, wie die Sache läuft«, antwortete Regan. »Vielleicht habe ich bis dahin von den Neonlichtern gründlich genug.« Sie blickte auf das Bild von ihnen beiden, das auf ihrem Nachttisch stand. Jack hatte helles Haar und kräftige, ebenmäßige Gesichtszüge, und er war eins neunzig groß. Regan hatte das dunkle irische Aussehen der Reillys in ihrer Familie geerbt: rabenschwarzes Haar, blaue Augen und helle Haut. Jack war vierunddreißig Jahre alt, sie einunddreißig. Sie bekamen oft zu hören, dass sie wunderbar zueinander passten.

»Und du kennst diesen Typen von der Grundschule?«, fragte Jack. »Ich hoffe, du hast nicht die Absicht, alte Schwärmereien wieder aufleben zu lassen.«

»Glaub mir«, sagte Regan mit einem Lachen, »ich erinnere mich an ihn, er war ein netter Kerl, aber nicht mein Typ.«

»Alles klar, Regan, und ich bin froh, dass du die Welt vor schlechten Reality-Shows retten willst. Du bist doch vorsichtig, nicht wahr?«

»Ich tue mein Bestes.«

»Ich freue mich schon so aufs Wochenende! Ruf mich an, wenn du in Las Vegas bist.«

»Mach ich.« Sie legte auf und rief ihre Eltern an. Es war ihr immer lieber, die beiden wussten, wenn sie verreiste.

»Wie geht es Jack?«, fragte ihre Mutter innerhalb der ersten zwei Sekunden, nachdem Regan Hallo gesagt hatte. Das war neuerdings immer ihre erste Frage.

»Jack geht es gut, Mom.« Regan lächelte und erzählte von ihrer Reise nach Las Vegas.

»Dad und ich fahren doch morgen nach Santa Fe.«

»Habe ich ganz vergessen«, gab Regan zu.

»Ich halte einen Vortrag auf einer Schriftsteller-Tagung.«

Nora war Bestseller-Autorin und sprach oft zu Gruppen aufstrebender oder auch bereits etablierter Schriftsteller. Luke besaß drei Bestattungsinstitute. Die beiden waren seit fünfunddreißig Jahren glücklich verheiratet.

»Wir bleiben danach noch ein paar Tage bei den Rosenbergs in ihrem Haus da draußen. Harry liebt ja diese Heißluftballons. Er will mit uns später in der Woche zum Festival nach Albuquerque fahren, wo an einem

Tag eine Parade von speziell geformten Ballons stattfinden soll. Das muss ein toller Anblick sein. Ballons in den verschiedensten Formen, von der Bierdose bis zu Comicfiguren. Harry sagt, es ist ein ganz besonderes Ereignis.«

Harry Rosenberg war Noras langjähriger Agent und ein guter Freund. Seine Frau, Linda Ashby, war Malerin.

»Das ist ja lustig«, sagte Regan. »Der Typ, der Dannys Reality-Show sponsert, ist ganz dick im Geschäft mit Heißluftballons. Das Siegerpaar wird sein Eheversprechen in einem Ballon während des Festivals erneuern«, erklärte sie. »Ich werde also am Freitag dort sein. Wir sollten uns da treffen, wenn es geht.«

»Wirst du mit in diesen Ballon steigen?«, fragte Nora besorgt.

»Ehrlich gesagt, ich habe keine Ahnung. Danny wird mir alles erzählen, wenn ich dort bin. Ich muss jetzt aufhören, Mom, ich muss noch packen.«

»Wir bleiben in Verbindung. Ich habe mein Handy bei mir. Ehrlich gesagt, ich finde den Gedanken nicht sehr beruhigend, dass du möglicherweise mit einem solchen Ballon aufsteigst.«

»Mach dir keine Sorgen, das wird schon alles in Ordnung gehen. Übrigens habe ich gehört, es sei die sicherste Form des Reisens überhaupt.«

»Man kann in Telefondrähten hängen bleiben. Und das eine Mal, wo ich mit deinem Vater eine Ballonfahrt gemacht habe, hatten wir eine mächtig harte Landung. Ich sage dir, dieser Korb knallte drei Mal auf den Erdboden, bevor er stehen blieb und wir rausklettern konnten.«

»Ich hoffe, die Champagnerflaschen haben nicht gelitten«, sagte Regan.

»Sie waren in einer Kühlbox im Begleitfahrzeug. Und wir haben sehr erleichtert angestoßen, weil wir glück-

lich waren, wieder festen Boden unter den Füßen zu haben.«
»Gut, Mom, ich muss jetzt wirklich packen.«
»In Ordnung, ruf mich an.«
»Ich melde mich irgendwann im Laufe der Woche. Grüß Dad von mir.«
Regan öffnete schnell die oberste Schublade ihres Schranks und lächelte bei dem Gedanken, die Schienbein- und Ellbogenschoner aus dem Schrank zu nehmen. Sie waren Überbleibsel ihrer Inline-Skating-Versuche, die kurz und schmerzhaft gewesen waren. Ein Freund, der ziemlich sicher eine sadistische Ader gehabt hatte, hatte ihr diesen Sport eingeredet, und sie hatte sich die Ausrüstung gekauft. Nach dem dritten Sturz auf das Straßenpflaster innerhalb von zehn Minuten hatte sie aufgegeben. Ähnliche Gegenstände fanden sich in dem Schrank in der Diele, wo sie zu nichts anderem nütze waren als zum Staubfangen.
Gott sei Dank für Jack, dachte sie. Er war immer sehr darauf bedacht, sie zu beschützen. Ich werde diese Woche in Las Vegas überstehen, und dann werden wir ein wunderbares Wochenende miteinander verbringen, dachte sie. Jedenfalls hoffe ich das. Wer weiß, was Danny Madley wieder angestellt hat? Regan war überzeugt, dass mehr als eine finstere Gestalt in seiner Truppe lauerte.

4

In einer voll gestopften, heruntergekommenen kleinen Wohnung, ein paar Meilen vom Strip entfernt, schrillte Honeys Wecker. Es war halb zwölf, gerade noch Vormittag. Honey drehte sich ächzend auf die andere Seite. Es ist doch wirklich erstaunlich, wie schnell acht Stunden vergehen können, dachte sie schläfrig. Egal, wie müde sie war, sie legte Wert darauf, jeden Tag vor Mittag aus dem Bett zu kommen. Das gab ihr einfach ein gutes Gefühl.

Sie arbeitete als Showtänzerin, und selten kam sie vor ein Uhr nachts nach Hause. Dann brauchte sie erst einmal Zeit, um sich zu entspannen. Manchmal sah sie sich alte Filme an, bis ihr die Augen zufielen, manchmal spielte sie am Computer. Manchmal hätte sie gern telefoniert, aber in dieser Zeitzone war das nicht so einfach. An der Ostküste lag zu dieser Zeit alles in tiefem Schlaf, und auf Hawaii kannte sie niemanden. Aber egal, wie sehr sie sich abzulenken suchte, Danny ging ihr nicht aus dem Kopf.

Mit einem kleinen Ausbruch von Energie schob sich Honey aus dem Bett. Sie wickelte einen geblümten seidenen Morgenrock um ihren achtundzwanzig Jahre alten Tänzerinnenkörper, ging in ihre winzige Kochnische und schaltete den Wasserkocher ein. Damit war schon ein erheblicher Teil ihrer morgendlichen Anstrengungen erledigt, und sie begab sich in ihr Wohnzimmer und ließ sich auf die Couch fallen. Wie in Trance griff sie nach der Fernbedienung und schaltete den Fernseher ein und landete auf dem *Balloon Channel*.

»Schalten Sie unbedingt Freitagabend wieder ein, wenn Roscoe Parker zwischen Danny Madleys *Zurück auf Wolke sieben* und Bubbles Ferndales *Heiße Luft und coole Sprüche* entscheidet. Nur in Las Vegas!«
Honey brach in Tränen aus. »Danny!«, schluchzte sie. »Es tut mir so Leid, dass ich dich verlassen habe. Das war ein schrecklicher Fehler.« Sie zog ein Papiertaschentuch aus der Box, die sie neben ihrer Couch aufbewahrte für den Fall, dass sie sich traurige Filme ansah. Das war alles zu viel für sie. Sie hatte sich den Kopf von einem Typen verdrehen lassen, der in die Stadt gekommen war und im Geld zu schwimmen schien. Richtig viel Geld. Er war mit ihr ausgegangen, hatte sie zum Essen eingeladen und teuren Wein bestellt, hatte ihr ein Dutzend Rosen geschickt, ihr ein Reflexzonenmassage- und Pediküregerät für ihre müden Füße geschenkt, und schon hatte er sie am Haken gehabt. Ohne noch viel nachzudenken, hatte sie Danny Madley in den Wind geschossen. Am nächsten Tag war ihr steinreicher Verehrer fort gewesen und hatte nie mehr von sich hören lassen. Nicht einmal eine E-Mail.
Dann hörte sie die ersten Gerüchte. Er war verheiratet. Verheiratet! Der Kerl hatte vielleicht Nerven! Hätte sie seine richtige Adresse gehabt, dann wäre sie ihm auf die Pelle gerückt und hätte ihm vorgeführt, wie perfekt gepflegt ihre Füße jetzt aussahen.
Aber auf diese Weise war eben auch Danny für immer aus ihrem Leben verschwunden, und ausgerechnet jetzt wurde er ein Star. Er ging nicht ans Telefon, wenn sie anrief, und ihre Briefe kamen ungeöffnet zurück. Fünf Monate war es jetzt her, dass Danny sie zum Lachen gebracht hatte. Fünf Monate, seit er sie in seinem verrückten Auto abgeholt hatte und mit ihr hinaus zum Hoover Dam gefahren war, um ein bisschen frische Luft zu schnappen. Fünf Monate, seit er ihr er-

zählt hatte, dass er jetzt endlich mehr Glück hatte, dass endlich etwas passierte.
»Und nun passiert tatsächlich etwas!«, heulte sie, putzte sich die Nase und wischte sich über die Augen. Honey öffnete die Schublade ihres Couchtischs und zog ihr Tagebuch heraus. Der Einband war rosa gepunktet, und mitten auf der Vorderseite prangte ein gelbes Gänseblümchen aus Filz. Sie suchte sich die nächste freie Seite und begann zu schreiben.

Liebes Tagebuch,
heute bin ich so traurig, dass ich es fast nicht aushalte. Ich würde alles tun, um Danny zurückzugewinnen. Ich sehne mich so sehr nach ihm! Vielleicht sollte ich meine eigene Reality-Show produzieren, am besten eine über die größten Dummköpfe der Weltgeschichte, mit mir selbst in der Hauptrolle.
Irgendwo habe ich mal gehört, dass ein Mädchen George Washington einen Korb gegeben hat und ihn dann bei einer Parade sah, nachdem er Präsident geworden war. Sie wurde ohnmächtig und starb kurz darauf an gebrochenem Herzen. Ich kann ihr das gut nachfühlen, auch wenn es schon zweihundert Jahre her ist. Ich wünschte, sie wäre noch am Leben, damit ich mit ihr sprechen könnte. Oder denk nur an Scarlett O'Hara, die Rhett Buttler wie Dreck behandelte. Sie hat geschworen, dass sie ihn zurückbekommen würde, aber sie wollte erst am nächsten Tag darüber nachdenken.
Ich kann aber nicht bis morgen warten. Ich muss jetzt etwas tun! Je berühmter Danny wird, desto mehr entfernt er sich von mir. Ich will ihn wiederhaben!
Oh, der Wasserkessel meldet sich, liebes Tagebuch. Ich muss gehen. Ich halte dich auf dem Laufenden über meine Schlachtpläne.

Honey erhob sich von ihrer durchgesessenen Couch, zufrieden mit sich selbst. Sie sah ihr Spiegelbild, als sie durch den kleinen Flur in ihre Kochnische ging. Lockiges, honigfarbenes Haar, ein Puppengesicht, große blaue Augen, eine niedliche Stupsnase, üppige Lippen, die immer ein bisschen zu schmollen schienen, außer wenn sie auf der Bühne stand und tanzte oder wenn Danny in der Nähe war, dem es immer gelang, ein Lächeln in ihr Gesicht zu zaubern.

Honey brühte sich einen Tee auf und dachte darüber nach, was dieser verheiratete Schurke ihr gesagt hatte: »Honey, ich bin so erfolgreich, weil ich immer einen Plan habe. Ich habe Ziele. Wo will ich in fünf Jahren sein? Hast du jemals darüber nachgedacht, wo du in fünf Jahren sein willst?«

Sie hätte gern geantwortet: »Bei dir.« Aber ihr Instinkt sagte ihr, dass dies keine gute Antwort war. Also sagte sie einfach: »Keine Ahnung.« Aber das machte auf den großen Erfolgsmenschen natürlich keinen besonderen Eindruck.

»Aber jetzt habe ich einen Plan«, sagte sie in das leere Zimmer hinein. »Ich werde nicht nachlassen, bis ich wieder mit Danny zusammen bin. Und niemand wird sich mir in den Weg stellen.« Sie rührte mit großem Elan Zucker in ihren Tee und warf den Löffel in den Abfluss, wo er ein Weinglas zerstörte, das sie eigentlich am Vorabend hatte abwaschen wollen. Ob das wohl ein Vorzeichen war?

5

Regan starrte aus dem Fenster, während das Flugzeug zur Landung in Las Vegas ansetzte. Die Stadt der Sünde, berühmt für ihr Nachtleben, die Stadt der Spieler und der blinkenden Neonlichter, sah eigentlich aus der Luft ziemlich normal aus. Regan wusste, dass dieser Vergnügungspark für Erwachsene auch ein wunderbarer Ort für Golfspieler, zum Einkaufen und für Besichtigungstouren war. Den ganzen berühmten Strip mit seinen Hotels entlang gab es jede Menge nachgebaute Attraktionen zu sehen. Bei einem einzigen Spaziergang konnte man eine täuschend echte Freiheitsstatue sehen, einen Nachbau des Eiffelturms, Piratenschiffe, eine Nachbildung von Venedig in Italien, Springbrunnen, die in regelmäßigen Abständen Musik spielten und dazu tanzten, und natürlich die weltberühmte Brooklyn Bridge.

Las Vegas war ein Mythos aus Geld und blitzenden Lichtern, aus Glamour und Kitsch. In den Neunzigerjahren des letzten Jahrhunderts hatten die Stadtväter versucht, ein Ausflugsziel für Familien daraus zu machen, aber sie hatten schnell einsehen müssen, dass man nicht viel Geld mit kleinen Menschlein verdient, die schlafen gehen, bevor die Nacht überhaupt richtig angefangen hat. Die Idee war ein Schlag ins Wasser gewesen, und nun konzentrierte sich die Stadt wieder auf Erwachsene, die sich an den Spieltischen und einarmigen Banditen versammelten. Und ich mittendrin, dachte Regan, und soll an einer Reality-Show mitarbeiten, ausgerechnet hier, wo nichts wirklich real ist.

Nachdem sie ausgestiegen war und das Flughafengebäude betreten hatte, sah sie als Erstes die Spielautomaten. Die einarmigen Banditen waren bereit zum Empfang, der Spaß ging gerade erst los. Du kannst Geld gewinnen, bevor du auch nur dein Gepäck abgeholt hast, schienen sie ihr zuzurufen. Verschwende deine Zeit nicht, keine Minute. Na, los geht's, dachte sie mit einem Lächeln.

Wie jeder schnell feststellen konnte, waren die Spielautomaten allgegenwärtig. Wann immer man sich umdrehte, rannte man fast in den nächsten Automaten. Die Stadt machte es den Spielern wirklich leicht.

Danny hatte sich mit Regan im Gepäckbereich verabredet. Er hatte ihr auch gesagt, dass er nicht mehr den militärischen Haarschnitt von früher trug, aber immer noch blond war. »Und die Hosenträger habe ich auch nicht mehr.«

Auf dem Weg den Gang hinunter und zur Rolltreppe war Regan wieder einmal überrascht, wie sehr der Gepäckbereich sie an eine Höhle erinnerte. Riesige Anzeigetafeln machten Werbung für die Shows, die ständig in der Stadt liefen, und sie starrte gerade eine Anzeige von Siegfried und Roy an, als sie ihren Namen hörte. Sie blickte sich um.

Ihr ehemaliger Klassenkamerad eilte ihr entgegen. Er trug jetzt strähniges blondes Haar, Jeans und ein weißes Hemd mit Kragenknöpfen und hochgerollten Ärmeln. Eine dunkle Pilotenbrille vervollständigte sein Outfit. Er sah immer noch ein wenig wie ein Lausbub aus, mit seinem schiefen Lächeln und seinen Sommersprossen, aber jetzt war er mehr als eins achtzig groß, auch wenn er immer noch den Eindruck machte, dass ihm jede Menge Streiche einfielen, ganz von der Art, wie er sie auch in der Schule gespielt hatte. Irgendwie war er offenbar immer noch ein netter Kerl.

»Danny!«, begrüßte sie ihn, als er sie umarmte und sagte »Ich sage dir, ich bin so froh, dass du hier bist.« Er führte Regan zu dem Gepäckband, um ihren Koffer zu holen. »Schließlich warst du eines der schlauesten Kinder in unserer Klasse.«

Regan lachte. »Blödsinn.«

»Nein, nein, das stimmt schon. Ich weiß auch, dass du das Kompliment nicht erwidern kannst, ich habe die Schule so gerade eben geschafft.«

»Ist doch gar nicht wahr!«, protestierte Regan. »Du hattest nur immer den Kopf voll mit anderen Sachen, so sieht das aus.« Sie wusste nicht warum, aber plötzlich hatte sie ein Gefühl, als wäre er ihr kleiner Bruder.

Er schüttelte den Kopf. »Regan, ich bin echt am Ende. Diese Show muss einfach funktionieren. Aber die Sache wird irgendwie immer schlimmer.«

»Was ist denn nun schon wieder passiert?«

Er zog einen Umschlag aus der Tasche. »Das hier habe ich gerade auf meinem Tisch im Studio gefunden.« Er reichte Regan das Papier.

Der Umschlag war an Danny gerichtet. Keine Adresse, kein Poststempel. Sie zog das weiße Blatt Papier heraus und faltete es auseinander. Der Brief war mit der Hand geschrieben und kam ziemlich unmittelbar zur Sache.

Danny,
du solltest die Produktion dieser Show lieber aufgeben! Wenn du das nämlich nicht tust, wird etwas Furchtbares passieren! Und du wirst dafür verantwortlich sein!
Denk an meine Worte!!!!

Regan blickte den Brief eine Weile an. Er sah auf jeden Fall so aus, als hätte ihn jemand geschrieben, der rich-

tig wütend war. Und dieser Jemand hatte eine große Vorliebe für Ausrufezeichen.
»Was hältst du davon?«, fragte Danny.
»Das kann ebenso gut nur eine leere Drohung sein«, dachte Regan laut. »Hast du irgendwelche Feinde?«
»Nicht dass ich wüsste.«
»Hast du diesen Brief schon irgendjemandem gezeigt?«
»Nein, ich habe ihn erst unmittelbar vor meiner Abfahrt zum Flughafen geöffnet.«
Regan seufzte. »Nicht gerade ein Liebesbrief.«
Danny beugte sich über ihre Schulter. »Ich würde sagen, diese vielen Ausrufezeichen weisen auf einen hohen Blutdruck hin.«
Regan runzelte die Stirn. »Sag mal Danny, das erinnert mich an etwas. Hast du nicht seinerzeit in der siebten Klasse limonengrüne Socken getragen, mit Ausrufezeichen darauf?«, fragte sie, während sie nach ihrem Koffer Ausschau hielt und schließlich nach ihm griff.
»Stimmt genau. Aber sie sind wohl den gleichen Weg gegangen wie meine Hosenträger, Gott sei Dank.«
Zehn Minuten später bewegten sie sich in Dannys altem Volkswagen mit den Blümchen-Aufklebern Richtung Stadt. Sie fuhren zu einem kleinen Hotel in einer Seitenstraße des Strip, gleich hinter den berühmten großen Hotels. Hier war das Team von *Zurück auf Wolke sieben* für eine Woche untergebracht.
»Weißt du, Danny, dieser Brief könnte einfach von irgendjemandem stammen, der dich auf die Palme bringen will.«
»Das gelingt ihm allerdings vorzüglich.«
»Vielleicht solltest du aber doch die Polizei rufen.«
Danny schüttelte den Kopf. »Ich will die Polizei da nicht hineinziehen. Und was sollten sie auch tun? Sie haben genug am Hals. Außerdem gibt das nur schlechte Presse für unsere Show. Du hast schon Recht, vermutlich ist es

jemand, der mich nervös machen will.« Er drehte sich zu ihr um. »Und genau aus diesem Grund bist du hier, Regan.«
»Um dich nervös zu machen?«, neckte sie ihn, als sie am *Paris Hotel* vorbeikamen, wo eine stählerne Nachbildung eines Heißluftballons in der Auffahrt zu sehen war und im Hintergrund der nachgemachte Eiffelturm stand.
Danny lachte. »Nein, Regan, du bist da, um mir die Wölfe vom Hals zu halten und um denjenigen in der Luft zu zerreißen, der es möglicherweise darauf anlegt, meine Show zu sabotieren.« Er bog in eine Seitenstraße ein und fuhr auf den Parkplatz des *Fuzzy Dice*-Hotels. Es war ein bescheidenes dreistöckiges Gebäude, das hoffentlich schon bessere Tage gesehen hatte.
Was werden sie sich wohl als Nächstes ausdenken?, dachte Regan, während sie hinaufblickte zu dem riesigen flauschigen Würfelpaar, das wie eine Wetterfahne auf dem Dach des Hotels prangte.
Danny parkte nahe beim Eingang. »Ich weiß schon, das hier ist nicht gerade das *Bellagio*. Aber hier wollte der gute Roscoe uns nun mal haben. Wir bringen kurz dein Gepäck ins Zimmer und fahren dann hinüber ins Studio, dort sollten die anderen inzwischen versammelt sein. Ach, und Regan, ich möchte nicht, dass irgendjemand erfährt, dass du Privatdetektivin bist. Ich werde dich als eine Freundin vorstellen, die sich dafür interessiert, eine eigene Reality-Show zu produzieren, und hier ein wenig aushilft.
»Klingt gut.«
Der Eingang des Hotels sah schäbig und wenig einladend aus. Offenbar war dies eines der billigeren Hotels in Las Vegas. Und der Besitzer schien Würfel zu lieben: Würfelmuster waren überall zu sehen, in allen Farben, die man sich nur vorstellen konnte. Der Teppich, die Ta-

peten, die Lampenschirme ... Die Wirkung wurde nur durch die Kissen auf dem Sofa und den Sesseln in der Hotelhalle durchbrochen, denn auf ihnen waren Spielkarten abgebildet.

Regan wurde ganz schwindlig. Wer hier wohnen muss, bringt auf jeden Fall seine Ehe in Gefahr, dachte sie, mit oder ohne Reality-Show. Lieber würde ich auf einer schwül-heißen Insel landen und Käfer essen.

Sechs einarmige Banditen standen an der Wand aufgereiht.

»Herzlich willkommen«, sagte die junge Frau an der Rezeption fröhlich. Sie trug Schmuck in Form von Würfeln: Kette mit Anhänger, Ohrringe, Armband und Ringe. Auf ihrem Namensschild stand »Delaney Ann Fell«.

»Hallo, Laney«, begrüßte Danny sie. »Meine Freundin Regan möchte gern einchecken.«

»Sie haben Zimmer sechsundsechzig«, sagte Laney mit einem breiten Lächeln zu Regan. »Das ist bestimmt ihr Glückstag.«

»Na, warten wir's ab«, lachte Regan.

Danny trug ihr den Koffer bis zum Zimmer im zweiten Stock, wo die ganze Truppe von *Zurück auf Wolke sieben* untergebracht war. Regan war kaum noch überrascht, zu sehen, dass die Würfel auf der Bettdecke und auf den Vorhängen alle sechs Punkte zeigten.

»Können wir uns in etwa zehn Minuten in der Halle treffen?«, schlug Danny vor, als sein Handy zu klingeln begann. Er nahm das Gespräch eilig an. »Danny Madley. Ja, Victor. Was ist passiert? ... Oh, na großartig«, sagte er sarkastisch. »Wir sind gleich bei euch.«

»Was ist passiert?«

»Einer der Kandidaten ist gestürzt, und sie vermuten, dass er sich den Arm gebrochen hat. Wir treffen die ganze Truppe im Krankenhaus.«

6

Dannys Mutter, Madeline Madley, liebte Scottsdale über alles in der Welt. Sie war an der Küste von New Jersey aufgewachsen und hatte sich dort immer wohl gefühlt, aber als sie nach Dannys Grundschulabschluss mit der Familie nach Westen gezogen war, hatte sich ihre Gesundheit, die immer schon ganz zufriedenstellend gewesen war, noch einmal entscheidend verbessert. Und wer weniger oft niesen muss, hat mehr Zeit, sich in die Angelegenheiten anderer Leute einzumischen. »Mad Madley«, wie sie von ihren Freunden gern genannt wurde, seit sie sich vor vielen Jahren mit Shep Madley verlobt hatte, pflegte zu sagen: »Ich bin in zwei Staaten verliebt, in New Jersey und Arizona, aber ich verreise auch gern. Ich treffe überall so interessante Menschen.«

Madeline hatte an der Wand ihres Arbeitszimmers eine große Weltkarte aufgehängt. Bunte Punkte wiesen auf die Orte hin, die sie mit Shep besucht hatte. Grüne Punkte bedeuteten, dass es ihnen dort gut gefallen hatte, gelbe Punkte bedeuteten Durchschnitt und rote Punkte: Vergiss es.

Madley war dreiundsechzig Jahre alt, fit und gut trainiert, obwohl ihr Gesicht die vielen, vielen Stunden nicht verleugnen konnte, die sie am Swimmingpool in Arizona und am Strand in New Jersey verbracht hatte. Sie war eine attraktive Frau mit einer ganzjährig sichtbaren Sonnenbräune und ewig blondem Haar, eine Frau, die in Tennissachen richtig gut aussah, obwohl sie in ihrem ganzen Leben nie einen Tennisball geschlagen

hatte. Sie trug die weißen Sachen hauptsächlich, wenn sie einkaufen ging.
Mad besaß das Herz einer Showtänzerin. Sie hatte immer davon geträumt, ihren Namen in großen Lettern aus Neonlicht zu sehen, aber wirklich versucht hatte sie es nie. Ihren Sinn fürs Entertainment zeigte sie, indem sie auf Partys und in Bars beim Klavier stand und sang. Inzwischen hatte sie sogar drei Lieder erlernt, die sie auf dem Klavier begleiten konnte, wenn sich die Gelegenheit dazu ergab. Heart and Soul war ihr Lieblingsstück.
Madeline konnte Dannys Ex-Freundin Honey nicht ausstehen. Honey war zwar nicht gerade ein Broadwaystar, aber sie lebte, was Mad nur erträumen konnte. Mad konnte es nicht einmal vor sich selbst zugeben, aber sie war eifersüchtig auf Honey, weil diese die Karriere verfolgte, die Mad so gern gemacht hätte. So machte sie Honey für alle Schwierigkeiten in Dannys Leben verantwortlich, sowohl vor als auch nach der Trennung. »Wie kann er jemals seinen Weg in dieser Welt machen, wenn er sich mit einem Flittchen wie ihr abgibt?«, hatte sie Shep immer wieder gefragt, wenn sie abends auf dem Wasserbett lagen, das sie sich in den Sechzigerjahren gekauft hatten. »Wie kann er Erfolg haben, solange sie immer mit auf dem Foto ist?« Dannys Vater pflegte dann die Schultern zu zucken und seine buschigen Augenbrauen hochzuziehen, während das Wasserbett leise plätscherte.
Shep war Anfang siebzig und glücklicher Pensionär. Er hatte in New Jersey eine Zoohandlung besessen, was bedeutete, dass Madeline ihn nie in der Arbeit hatte besuchen können. Manche Leute dachten, das läge ganz in seiner Absicht. Mads Allergien verhinderten, dass jemals irgendwelche Tiere mit nach Hause gebracht werden konnten, was zur Folge hatte, dass Danny nach der

Schule in die Zoohandlung ging, um dort mit den Hunden und Katzen zu spielen, die zum Verkauf standen. Manchmal hatte Danny seine Unfähigkeit zu einer festen Bindung darauf zurückgeführt, dass die Tiere, die er geliebt hatte, den einen Tag noch da gewesen waren und am nächsten Tag schon verkauft waren. Die zwei Psychiater, denen er dieses Geheimnis anvertraut hatte, hatten ihm aber geantwortet, er solle aufhören zu spinnen.

Aber die ganze Familie liebte sich, Gott sei's gedankt.

»Wir alle haben uns unterwegs ein paar Schrammen geholt«, pflegte Mad zu jedem zu sagen, der zuhören wollte. »Aber wir kommen schon zurecht.«

Die Tochter der Madleys, Regina, unterschied sich sehr von ihren Eltern und ihrem Bruder. Sie war nicht nur vollkommen uninteressiert an Reality-Shows – sie besaß nicht mal einen Fernseher. Sie unterrichtete Biologie an einer Eliteschule in Maine und verbrachte ihre freien Tage im Labor, wo sie sich ihren Forschungen hingab, oder bei der Gartenarbeit. Die Lichter des Broadways interessierten sie überhaupt nicht, eine Tatsache, die ihrer Mutter sehr missfiel. Noch mehr missfiel ihr allerdings das vollständige Desinteresse an Schmuck! Regina war immer schon sehr eigen gewesen. Danny dagegen hatte die Vorliebe seiner Mutter für das pralle Leben geerbt.

Aber die ganze Familie liebte sich, Gott sei's gedankt!

Als Danny seine Mutter angerufen hatte, um ihr zu erzählen, dass es ein paar Schwierigkeiten mit seiner Show gab und dass Regan Reilly für ihn während der restlichen Drehzeit arbeiten werde, war sie hellauf begeistert gewesen. Sie erinnerte sich mit Freuden an die Reillys. Damals, als die Kinder noch in der Schule gewesen waren, hatten die Eltern eine Show aufgeführt, um Geld für die Schule zu sammeln, und Mad hatte in

einem kurzen Stück mitgespielt, das Nora geschrieben hatte. Mad hatte sämtliche Bücher von Nora gelesen.
Sie war ein wenig enttäuscht gewesen, als sie von Danny gehört hatte, dass Regan einen Freund hatte, aber insgeheim hoffte sie natürlich, dass vielleicht doch ein Funke überspringen würde, wenn die beiden in Las Vegas zusammenarbeiteten. Und wer war schon dieser Knabe, mit dem Regan zusammen war? Er konnte unmöglich auch nur halb so interessant sein wie Danny.
Shep und Maddy hofften, dass Dannys neue Reality-Show ihm endlich Erfolg bescherte und ihm die Gelegenheit verschaffte, ein wenig zur Ruhe zu kommen. Sie waren nie auf die Idee gekommen, dass ihre eigene exzentrische Art vielleicht zu seinem Lebensstil beitrug.
In ihrem beigefarbenen Schlafzimmer zog Mad sich ihren Badeanzug an und tätschelte ihren Bauch, während sie einen Blick in den Spiegel warf. »Nicht nachlassen mit den Situps, altes Mädchen«, sagte sie laut zu ihrem Spiegelbild. »Es ist nicht einfach, gegen die Natur anzukämpfen.«
Das Telefon klingelte. Mit einem letzten beifälligen Blick ging Mad über den beigefarbenen Teppichboden und setzte sich in den beigefarbenen Sessel neben ihrem Bett. Es war immer so mühsam, von dem Wasserbett aufzustehen, und sie hoffte, dass dies ein kurzes Gespräch sein würde.
Sie griff eilig nach dem Hörer, immer darauf bedacht, so zu klingen, als hätte sie entsetzlich viel zu tun. »Hallo?«
»Mad?«
»Ja.«
»Ich bin's, Jacqueline De Tour.«
Mad lächelte. Jacqueline war Mitglied ihres Bridgeclubs und eine noch größere Klatschtante als Mad selbst. Sie konnte es kaum erwarten, zu hören, von wel-

chem Unglücksraben Jacqueline ihr zu erzählen hatte.
»Du weißt doch, dass mein Sohn Alfie ein Computerfreak ist«, begann Jacqueline.
Geht das wieder los, dachte Madeline. »Ja, wie schön.«
»Nun, er war vorhin im Netz unterwegs, wie man heutzutage so sagt, und da habe ich zu ihm gesagt, schau doch mal nach Danny Madleys Show. Vielleicht steht ja etwas darüber da drin.«
»Ja?«, erwiderte Madeline leicht nervös.
»Na, du lieber Himmel, diese Kandidaten, die er da hat, das klingt ja, als wären das ganz fürchterliche Gestalten. Du musst ja so enttäuscht sein. Ich meine, wo du doch so froh warst, dass Danny jetzt endlich Erfolg hat und ...«
»Jacqueline, ich bin auf dem Weg zu einer Verabredung und muss los«, sagte Mad Madeline mit fester Stimme. »Ich rufe dich wieder an.« Dann legte sie auf und spürte, wie ihr Herz raste. Wie von der Tarantel gestochen sprang sie aus dem Sessel und lief hinüber in Sheps Zimmer, wo ihr Mann saß und die Zeitung las.
»Shep, Danny braucht uns.«
»Wovon redest du überhaupt?«
»Er hat irgendwelche Probleme mit seiner Show. Ich finde, wir sollten nach Las Vegas fahren, um ihm in der Stunde der Not beizustehen.«
Shep sah seine Frau zweifelnd an. »Ich weiß ja nicht, ob er uns da jetzt brauchen kann. Ich meine, er hat doch sehr viel zu tun und ...«
Aber Madeline war schon wieder aus dem Zimmer.
Shep stand da und schaute auf die Wand. Las Vegas trug einen grünen Punkt. Warum habe ich bloß das Gefühl, dass da bald ein roter Punkt kleben wird?, fragte er sich im Stillen.

7

Bubbles Ferndale war mit ihrem Latein am Ende. Sie saß am Kopfende eines langen Konferenztisches im Studio ihrer Comedy-Show in Roscoe Parkers Sendezentrum. Ihre Drehbuchschreiber und Schauspieler lasen das Script der Pilotsendung, die sie am Freitagmorgen aufnehmen würden. Das Drehbuch war eigentlich gar nicht so übel, aber einer der Schauspieler, den man ihr aufs Auge gedrückt hatte, hätte nicht einmal eine Hyäne zum Lachen gebracht. Parky, wie Bubbles den großen Chef immer nannte, hatte darauf bestanden, die Schauspieler selbst auszusuchen. Bubbles gehörte zu den Menschen, die an jeden beliebigen Namen ein y hängten, wenn nicht schon eines da war.
Bubbles hatte Parky getroffen, als er die Varieté-Show besucht hatte, in der sie auftrat, in einem muffigen Theater abseits des Strip. Parky sah sich jede Show an, die Las Vegas zu bieten hatte, groß oder klein, das spielte für ihn keine Rolle. »Die wahre Show bist du selbst«, sagte er zu Leuten, ob sie nun im Showbusiness tätig waren oder nicht. »Nur so hat man Erfolg im Leben. Wer einfach in der Ecke sitzt, bringt es nie zu etwas.«
Bubbles wusste, dass ihr Theater eine Mitleid erregende Bude war, aber immerhin hatte sie hier die Möglichkeit, an ihrem Stand-up-Auftritt zu feilen. Der Vorhang hob sich im drei Uhr nachmittags, und normalerweise fiel der Blick von der Bühne auf eine Menge leerer Plätze. An jenem Tag vor nicht allzu langer Zeit, als Parky und seine Freundin im Publikum gesessen

hatten, hatte sich Bubbles ermutigt gefühlt. Er hatte über jeden Einzelnen ihrer Späße gelacht. Was ihn aber wirklich beeindruckt hatte, war ihr Lebenslauf im Programmheft gewesen. Es war vollkommen offensichtlich, dass es sich dabei um einen Haufen Lügen handelte, oder wenn nicht Lügen, so doch jedenfalls maßlose Übertreibungen. Wer hatte jemals von all den Comedy-Preisen gehört, die sie angeblich gewonnen hatte? Und wenn sie irgendetwas wert waren, was machte sie dann hier?

Aber Parky hatte gespürt, dass Bubbles ein Mädchen nach seinem Herzen war. Er kam nach der Show hinter die Bühne, um ihr Hallo zu sagen. Es war an ihrem dreißigsten Geburtstag gewesen, und ihre Laune hätte an diesem Tag nicht schlechter sein können. Ihr Engagement an diesem Theater war fast abgelaufen, und sie würde wieder einmal tingeln müssen, dazu verurteilt, in Kneipen aufzutreten, die um einiges schlimmer waren als diese hier. Sie war müde und fühlte sich uralt.

Parky lud sie ein, sich zu ihm und Kitty an den Tisch zu setzen, um den Champagner und das Dessert zu genießen. Als er auf Bubbles' dreißigsten Geburtstag anstieß, bot er ihr den Job an, für ihn eine Comedy-Show zu produzieren, Regie zu führen und die Hauptrolle zu spielen, eine Show, die möglicherweise in seinem Kabelsender laufen würde.

»Mein Sender wächst sprunghaft, und ich habe die Absicht, mich in der Welt des Fernsehens festzusetzen. Und Sie können mir helfen, damit Erfolg zu haben.«

Bubbles war über den Tisch gesprungen und hatte ihn geküsst. So machte es beinahe Spaß, dreißig zu werden.

Und jetzt saß sie an diesem Konferenztisch und kaute an ihren Fingernägeln, denn sie wusste, sie hatte nur noch vier Tage Zeit, die Show in Form zu bringen. Ihr

Name strafte ihr Temperament Lügen. Sie war hart wie Stahl.
Parky hatte einige seltsame Bedingungen gestellt. Nicht nur, dass er die Schauspieler selbst aussuchen wollte, es musste auch unbedingt eine Show sein, in deren Geschichte Heißluftballons vorkamen. Er tat eben, was er konnte, um *Hot Air Cable* zu fördern.
Bubbles spürte, wie sich üble Kopfschmerzen ankündigten. Sie fuhr mit den Händen durch ihr langes rotes Haar. Sie war groß und schlank, eine attraktive Frau, auch wenn sie immer den Eindruck machte, als stünde in roten Lettern »Mach mich bloß nicht blöd an« auf ihre Stirn geschrieben.
»Wir versuchen die Stelle noch mal«, sagte sie jetzt zu James Volmer, dem unkomischsten Schauspieler auf Erden. Er spielte ihren Schwager.
James, ein Mann mit sanfter Stimme, einem grau gesprenkelten Ziegenbärtchen und einem ernsten Ausdruck im Gesicht, sah sie an und zwinkerte mit den Augen. »Warum? Ich fand die Stelle gut.«
»Es gibt nur ein Problem damit«, schnarrte Bubbles ihn mit zusammengebissenen Zähnen an. »Es war nicht komisch.«
»Da bin ich anderer Meinung.« James stand auf und legte die Hand auf seinen Magen, als müsse er sich vor weiteren Schlägen schützen. »Mir reicht's. Die Atmosphäre hier ist schlecht für meine Gesundheit. Ich gehe.«
Bubbles sprang von ihrem Stuhl auf, ungefähr wie seinerzeit, als Parky ihr den Job angeboten hatte. »Nein! Bitte! Du musst bleiben!« Sie umarmte ihn heftig. »Du bist ein wunderbarer Schauspieler, und ich bin so stolz auf dich.«
Die anderen Schauspieler und die Drehbuchautoren warteten ab, bis sich dieser letzte Ausbruch etwas ab-

gekühlt hatte. Bubbles stand wirklich sehr unter Strom, um nicht Schlimmeres zu sagen.

Aber der Grund war einzig und allein, dass sie so sehr an der Sache hing.

Peter Daystone spielte Bubbles' Ehemann, einen liebenswerten Klugscheißer, der Spaß daran hatte, Freunde mit Höhenangst in seinen Ballon zu locken. Peter hatte schon viele Jobs beim Fernsehen gehabt, aber keine Show war jemals über die Pilotsendung hinausgekommen, was ihm den Spitznamen »Pilot Pete« eingetragen hatte.

Er war Anfang dreißig und spielte das Hollywood-Spiel, seit er achtzehn war. Immer war er kurz vor dem großen Durchbruch gewesen, aber es hatte letztlich nie geklappt.

Als sein Agent ihn zum Casting für *Heiße Luft und coole Sprüche* geschickt hatte, war er überzeugt gewesen, dass sich jetzt alles zum Guten wenden würde. Er würde Erfolg haben, und er würde sich endlich den Swimmingpool leisten können, den er sich schon seit Jahren wünschte.

Aber als er jetzt hier am Tisch saß und sich mit diesem Typen beschäftigen musste, der seinen Bruder spielte, wuchs Petes Frustration ins Unermessliche. James Volmer war dabei, die Show gründlich zu ruinieren.

Pilot Pete sah, dass Bubbles wirklich Mühe hatte, nicht aus der Haut zu fahren. Von seinem Platz aus konnte er beobachten, wie die Ader an ihrer Schläfe pochte.

Wenn wir eine Pause machen, spreche ich mit ihr, dachte er.

Wir werden einen Weg finden, mit dieser Situation klarzukommen.

Ich will diesen Swimmingpool.

Währenddessen saß Parky oben in seinem Büro, die Füße auf dem Schreibtisch, und beobachtete alles, was vor sich ging, voll inniger Freude. »Ich hätte niemals gedacht, dass sich die Sache so gut entwickeln würde!«, rief er Kitty zu.

Sie blickte kurz von ihrem Buch auf. »Das wird dir noch Leid tun. Irgendwann werden die da unten anfangen, sich gegenseitig umzubringen.«

»Das ist doch alles nur Spaß«, rief er und klatschte in die Hände.

Kitty zuckte die Schultern und legte ihr Lesezeichen ins Buch. »Da wäre ich mir nicht so sicher.«

8

Im Krankenhaus in der Nähe des Studios, ein paar Meilen außerhalb der Stadt, rannten Danny und Regan in die kleine Notaufnahme. Das Kamerateam filmte die beiden berühmten Kummerkasten-Leute Aunt Agony und Uncle Heartburn, die den verletzten Kandidaten Barney Schmidt und seine Frau Elsa interviewten. Barney war ein großer, fleischiger Typ mit einem dunklen Schnurrbart im Gesicht. Er hielt sich den verletzten Arm, und die Tränen liefen ihm übers Gesicht. Elsa war klein, aber stämmig gebaut. Ihre Frisur verlieh ihr eine gewisse Ähnlichkeit mit Buster Brown. Die beiden waren irgendwo in den Dreißigern.
»Glaubt ihr, dass euch dieses Erlebnis als Paar näher zusammenbringt?«, fragte Agony freundlich. Sie sah aus, als wäre sie geradewegs einem Bilderbuch entsprungen: weißes, zum Knoten geschlungenes Haar, Großmutterbrille, zierliche Figur.
»Wird es eure Beziehung stärken?«, ergänzte Heartburn. Er erinnerte Regan an einen freundlichen Wichtel mit seiner Lesebrille, die ihm fast von der Nase rutschte, der hohen Stirn und dem kleinen Schnurrbart. Barney und Elsa blickten sich an.
»Sie konnte es noch nie leiden, wenn ich weine«, sagte Barney leise.
»Aber jetzt gefällt es mir«, erwiderte Elsa.
Natürlich, dachte Regan. Wenn man mir eine Million Dollar anbieten würde, ginge es mir genauso.
»Männer, die weinen können, sind ihrem inneren Selbst ganz nahe«, sagte Heartburn sanft. »Und ein Mann, der

in der Öffentlichkeit weinen kann, wie Barney das tut, während die Kamera läuft, nun, was soll ich sagen, das ist ein Mann mit Mut.«

»Ach, er weint überall«, sagte Elsa mit Nachdruck.

Es muss sie wahnsinnig machen, dachte Regan.

Die Schwingtür zum Behandlungsraum öffnete sich.

»Barney Schmidt«, rief der Arzt.

»Hier!«, antwortete Barney mit zittriger Stimme und bebenden Lippen.

Die Kamera zoomte Elsas besorgtes Gesicht heran, als sie ihm nachblickte, wie er zum Röntgen ging. Nach ein paar Sekunden beendete der Kameramann die Einstellung. Ein kräftiger junger Mann mit dunklem, gegeltem Haar tauchte aus der Toilette hinter der Szene auf. Er hatte offensichtlich nicht der Kamera im Weg stehen wollen.

»Chef!«, rief er Danny zu.

Danny stellte Regan seinem Assistenten Victor vor.

»Schön, Sie kennen zu lernen.« Victor schüttelte Regan die Hand. Er stammte aus Las Vegas und hatte als Rausschmeißer in einer der Bars in der Stadt gearbeitet. Genau genommen hatte er schon eine ganze Reihe von Jobs gehabt. Danny und er hatten sich an einem Black-Jack-Tisch getroffen, als Danny die ersten Planungen für die Reality-Show zusammengestellt hatte. Victor hatte ihn um einen Job gebeten, und Danny, der schlecht Nein sagen konnte, hatte ihn als Assistenten eingestellt. Bisher schien die Sache sich ganz gut anzulassen.

»Was ist mit Schmidt passiert?«, fragte Danny.

Victor verdrehte die Augen und fuchtelte mit den Händen.

»Was nun?«, fragte Danny eine Spur ungeduldig.

»Chef, wir stolpern hier von einem Problem zum anderen«, begann Victor wichtig. Es dauerte immer ein Weilchen, bis er auf den Punkt kam, was wohl auch der Grund gewesen war, weshalb er seinen Job als Rausschmeißer verloren hatte. Sein damaliger Chef hatte ihm gesagt, er vergeude zu viel Zeit mit Reden, statt dafür zu sorgen, dass die Leute achtkantig aus dem Lokal flogen. »Vielleicht sollten wir besser draußen weiterreden«, ergänzte er nun.

Danny und Regan folgten Victor auf den Parkplatz.

»Okay«, sagte Victor. »Ich bin eigentlich nicht sicher, wie es passiert ist. Er ist einfach ausgerutscht.«

»Und das war's?«

Victor sah Danny an und zwinkerte mit den Augen. »Ja.«

»Und du hast uns hinaus auf den Parkplatz geführt, um uns das zu sagen?«

»Nein, es geht nämlich weiter.«

»Also was?«, drängte Danny.

Victor deutete selbstbewusst auf Regan.

»Regan ist eine Freundin von mir, die mich seit meiner Kindheit kennt. Ich vertraue ihr wie einer Schwester. Sie interessiert sich dafür, eine eigene Reality-Show zu produzieren, und ich habe ihr versprochen, dass sie überall dabei sein kann.«

»Cool«, erwiderte Victor, ohne seine Skepsis ganz abzulegen. »Dann wird Regan sehr interessiert an dem sein, was ich zu sagen habe.«

»Da bin ich sicher.«

»Meine Freundin hat im Internet recherchiert und eine Seite gefunden, die nichts anderes tut als scheußliche Enthüllungsgeschichten unter die Leute zu bringen. Im Moment konzentrieren sie sich auf unsere Show, und sie sagen, dass eines unserer Paare nicht in Ordnung ist. Angeblich waren die beiden nie verheiratet, nicht mal wirklich ein Paar. Die zwei sollen von unserer Show gehört haben und wollten an das Geld ran, also haben sie sich eine gefälschte Heiratsurkunde besorgt. Auf dieser Internetseite werden die Leute aufgefordert, alles einzusenden, was sie über die anderen Paare wissen. Sie wollen richtig schmutzige Wäsche waschen.« Victor wurde für einen Augenblick nachdenklich. »Ich vermute, das ist eine dieser Internetseiten, die sich auf Klatschgeschichten über Kandidaten von Reality-Shows spezialisiert haben.«

»Aber wir sind doch noch nicht mal auf Sendung gewesen.«

»Da kann man mal sehen, wie viel Macht das Internet hat. Sie haben sogar Bilder von allen Kandidaten dort veröffentlicht.«

»Wie sind sie denn an die Bilder gekommen?«, fragte Danny.

»Keine Ahnung. Ein anderes Gerücht besagt, dass einer der Kandidaten als gewalttätig bekannt ist.«

»Gewalttätig? Aber Roscoe hat doch den Hintergrund dieser Leute überprüfen lassen, oder nicht?«

»Soweit ich gehört habe, haben sie irgendwelche Formulare ausgefüllt.«

»Formulare?«, kreischte Danny.

»Du musst zugeben, dass die Sache ziemlich eilig war. Und im Übrigen hat doch jeder von uns eine Vergangenheit.«

»Aber keine Vergangenheit mit gewalttätigen Neigungen. Diese Show geht garantiert in die Binsen, wenn die drei Paare nicht in Ordnung sind. Auf dieser Internetseite stand aber nicht, um wen es sich handelt, oder?«

»Nein, natürlich nicht. Die Leute haben Angst, dass man ihnen einen Prozess anhängt.«

»Ich kenne jemanden, der den Hintergrund der Leute eingehender durchleuchten kann«, bot Regan an. »Aber wenn ihr ein Paar rausschmeißen müsst, habt ihr denn die Möglichkeit, sie zu ersetzen?«

»Nur wenn die Ersatzleute bis morgen hier sein können«, sagte Danny. »Dann könnten sie noch die ganze Show miterleben. Regan, ich denke, wir sollten zurück in mein Büro fahren und anfangen. Victor, wir machen weiter, wenn ihr alle wieder dort seid. Aber erst will ich noch sehen, wie es Barney geht.«

Als sie wieder hereinkamen, öffnete sich gerade die Schwingtür, und Barney kam mit dem Arzt vom Röntgen zurück.

»Es ist nichts gebrochen«, berichtete Barney freudig, als Elsa zu ihm gerannt kam, um ihn zu umarmen. »Nur ein bisschen verstaucht.«

Die Kameras nahmen das tränenreiche Wiedersehen des Paares auf.

»Wo ist Agony?«, flüsterte Regan Danny zu.

»Sie ist rausgegangen, eine Zigarette rauchen«, antwortete einer der Assistenten.

Regan warf einen Blick auf den Arzt, der ein ziemlich ernstes Gesicht machte. Als sich ihre Blicke trafen, sah er sie fragend an. »Gehören Sie zu den Produzenten?«, fragte er lautlos.

Regan schüttelte den Kopf und tippte Danny auf die Schulter. Sie brachte ihn hinüber zur Eingangshalle, wo der Arzt auf sie wartete. »Danny Madley ist der Produzent«, sagte Regan leise zu ihm.

»Mr Madley, ich dachte mir, vielleicht ist es von Interesse für Sie, dass Schmidt versucht hat, mir ein Bestechungsgeld anzubieten, wenn ich ihm ein falsches Attest ausstelle.«

Ach du lieber Himmel, dachte Regan. Ich sollte wohl wirklich allmählich damit anfangen, einiges über diese Leute herauszufinden.

9

Das Hauptquartier von *Hot Air Cable* war eine Ansammlung niedriger Gebäude mitten in der Wüste, umgeben von vielen Quadratmeilen unerschlossenem Gelände, das Roscoe für einen Spottpreis erworben hatte. Weit in der Ferne waren die schneebedeckten Berge zu sehen. Der ganze Gebäudekomplex schien mitten im Nirgendwo zu stehen, aber Roscoe war trotzdem in null Komma nichts in Las Vegas, wenn er sich eine Show ansehen oder an einem der Spieltische sitzen wollte. Für ihn war diese Lösung einfach ideal.
Seine Heißluftballon-Firma war ebenfalls auf dem Gelände zu Hause, und sein Privatflugzeug stand auf der eigenen Startbahn bereit. Er liebte den Gedanken, ins Blaue hinein losziehen zu können, wann immer ihm danach zu Mute war.
Roscoe hatte ein komplettes Fernsehstudio bauen lassen, mit einem Dutzend Satellitenschüsseln, der neuesten Ausstattung und einem riesigen Büro für ihn selbst. Er hatte auch noch drei zusätzliche, bestens ausgestattete Studios für zukünftige Produktionen bauen lassen, und in zweien dieser Studios wurden nun *Zurück auf Wolke sieben* und *Heiße Luft und coole Sprüche* gedreht.
Roscoe hatte die feste Absicht, ein Imperium aufzubauen. Vor langer Zeit einmal hatte er eine Tour durch das Gelände von Paramount Pictures in Hollywood gemacht, und der Gedanke war ihm nicht mehr aus dem Kopf gegangen. Er liebte dieses geschäftige Bienengesumm, die vielen Leute, die zwischen den Studios, den

Büros und allen anderen Abteilungen hin und her eilten. Und da er ein ausgesprochener Kontrollfreak war, wollte er das alles natürlich überwachen. Er wusste, dass *Hot Air Cable* noch einen langen Weg vor sich hatte, aber er wusste auch, dass er Freitagabend eine anständige Show haben würde, die er auf Sendung schicken konnte. Auf die eine oder andere Weise.

»Los, Kitty«, sagte er zu seiner ständigen Begleiterin und erhob sich hinter seinem Schreibtisch. »Es ist drei Uhr, Zeit für ein bisschen Schwimmen und Training.«

Roscoe hasste den Nachmittag, die einzige Zeit des Tages, in der er spürte, wie seine Energie nachließ. Deshalb ging er manchmal zu diesen entsetzlichen Nachmittagsshows. Egal, wie schlecht die Vorstellung war, in einem dunklen Theater fühlte er sich gleich wieder wie neu. Aber wenn es keine Show gab, die er sich ansehen wollte, und wenn auch im Kino nichts angeboten wurde, dann nutzte er diese Zeit fürs Training. Gegen halb fünf oder fünf Uhr war er dann wieder frisch wie der junge Morgen und bereit, den Abend in Angriff zu nehmen.

Kitty seufzte. Sie hasste jede Art von körperlicher Betätigung, aber sie wusste, Roscoe wollte sie um sich haben. Sie freute sich über seine Ergebenheit, aber manchmal fragte sie sich doch, ob die Freuden ständiger Gemeinschaft nicht etwas überbewertet wurden. Vor allem in letzter Zeit, da er sich ständig durch diese beiden neuen Shows ablenken ließ. Natürlich waren sie zusammen, aber Roscoe beachtete sie gar nicht mehr richtig.

Kitty und Roscoe verließen das Studio durch die Hintertür, die Roscoe als Privateingang benutzte. Die Sonne strahlte vom Himmel, und alles war ruhig. Arm in Arm gingen sie zu Roscoes silberglänzendem Jaguar. In seinem gemieteten Anwesen in der Nähe der Studios hatte sich Roscoe einen voll ausgestatteten Fitnessraum einrichten lassen. Der Vorbesitzer des Anwesens war ein glatt polierter Betrüger gewesen, der nichts ahnende Investoren millionenweise um ihr Geld brachte. Davor hatte das Haus mit den fünfzehn Zimmern einem Drogenhändler gehört. Nun war es im Besitz einer Bank, und die meisten Menschen mit etwas Verstand im Kopf hätten dort nicht für Geld und gute Worte auch nur eine Nacht verbracht. Man konnte schließlich nicht wissen, ob nicht mitten in der Nacht ein rachsüchtiger Zeitgenosse auftauchte, der nicht wusste, dass der Besitzer gewechselt hatte.

Roscoe deutete mit seiner Schlüsselkette auf den Jaguar und öffnete die Türen. Hinter ihm hörte er, wie ein Auto auf den Parkplatz fuhr, und als er sich umdrehte, sah er Danny Madley, der seinen Volkswagen in eine der Parklücken lenkte. Danny stieg aus; er war in Begleitung einer attraktiven jungen Frau.

»Danny!«, rief Roscoe zu ihm hinüber. »Kommen Sie her, und sagen Sie Guten Tag.«

»Aber sicher, Chef.«

Roscoe schüttelte Danny die Hand, bevor er seine Aufmerksamkeit der jungen Frau zuwandte. »Und wen haben wir hier?«, fragte er.

»Das ist meine Freundin Regan Reilly, das ist Roscoe Parker.«

»Sehr erfreut.« Roscoe wies mit seinem Daumen hinter sich. »Und das ist meine Freundin Kitty.«

Kitty winkte ihnen kurz zu.

»Hallo!«, rief Regan zu ihr hinüber.

»Leben Sie hier in Las Vegas?«, fragte Roscoe.

»Nein, in Los Angeles«, antwortete Regan.

»Und was tun Sie hier?«, fragte Roscoe blitzschnell.

»Ich interessiere mich für Reality-Shows«, antwortete Regan ehrlich.

»Sie plant, selbst eine zu produzieren«, sprang Danny

eine Spur zu schnell ein. »Wir sind alte Freunde, und so habe ich ihr versprochen, sie kann kommen und mir bei *Zurück auf Wolke sieben* helfen, damit sie ein Gefühl für die Sache bekommt.«

»Ah ja.« Roscoe klang nicht besonders überzeugt. »Und wie läuft es so?«

»Super«, krächzte Danny. »Bis Freitag haben wir eine großartige Show im Kasten.«

»Das will ich hoffen«, sagte Roscoe trocken, indem er sich umdrehte, seinen Wagen öffnete und sich auf den Fahrersitz schob. »Das will ich schwer hoffen.« Dann setzte er den Jaguar zurück.

Kitty feilte sich den Nagel ihres kleinen Fingers. »Die hat nicht mehr Interesse an Reality-Shows als ich.«

»Ich weiß«, stimmte Roscoe zu. »Wir werden herausfinden müssen, wer sie ist.«

10

Ich glaube nicht, dass wir ihn überzeugt haben«, sagte Regan leise, als sie Kitty und Roscoe nachwinkten.

»Ich will nur, dass er zufrieden ist«, antwortete Danny. »Er hat mir das Geld zur Verfügung gestellt, damit ich eine gute Show produziere. Und mein Job ist es, ihm eine gute Show zu liefern.«

Regan atmete tief durch und ließ ihren Blick über den Gebäudekomplex schweifen. »Ein ganz schönes Gelände«, sagte sie.

Danny zuckte mit den Schultern. »Komm, unser Studio ist auf der Rückseite.«

Sie gingen um das Hauptgebäude herum, und Regan folgte Danny zum Studio auf der anderen Seite. An der Eingangstür war ein Schild angebracht: *»Zurück auf Wolke sieben«*. Drinnen gab es einen winzigen Empfang zur Linken und eine Eingangshalle gleich geradeaus, die an einer Glaswand endete. Am anderen Ende des Flurs konnte Regan einen Regieraum sehen.

»Das Studio selbst ist gleich hier um die Ecke«, erklärte Danny. »Die Kandidaten halten sich hier auf.« Er führte sie in einen kleinen Warteraum neben der Eingangshalle. Auf einem Tisch waren alle möglichen Snacks und Getränke aufgebaut, die einen Zuckersüchtigen wochenlang glücklich gemacht hätten. Ein großer Fernseher stand in der Ecke; der *Balloon Channel* war eingeschaltet, und im Augenblick zeigte dort gerade ein Team, wie man einen Heißluftballon füllte.

Fast gleichzeitig riefen alle: »Wie geht es Barney?«

»Es geht ihm gut«, antwortete Danny schnell. »Nur eine Verstauchung. Ich möchte euch meine Freundin Regan Reilly vorstellen.«

Regan begrüßte die vier Leute in dem kleinen Raum.

»Dies sind unsere beiden anderen Paare«, sagte Danny. »Chip und Vicky, Bill und Suzette.«

Alle nickten Regan zu.

»Regan ist eine alte Freundin von mir, die sich dafür interessiert, selbst eine Reality-Show zu produzieren. Sie wird diese Woche bei uns sein, um die ersten Schritte zu lernen. Ich habe sie außerdem gebeten, hier zu sein, um uns zu helfen, wenn es Schwierigkeiten gibt. Ihr könnt sie jederzeit ansprechen, wenn ihr irgendetwas braucht. Regan kann wunderbar zuhören. Aber vor allem müssen wir jetzt mit euch über etwas sprechen, was uns zu Ohren gekommen ist.«

Alle warteten auf das, was er zu sagen hatte.

»Wir haben erfahren, dass es eine Internetseite gibt, auf der die Leser aufgefordert werden, schmutzige Informationen über euch einzusenden.«

Ein gemeinsames Aufstöhnen ging durch den Raum.

»Schmutzige Sachen?«, schluchzte Suzette. Sie war eine Frau mittleren Alters mit einem breiten Gesicht, blonden Haaren, die sie mit einem Haarband aus der Stirn hielt, und einer kräftigen Erscheinung. Jetzt zwinkerte sie ein paar Mal. Ihr Ehemann Bill war groß und mager; er hatte Sommersprossen und einen stets leicht verwirrten Gesichtsausdruck. Regan erkannte sofort, dass Suzette der Chef in dieser Beziehung war.

»Ich lege Wert auf meine Privatsphäre!«, rief Suzette jetzt indigniert.

Ja, deshalb machst du ja auch bei einer Reality-Show mit, dachte Regan. Ich frage mich wirklich, ob das nicht die beiden sind, die in Wirklichkeit gar nicht verheiratet sind.

Die beiden anderen, Chip und Vicky, waren ungewöhnlich groß und hatten dunkle Haare, dunkle Augen und einen olivfarbenen Teint. Er war fast zwei Meter groß, und sie musste etwa eins fünfundachtzig sein. Die beiden sahen aus wie Bruder und Schwester, abgesehen davon, dass Chip sehr schmale Augen hatte und Vicky große, mandelförmige Untertassen. Beide blickten Regan jetzt ruhig an, und sie vermutete, dass sie einfach schüchtern waren. Was sich natürlich ebenso gut als falsch herausstellen konnte.

»Da sind wir wieder!«

Alle drehten sich um und blickten zu Barney und Elsa hinüber, die in der Tür standen. Barney trug eine elastische Binde um seinen Arm und versuchte ein mutiges Lächeln. Aunt Agony, Uncle Heartburn und Victor standen gleich hinter ihnen.

»Kommt doch bitte herein«, drängte Danny sie. »Und setzt euch.« Regan stand neben ihm.

»Für die, die jetzt erst dazugekommen sind: Ich habe den anderen gerade erzählt, dass wir von einer Internetseite erfahren haben, die euch allen nachschnüffelt.«

»Sie versuchen, uns mit schmutzigen Details zu belasten«, sagte Suzette mit Nachdruck.

Barney sah sie an, und seine Augen füllten sich mit Tränen. Elsa zog ihn am Arm. »Reiß dich doch zusammen«, flüsterte sie.

»Wir wollen am Freitagabend auf Sendung gehen«, fuhr Danny fort. »Und wir wollen nicht, dass irgendetwas, was jemand über euch redet, die Show ruiniert. Wir alle haben ein Interesse daran, dass die Show funktioniert. Auch wenn nur ein Paar am Ende sein Ehegelübde erneuern wird, eröffnet die Publicity durch diese Show doch jedem von euch eine Menge ungeahnter Möglichkeiten.«

Agony sprang auf. »Und was am wichtigsten ist: Ihr alle werdet eure Liebe zueinander wieder gefunden haben.«
Aber sicher doch, dachte Regan. Sie vermutete, die beiden Paare, die nicht gewannen, würden eine Minute nach Verkündung der Sieger förmlich auseinander rennen.
»Habt ihr eigentlich herausgefunden, wer die Kamera gestohlen hat?«, fragte Chip plötzlich und starrte Danny eindringlich an.
»Nein«, erwiderte Danny.
Chip sieht nicht so aus, als ob er viel redet, aber er kommt ziemlich schnell auf den Punkt, dachte Regan. Ihr war der Mann ein bisschen unheimlich. Seine schmalen Augen ließen nicht viel Ausdruck zu.
»Wir müssen uns als Einheit begreifen«, sagte Danny dringlich. »Und jetzt würde Regan gern ein paar Worte zu euch sagen.«
Regan blickte ihn überrascht an. Sie hatten im Wagen darüber gesprochen, wie man damit umgehen sollte, waren aber zu keinem endgültigen Schluss gelangt. Sie räusperte sich. »Wie Danny schon sagte, wollen wir alle, dass die Show ohne Verzögerung weitergehen kann. Wir müssen den Gerüchten im Internet unbedingt begegnen. Nun, äh, ich weiß, dass ihr alle euch als verheiratet betrachtet, aber könnte es möglich sein, dass ein Paar nicht offiziell verheiratet ist?«
Chip lachte, zwei kurze, abgehackte Laute, die tief aus seiner Kehle kamen. Vicky blickte ihn angewidert an, aber auch die anderen schienen den Gedanken eher spaßig zu finden.
Bill schüttelte den Kopf und zeigte auf Suzette. »Wir haben uns in der Highschool getroffen, wo ich Basketball spielte und sie Cheerleader war. Und sie praktiziert das Anfeuern heute noch, vor allem, wenn sie die Haus-

arbeit macht. ›Go team, go!‹ Es ist zum Wahnsinnigwerden, aber …« Er drehte sich zu Agony und Heartburn um. »Aber ich arbeite daran. Miss Reilly, ich kann Ihnen versichern, dass wir seit zwanzig Jahren verheiratet sind. Ich bin mit einem zweiundvierzig Jahre alten Cheerleader verheiratet.«

»Entschuldigen Sie«, unterbrach ihn Suzette. »Haben Sie auch gehört, dass er sagte ›wenn sie die Hausarbeit macht‹? Wenn er mir vielleicht einmal alle paar Wochen helfen würde, indem er zum Beispiel seine Socken selbst aufheben würde, dann müsste ich mich vielleicht nicht ganz so viel anfeuern. Wissen Sie, für mich ist das eine Art Ventil. Manche Leute gehen ins Fitnessstudio, ich feuere mich an, wenn ich die Hausarbeit mache. Auf diese Weise macht mir meine Arbeit wenigstens ein bisschen Spaß.«

»Ja, aber, war es wirklich nötig, das Rad zu schlagen, und dabei die Lampe zu zerbrechen, die meine Mutter uns zur Hochzeit geschenkt hat?«, fragte Bill. »Mutter war wirklich sehr böse darüber.« Er wandte sich an Regan. »Jeden zweiten Tag macht sie was anderes kaputt. Ich komme nach Hause und finde Millionen von Scherbenstückchen auf dem Boden, Glas und Keramik. Schon seit Jahren wage ich es nicht mehr, barfuß durch unser Haus zu laufen.«

Agony und Heartburn schrieben eifrig mit.

»Ich kann Ihnen ebenfalls versichern, dass wir wirklich verheiratet sind«, stimmte nun Elsa ein. »Wir sind schon so lange zusammen, dass Barney bestimmt einen ganzen Fluss zusammengeheult hat. Einen Mississippi. Als wir die ersten Male miteinander ausgingen, fand ich das toll. Er weinte bei traurigen Filmen, er weinte, als er mir zum ersten Mal sagte, dass er mich liebt. Er weinte, als wir uns verlobten. Und ich dachte, wie schön, ich habe einen wirklich sensiblen Mann gefun-

den. Aber, wie man so sagt, sei vorsichtig mit deinen Wünschen.«
Komisch, das habe ich heute früh auch schon mal gedacht, ging es Regan durch den Kopf.
Über Barneys Wangen kullerten ein paar dicke Tränen. »Aber Barney tut sein Bestes, um Kontrolle über seine allzu wilden Gefühle zu gewinnen, und ich bemühe mich um mehr Verständnis für ihn. Das letzte Mal, als ich selbst geweint habe, war vor einem halben Jahr, als ich mir den Zeh angeschlagen hatte. Himmel, hat das wehgetan. Das war wenigstens ein anständiger Grund, ein paar Tränen zu vergießen«, erklärte Elsa und streckte nachdrücklich ihren kurzen Zeigefinger aus.
Unglaublich, dachte Regan. Die Comedy hat eigentlich doch keine Chance gegen das hier. Jetzt bin ich gespannt, welchen Beweis Paar Nummer drei vorbringen wird, dass sie einander seit Jahren bis aufs Blut quälen. Sie blickte Chip und Vicky erwartungsvoll an, als wollte sie die beiden anstacheln, etwas zu bekennen. Aber das war in diesem Team wohl eigentlich eher Agonys Aufgabe.
»Er will nie am Tisch essen«, platzte Vicky wie auf Kommando heraus.
»Bevor wir verheiratet waren, haben wir das auch nie getan«, erinnerte Chip sie.
»Ja, sicher. Alles, was ihm einfiel, war, mich zu Picknicktouren einzuladen. Und ich fand das so romantisch. Picknick am Strand, im Wald, im Auto, im Wohnzimmer. Wie hätte ich denn ahnen können, dass wir niemals einfach am Tisch sitzen würden wie normale Menschen? Das gute Geschirr, das wir zur Hochzeit bekommen haben, ist bisher praktisch unbenutzt. Er besteht darauf, von Papptellern zu essen und dabei vor dem Fernseher auf dem Fußboden zu sitzen. Er behauptet, das sei abenteuerlich. Unser Teppich ist schon

ganz fadenscheinig, so oft habe ich ihn absaugen müssen.«
»Ich wollte einen Hund anschaffen«, fiel Chip ein. »Aber nein!«
»Wie ist das, wenn Sie zum Essen ausgehen?«, fragte Regan.
»Drive-in-Lokale. Das ist das Einzige, was er mag.«
»Stimmt ja gar nicht«, widersprach Chip. »Wir waren schon in so vielen netten Restaurants.«
»Mit Erdnussschalen auf dem Boden. Oder Sägemehl. Das geht, da hat er nicht den Drang, auf dem Fußboden zu sitzen.«
»Aber wir arbeiten daran«, sagten beide dann wie aus einem Munde.
»Es ist wirklich schwierig, wenn man so groß ist«, sagte Chip in flehendem Ton. »Ich möchte gelegentlich gern die Beine ausstrecken, und ich bin ein Frischluftfanatiker. Ein Jäger und Sammler. Die Höhlenmenschen hatten doch auch keine Möbel, was tun wir also damit? Eigentlich ist das doch unnatürlich.«
»Ich habe ihm einen Entspannungssessel zum Geburtstag geschenkt«, sagte Vicky traurig. »Aber er sitzt immer noch lieber auf dem Boden.«
»Ich habe versucht, mich an das Ding zu gewöhnen«, erwiderte Chip. »Aber meine Füße hingen über den Rand.«
Agony und Heartburn blickten die beiden beifällig an.
»Ihr klingt wirklich alle so, als wäret ihr schon lange verheiratet«, sagte Regan anerkennend. »Wenn es sonst noch irgendwelche Peinlichkeiten gibt, die im Internet auftauchen könnten und über die ihr nicht in der Gruppe sprechen möchtet, kommt einfach einzeln zu mir. So können wir die kleinen Probleme lösen, bevor sie zu großen Problemen werden.«
Alle nickten zustimmend.

Ich bin sicher, niemand wird auch nur das Geringste zugeben, dachte Regan. Keiner will disqualifiziert werden, schließlich wollen sie ja alle das Geld gewinnen. »Gut«, sagte sie dann laut. »Dann will Danny jetzt noch ein paar Worte sagen.«
»Wenn jemand von euch ein Hochzeitsfoto hat, das die Familie hierher schicken kann, wäre das für uns von größtem Nutzen für den Einleitungsteil der Show.«
Aber alle schüttelten die Köpfe.
»Unser Haus ist abgesperrt«, erklärte Elsa. »Ich würde auch niemandem einen Schlüssel geben, nicht einmal meiner Mutter. Man weiß doch nie, was alles passieren kann.«
»Wir haben keine Familienmitglieder in der Nähe«, sagte Chip.
»Und unsere Hochzeitsbilder wurden bei einem Feuer zerstört«, klagte Bill.
»Also gut.« Danny versuchte zu lachen. »Kein Problem. Nehmt euch was Kaltes zu trinken, und entspannt euch ein wenig. In fünf Minuten werden wir ins Studio gehen und das Gruppengespräch mit Aunt Agony und Uncle Heartburn drehen.«
Wie soll man wohl das nennen, was sich hier gerade abgespielt hat?, fragte sich Regan. »Entschuldige mich einen Augenblick«, sagte sie zu Danny. »Ich bin gleich wieder da.« Sie musste jetzt einfach Jack anrufen. Niemals zuvor hatte sie so dringend das Bedürfnis gehabt, seine tröstliche, vernünftige Stimme zu hören.

11

Ob ich gern auf dem Fußboden esse?«, fragte Jack zurück. »Regan, bitte, wovon redest du?«
Regan lachte. Sie stand mit ihrem Handy vor dem Studio und ging ein paar Schritte ins Freie. Was für ein gutes Gefühl, endlich draußen zu sein. Was für ein gutes Gefühl, endlich Jacks Stimme zu hören. »Jack, du glaubst nicht, was man mit diesen Leuten erleben kann.«
»Sicher glaube ich das, es ist doch schließlich eine Reality-Show, oder?«
»Ich weiß schon, aber ... du lieber Himmel!«
»Kann ich dir irgendwie helfen?«
»Ja, weißt du, wir machen uns ein bisschen Sorgen, dass die Kandidaten nicht ganz echt sein könnten, auf die eine oder andere Weise. Es könnte zum Beispiel sein, dass sie gar nicht wirklich verheiratet sind, und schließlich geht es in dieser Show ja um Ehepaare, die man daran hindern will, sich scheiden zu lassen. Das Ziel ist, herauszufinden, wer die besten Chancen hat, zusammenzubleiben, obwohl sie alle eigentlich drauf und dran sind, sich zu trennen.«
»Sieh zu, welche Informationen du zusammenbringst, und dann forsche ich mal ein bisschen im Hintergrund nach. Versuch, an die Sozialversicherungsnummern zu kommen.«
»Ja, gut. Weißt du, ich habe kurz den Mann getroffen, der die ganze Sache hier angezettelt hat. Er heißt Roscoe Parker und finanziert beide Shows. Ich bin jetzt hier auf dem Studiogelände seines Kabelsenders mit dem

schönen Namen *Balloon Channel*. Er besitzt nämlich auch eine Heißluftballon-Firma. Irgendwie habe ich das Gefühl, es würde sich lohnen, auch ihn mal ein bisschen zu durchleuchten.«

»Das sollte mir leichter fallen als bei den Kandidaten. Wenn er in Las Vegas lebt und so viel Geld hat, muss er ja wohl ziemlich bekannt sein. Ruf mich wieder an, wenn du die anderen Namen und Nummern herausgefunden hast, dann tue ich, was ich kann.«

»Danke, Jack. Ich sollte jetzt wohl wieder hineingehen, wir drehen jetzt das Gruppengespräch mit Aunt Agony und Uncle Heartburn.«

»Mit wem bitte?«

»Die beiden haben eine Kummerkasten-Kolumne hier. Scheint so, als hätten sie seit vierzig Jahren ein kleines Café an einer Landstraße in der Wüste. Da kommen natürlich alle möglichen Leute vorbei, zum Frühstück, Mittagessen und Abendessen. Agony hat ein so freundliches Gesicht, dass manche Leute ihr wohl alle ihre Probleme erzählen, Fernfahrer, Reisende, Geschäftsleute. Sie hat sich all das Elend angehört, während ihr Mann sein berühmtes magenzersetzendes Chili servierte. Manchmal hat sie ihn wohl auch um Rat gefragt. Und eines Tages vor ungefähr fünf Jahren hat ihnen der Herausgeber einer Lokalzeitung eine Kolumne angeboten. Und jetzt versuchen sie, den Sprung zu überregionaler Berühmtheit zu schaffen.«

»Der Name Heartburn bedeutet ja auch Sodbrennen und hat vermutlich etwas mit dem Chili zu tun.«

»Messerscharf geschlossen. Und nachdem es ja heute so viele Kabelsender gibt, wollen sie versuchen, auch im Fernsehen der Menschheit mit Rat und Lebenshilfe zur Seite zu stehen. Sie haben das Café immer noch, sitzen da und sortieren ihre Briefe im Restaurant. Das Lokal kann nicht allzu weit von Las Vegas entfernt liegen.«

»Eines Tages könnten wir vielleicht eine Kolumne zusammen machen, in der wir den Leuten erklären, wie man Verbrechen aufklärt«, schlug Jack vor.
Regan lächelte. »Wir könnten sie ›Der kleine Sherlock Holmes‹ nennen.«
»So sieht's aus. Also, ruf mich später wieder an.«
Nachdem sie das Gespräch beendet hatte, eilte Regan zurück zur Tür des Studios von *Zurück auf Wolke sieben*, warf dabei aber noch einen Blick auf den Parkplatz. Es sind eigentlich ziemlich viele Autos hier, dachte sie, aber es ist so ruhig. Unheimlich ruhig. Wo sind die Leute bloß alle?
Danny hatte ihr das Gelände erklärt, als sie hierher gefahren waren. Die Comedy-Show wurde in dem Studio auf der anderen Seite des Gebäudes gedreht, und jede Einheit schien unabhängig zu funktionieren.
Regan ging wieder hinein und den Gang hinunter. Das Wartezimmer war inzwischen leer. Sie folgte dem Gang um die Ecke und öffnete die Studiotür. In der Mitte sah man eine erhöhte Plattform mit acht Sitzplätzen, die von Spots beleuchtet wurden. Die Paare standen beieinander und wurden gerade mit Mikrofonen versorgt. Als Regan zwei weitere Schritte in das Studio machte, rutschte sie aus und wäre beinahe gefallen, konnte sich aber gerade noch abfangen. Sie hatte schreckliches Herzklopfen.
»Alles in Ordnung?«, rief der Kameramann ihr zu. »Genau an der Stelle ist Barney auch ausgerutscht.«
Regan streckte die Hand aus und berührte den Boden mit ihrem Zeigefinger. Das gibt's doch gar nicht, dachte sie, als sie auf dem Boden eine dünne Schicht Öl spürte, die offensichtlich dort verteilt worden war.

12

Schneller, Shep«, drängte Mad Madley.

»Ich bin schon schneller, als ich darf.«

Die beiden befanden sich auf offener Strecke irgendwo zwischen Scottsdale und Las Vegas. Normalerweise legten sie diese Strecke in entspanntem Tempo zurück, dreihundert Meilen purer Genuss, pflegte Madeline zu sagen. Sie hörten Radio oder Hörbücher und hielten unterwegs an, um zu Mittag zu essen. Wenn Shep keine Lust hatte, sich zu unterhalten, rief Madeline mit ihrem Handy Freunde an, um festzustellen, ob sie inzwischen irgendetwas verpasst hatte, und unmittelbar nach dem Gespräch machte sie Shep wahnsinnig mit ihrer Angewohnheit, die gesamte Unterhaltung Wort für Wort zu wiederholen. Nachdem er die Hälfte des Dialogs schon gehört hatte, konnte er sich den Rest in der Regel denken.

»Ich kann mir wirklich nicht vorstellen, wer ein Interesse daran haben mag, Danny zu schaden«, erklärte Madeline jetzt. »Es ist einfach eine bodenlose Gemeinheit. Warum haben die Menschen nur ein solches Bedürfnis, böse Sachen über andere zu verbreiten?«

Shep nahm für einen Moment den Blick von der Straße und sah seine Frau kurz an. »Ich habe keine Ahnung.«

»Ich meine, natürlich will man wissen, was den Menschen rundum so passiert, aber dabei geht es doch nur um ein gesundes Interesse am Schicksal der anderen.« Sie drehte sich um und beugte sich über die Kühlbox, die immer auf dem Rücksitz ihres Wagens stand. »Magst du ein Wasser, mein Lieber?«

»Apfelschorle.«

Sie schüttete die Apfelschorle in zwei Pappbecher, die ein Bild von Madeline und Shep in ihrem alten Mustang Cabrio zeigten, mit zurückgeklapptem Verdeck. Darüber stand »Immer auf Tour mit Shep und Mad«. Die Becher hatten sie von Freunden zu ihrem letzten Hochzeitstag bekommen.

»Danke schön«, sagte Shep, als Mad ihm liebevoll einen Becher reichte.

»Bitte schön, mein Lieber. Weißt du, ich habe darüber nachgedacht. Und es würde mich nicht wundern, wenn diese Ex-Freundin von Danny hinter dem ganzen Ärger steckte. Er hat mir erzählt, dass Honey versucht hat, Kontakt mit ihm aufzunehmen, dass er aber kein Interesse hat, sich noch mal darauf einzulassen. Und ich danke meinem Herrgott dafür. So ein Flittchen als Schwiegertochter kann ich wirklich nicht gebrauchen.«

Shep blickte die scheinbar endlose Landstraße entlang, die im strahlenden Sonnenlicht lag. Er hatte das alles schon so oft gehört ...

»Ich würde es wirklich gern sehen, wenn Danny und Regan Reilly sich ein wenig näher kämen. Die beiden wären ein wunderbares Paar, findest du nicht auch?«

Shep zuckte die Schultern. »Woher soll ich das wissen? Ich habe sie seit zwanzig Jahren nicht mehr gesehen.«

»Sie kommt aus einer ganz reizenden Familie.«

»Sagtest du nicht, sie hat einen Freund?«

»Ja, aber was heißt das schon?« Sie blickte ihn schelmisch an. »Ich hatte schließlich auch den einen oder anderen Freund, bevor ich dich traf.«

»Ja, und ich hatte die eine oder andere Freundin. Meine letzte Freundin vor dir war ein wirklich tolles Mädchen, obwohl ...«

»Shep!«, unterbrach Madeline ihn. Sie ertrug es nicht, von irgendeiner anderen Frau in seinem Leben auch nur zu hören, wollte sich nicht mit dem Gedanken beschäftigen, dass so etwas auch nur möglich war. Er war ihr Shep, sie war seine Maddy, und sie waren auf Tour auf den Straßen des Lebens.

Shep lachte, streckte die Hand aus und drückte Maddys Arm. Er fand es herrlich, dass sie nach fünfunddreißig Jahren immer noch eifersüchtig war. »Übrigens, wo werden wir absteigen?«, fragte er jetzt, um das Thema zu wechseln. Maddy war unterwegs immer für die Hotelbuchung zuständig. Wenn es jemals eine begnadete Schnäppchenjägerin gegeben hatte, dann sie.

»Nun, die großen Hotels waren alle ausgebucht, in dieser Woche sind so viele Konferenzen in der Stadt. Aber ein kleines Hotel mit Namen *Seven's Heaven* hat uns einen Gutschein geschickt. Es sieht nicht gerade nach einer Luxusherberge aus, aber ich denke, wir werden damit zurechtkommen. Wir sind ja ohnehin nur zum Schlafen dort.«

»Wie lange willst du bleiben?«

»Die ganze Woche. Ich finde, wir sollten diese Sache gemeinsam mit unserem Sohn bis zum Ende durchstehen.«

Shep nickte.

Stundenlang fuhren sie weiter und hörten Talkshows im Radio. Anscheinend hatte doch jeder so seine Probleme.

Endlich brach Shep das friedliche Schweigen. »Weißt du was, ich habe Hunger. Ich glaube nicht, dass ich warten kann, bis wir in Las Vegas sind.«

»Das Heartburn-Café ist nicht weit von hier, vielleicht sollten wir da anhalten und eine Kleinigkeit essen.«

»Sind Agony und Heartburn nicht mit Danny in Las Vegas?«

»Doch, aber das bedeutet ja nicht, dass das Café geschlossen ist. Ich hätte Appetit auf das berühmte Chili.«

Maddy und Shep hatten auf dem Weg nach Las Vegas

schon oft bei diesem Café gehalten. Es war sogar Maddys Idee gewesen, die beiden Kummerkastenleute in Dannys Show einzubauen.
Eine halbe Stunde später bogen sie auf den Parkplatz vor dem Café ein. Das kleine Lokal sah aus, als wäre es mitten im Nirgendwo vom Himmel gefallen; meilenweit rundum gab es nichts zu sehen als Kakteen und Gestrüpp.
Ein großer Hund bellte halbherzig, als Maddy und Shep aus ihrem Wagen stiegen. Zum Abschluss ließ er ein dunkles Knurren hören, dann zog er sich zurück, und alles lag wieder in tiefem Schweigen.
»Braver Junge«, säuselte Madeline dem Hund hinterher. Dann wandte sie sich an Shep. »Zeit für ein feines Happi, mein Schatz.«
Sie betraten die knarrende Veranda und dann das Café. Es war gut, der grellen Sonne zu entkommen. Der kleine Raum enthielt eine Theke, ein paar Barhocker und eine Registrierkasse an der Wand; eine Hand voll wackliger Holztische und Stühle waren willkürlich verteilt. Manche Leute hätten den Ort wohl gemütlich genannt. Auf einer Tafel waren die Tagesgerichte angeschrieben, und eine große Pinnwand aus Kork war bedeckt mit Visitenkarten von Gästen, die über Jahre hinweg hier ihre Spuren hinterlassen hatten. Viele Karten waren schon verbogen und vergilbt. Über ihnen bewegte sich langsam ein großer Deckenventilator, der die Temperatur nur wenig beeinflussen konnte. Außer ihnen gab es keine Gäste hier.
»Tagchen«, begrüßte die einsame Bedienung sie. »Setzen Sie sich, wohin Sie wollen.«
»Wir sind die Eltern von Danny Madley«, verkündete Maddy.
»Macht nichts, setzen Sie sich trotzdem.«
»Danny produziert die Reality-Show, in der Agony und

Heartburn auftreten«, erklärte Maddy ein wenig ungeduldig. Sie hatte einen angemesseneren Empfang erwartet. Aber die Bedienung war schon so viele Jahre hier, dass sie sich kaum noch erinnerte, wie viele es waren, und sie ließ sich so leicht durch nichts beeindrucken. Ein Tag ging sowieso dahin wie der andere.
»Wir setzen uns hierher«, beschloss Shep, und sie ließen sich an einem Vierertisch mitten im Raum nieder.
Die Bedienung griff nach zwei Speisekarten und kam zu ihnen. »Danny ist ein netter Junge.«
Diese Bemerkung besänftigte Maddy spürbar. »Es war meine Idee, dass Agony und Heartburn in der Show auftreten sollten. Wir sind gerade auf dem Weg nach Las Vegas.«
»Ach, wirklich? Würde es Ihnen etwas ausmachen, den beiden ihre Post mitzunehmen? Ich habe einen ganzen Sack hier, und Agony legt großen Wert darauf, auf dem Laufenden zu sein. Sie schläft nicht sehr viel, und deshalb liest sie ihre Briefe im Bett.«
Maddy war begeistert. Jetzt hatte sie einen guten Grund, Danny auf die Pelle zu rücken. »Aber gern!«
Sie bestellten schnell zwei Cola und das berüchtigte Chili. Uncle Heartburn hatte einen großen Topf voll gekocht, bevor er sich ins Rampenlicht begeben hatte, und die einzelnen Portionen eingefroren. Was für ein Glück, dass es heutzutage Mikrowellengeräte gibt, hatte er noch gesagt. Die Bedienung zog sich in die Küche zurück, wo der Gefrierschrank stand, groß wie ein Kellergewölbe. »Bin gleich wieder da«, versprach sie.
Maddy stand auf, um zur Toilette zu gehen und ein wenig die Pinnwand zu studieren. Die zog sie immer wieder magisch an. Eine Karte erregte besonders ihre Aufmerksamkeit. Das Logo stellte eine Zeichnung von Elvis Presley dar und zeigte die berühmten Theater-

masken – eine fröhlich, eine traurig. »Ach ja, das Showgeschäft«, seufzte sie.

»Los geht's!«, rief die Bedienung, als sie mit dem Chili aus der Küche kam. »Und erinnern Sie mich daran, dass ich Ihnen die Post mitgebe. Agony wird sich freuen.« Sie kicherte.

»Keine Sorge.« Maddy ging durch den kleinen Nebenraum, in dem jeder erdenkliche Kitsch zum Verkauf stand. Das meiste war Müll und mit Staub bedeckt. Sie nieste, aber mehr dachte sie sich nicht dabei. »Keine Sorge«, wiederholte sie zu sich selbst, als sie die verzogene Holztür aufdrückte, die die Aufschrift »Damen« trug. »Ich würde eher meinen eigenen Namen vergessen, als hier wegzufahren und Agonys Post liegen zu lassen.«

13

Um Punkt siebzehn Uhr hörte man auf dem Gelände von *Hot Air Cable* einen ohrenbetäubenden Pfeifton.

»Was soll das denn?«, rief Pilot Pete. Die Schauspieler der Comedy-Show waren mitten in der ersten echten Stellprobe. Wie Bubbles war auch Pete kurz davor, endgültig auszurasten. Sein Swimmingpool entwickelte sich immer mehr zu einem fernen Traum.

Der Pfeifton war wieder zu hören, drei lange, scharfe, schrecklich laute Töne.

»Klingt wie der Beginn eines Musicals«, murmelte James. »Als ob gleich die Tänzerinnen aus der Kulisse kämen.«

»Oder eine Bimmelbahn mit einem ungeduldigen Lokführer«, erwiderte Bubbles.

Sie waren sieben Personen auf dem Set und hatten sozusagen gerade begonnen, die Show auf die Beine zu stellen. James' Schauspielkunst hatte sich seit dem Morgen in keiner Weise verbessert, und die Frau namens Loretta, die die Großmutter spielen sollte, war keinen Deut besser.

Die beiden jungen Drehbuchautoren, die Bubbles in Hollywood ausfindig gemacht hatte, saßen in Regiestühlen am Rande des Sets und machten sich zu jeder Zeile des Dialogs Notizen. Sie waren Brüder, sahen sich sehr ähnlich und waren das, was man »Irische Zwillinge« nennt, also innerhalb eines Jahres geboren. Neil und Noel hatten beide hellbraunes Haar und Sommersprossen, und sie waren mehr als frustriert angesichts der Tatsache, dass allmählich die Reality-Shows ihnen ihren Lebensunterhalt streitig machten. Sie waren seit weniger als einem Jahr in Hollywood tätig gewesen, als der Wahnsinn der Reality-Shows die Fernsehlandschaft erreicht hatte. Den Auftrag von Bubbles erledigten sie – genau wie die Schauspieler – für einen Hungerlohn, in der Hoffnung auf eine lukrative Zukunft.

Bubbles, Pilot Pete, James, Loretta und Hal, der Schauspieler, der Großmutters neuen Freund spielte, probten gerade eine Szene, die in Bubbles' und Petes Küche spielte. Die Großmutter war soeben mit der Nachricht hereingeplatzt, dass sie mit ihrem neuen Verehrer auf eine dreitägige Ballonreise entschwinden werde. Sie beide ganz allein. James konnte Hal nicht leiden. Er warnte Loretta, sie könnte sich einen Schnupfen holen, wenn sie zweiundsiebzig Stunden da oben unterwegs wäre, und schlug ihr vor, doch lieber mit dem Greyhound-Bus zum Grand Canyon zu fahren. Aber Großmutter fand, dass das nicht besonders aufregend klang. Sie versicherte James, ihr neuer Freund sei ein äußerst erfahrener Ballonfahrer. Sie wünschte sich ein aufregenderes Leben, und sie würde gleich jetzt damit beginnen. Die Szene funktionierte überhaupt nicht. Es war ein schrecklicher Tag.

Der Pfeifton war wieder zu hören.

»Wo um Himmels willen kommt das her?«, grollte Bubbles.

James zuckte die Schultern, streckte die Arme über dem Kopf aus und gähnte, als hätte er keine Sorgen in der Welt. Bubbles wurde schon wieder wütend, als sie ihm dabei zusah. »Ich glaube, es kommt von draußen«, sagte er.

Als der nervtötende Ton wieder zu hören war, rannte Bubbles aus dem Studio, den Gang hinunter und nach draußen, ihre Truppe dicht auf den Fersen. Die Leute von der Reality-Show eilten ebenfalls gerade aus ihrem Studio. Auf dem Parkplatz hatte Roscoe eine riesige Lautsprecheranlage neben seinem Jaguar aufbauen lassen und voll aufgedreht. Ein unvergesslicher Anblick.

»Es ist siebzehn Uhr«, erklärte Roscoe, nachdem er den Pfeifton abgedreht hatte. »Zeit, in die Hotels zurückzukehren. Die Busse fahren in fünf Minuten ab. Die Studios sind geschlossen.«

»Was?«, ertönte ein vielstimmiger Schrei des Entsetzens.

»Das ist Teil der Herausforderung, vor der Sie stehen. Wir alle müssen in unserer Arbeit Schwierigkeiten meistern; beispielsweise müssen wir mit der Tatsache leben, dass wir für unsere Arbeit nur begrenzte Zeit zur Verfügung haben. Sie müssen das Gelände jetzt verlassen. Sie haben fünf Minuten Zeit, Ihre Sachen zu holen. Und nun: Hinaus mit Ihnen! Wir wünschen Ihnen einen angenehmen Abend. Morgen früh um neun Uhr können Sie das Gelände wieder betreten.« Roscoe drehte die Lautstärke seiner Anlage wieder bis zum Anschlag auf, und der Pfeifton war wieder zu hören.

Bubbles hielt sich die Ohren zu und eilte zurück ins Studio. »Jetzt ist er endgültig verrückt geworden«, rief sie, während sie ihr Drehbuch in ihre Handtasche stopfte.

»Wir können ja im Hotel weiterproben«, schlug James vor. »Vielleicht sollten wir uns alle ein bisschen ausruhen und uns nach dem Abendessen wieder treffen.« Das Comedy-Team war wie die Truppe von der Reality-Show in einem kleinen, heruntergekommenen Hotel abseits des Strips untergebracht. Es hieß *Seven's Heaven*. »Ihr könnt ja in mein Zimmer kommen, wenn ihr wollt.«

Die Zwillinge blickten sich an. Noel, der an Weihnachten geboren war, wandte sich an Bubbles. »Wir müssen heute Abend noch ein paar Korrekturen am Drehbuch vornehmen.«

Bubbles war in dieser Produktion in verschiedenen Funktionen tätig: als Regisseurin, Produzentin, Hauptdarstellerin und Mitautorin. Ihr Wort war Gesetz. »Wir drei werden gemeinsam daran arbeiten, und zwar notfalls bis drei Uhr morgen früh. Alle anderen haben den Abend frei. Noel und Neil, wir sehen uns in einer Stunde im Hotel.« Sie griff nach ihrer Tasche und stürmte nach draußen. Pilot Pete folgte ihr auf dem Fuße.

»Bubbles!«, rief er, während er versuchte, sie einzuholen. Sie blieb nicht stehen. Er hielt Schritt mit ihr, als sie hinauslief und auf den Parkplatz eilte, wo ihr Wagen stand. Nur Bubbles und Danny durften mit einem eigenen Auto aufs Gelände, alle anderen wurden in Bussen von *Balloon Channel* transportiert, damit Roscoes Logo überall in der Stadt zu sehen war. »Bubbles«, rief Peter noch einmal, »ich habe eine Idee für unsere Show. Kann ich mit dir zum Hotel zurückfahren?«

Bubbles drehte sich zu ihm um. »Kommt drauf an, wie die Idee aussieht.«

Er blickte ihr fest in die Augen. »Glaub mir, sie wird dir gefallen.«

Bubbles war inzwischen so verzweifelt, dass ihr jeder Vorschlag willkommen war. Sie sah ihn ebenso starr an. »Los, setz dich ins Auto.«

14

Regan folgte Danny in sein Büro. Sie hatten es eilig, so schnell wie möglich das Studiogelände zu verlassen. Danny schnappte sich die Akten seiner Kandidaten, die er im Schreibtisch aufbewahrte, damit Regan später nachsehen konnte, ob es darin irgendwelche Informationen gab, die für die Überprüfung der Leute nützlich war.

Es war ein interessanter Nachmittag gewesen. Nachdem sie beinahe gestürzt war, hatten die Mikrofone auf dem Set den Geist aufgegeben. Und als sie endlich so weit gewesen waren, dass das Gruppengespräch mit Aunt Agony und Uncle Heartburn beginnen konnte, war dieser entsetzliche Pfeifton losgegangen, und alle hatten das Gelände verlassen müssen. Danny war alles andere als glücklich.

»Roscoe ist wirklich ein exzentrischer Knabe«, bemerkte Regan. »Aber warum sollte er euch alle rausschmeißen, wenn er doch zwei gute Shows sehen will?«

»Ich versteh's auch nicht.«

Regan wartete einen Augenblick. »Danny«, sagte sie dann, »ich glaube nicht, dass das Öl auf dem Boden, auf dem ich ausgerutscht bin, versehentlich dort verschüttet worden ist. Die Schicht war so dünn, dass ich eher glaube, sie wurde dort absichtlich mit einem winzigen Pinsel aufgetragen.«

Es klopfte an der Tür, und sie zuckten beide zusammen. Victor stand da, zusammen mit Sam, einem gut aussehenden Burschen Mitte dreißig mit langem, strähnigem blondem Haar und dem entspannten Auftreten eines jungen Surfers. Er trug Shorts mit Blumenmuster und ein T-Shirt. Seine blassblauen Augen blickten fröhlich und waren von vielen kleinen Fältchen umgeben, wenn er lächelte. Er war der Kameramann, der Regan zu Hilfe geeilt war, als sie beinahe zu Boden gegangen war. Tatsächlich war er der einzige Kameramann, denn Dannys Mannschaft war sehr klein.

»Wir sind so weit«, kündigte Victor an. »Alle sitzen im Bus.«

»Gut. Sag den Leuten, um sieben Uhr gibt es einen Cocktail in der Lounge des Hotels«, wies Danny ihn an. »Wir machen morgen früh bei dem Gespräch mit Agony und Heartburn weiter. Soweit alles in Ordnung, Sam?«

»Aber klar, Mann. Ich drehe ein bisschen während der Cocktailparty, oder?«

»Ja, wunderbar.«

»Ach, Danny, was ist eigentlich passiert, als die Kamera verschwand?«, fragte Regan schnell. »Du hast mir die Geschichte noch gar nicht zu Ende erzählt.«

Sam sah ein bisschen so aus, als wäre ihm die Sache peinlich. Er trat von einem Fuß auf den anderen. »Also, wir haben gestern das Hintergrundmaterial gedreht, Las Vegas von allen Seiten. Die Hotels, die Springbrunnen am *Bellagio,* solche Sachen. Dabei habe ich mir Kaffee übers Hemd gegossen, und da habe ich einen der Kleinbusse genommen, um zum Hotel zu fahren und mich schnell umzuziehen. Ja, und als ich zurückkam, war die Kamera weg.«

»Von dem kleinen Parkplatz vor dem Hotel?«

»Ja.«

Regan wusste, die Frage kam ihm nicht besonders gelegen, aber sie musste sie stellen. »Hatten Sie den Wagen abgeschlossen?«

»Ich dachte, ja, aber ich hatte den Kleinbus vorher noch nie gefahren. Ich habe auf einen Knopf am Schlüssel gedrückt, und es hat gepiepst, und da dachte ich, jetzt ist wohl alles abgeschlossen. Ich hatte es so eilig …«

Regan beobachtete Sam genau, während er ihr antwortete. Er wirkte ein bisschen entrückt, aber vielleicht war das auch einfach seine Art als kreativer Geist.

Victor stellte das genaue Gegenteil dazu dar. Ungeduldig fuhr er sich mit den Händen durch sein gegeltes Haar. »Diese Kameras sind elend teuer; wir können von Glück sagen, dass wir noch eine haben.«

»Noch eine?«, fragte Regan. »Aber im Studio sind doch noch mindestens zwei Kameras aufgebaut!«

»Die sind nur fürs Studio, dürfen aber das Gelände nicht verlassen«, erklärte Victor.

»Und wem gehört die Kamera, die ihr mitnehmt, wenn ihr draußen dreht?«

»Na, Roscoe.«

»Auch die, die gestohlen wurde?«

»Ja«, antwortete Danny schnell.

»Weiß er es schon?«

»Ja, ich habe es ihm gestern mitgeteilt.«

»Und was hat er gesagt?«

»Er hat gesagt, dann müssen wir mit der einen auskommen.«

Regan hob eine Augenbraue. »Er hat sich nicht aufgeregt?«

»Nein, eigentlich hat er die Nachricht bemerkenswert gefasst aufgenommen.«

Der Pfeifton war wieder zu hören, ein lang anhaltender, schrecklicher Anschlag auf ihre Ohren.

»Ich glaube, wir gehen lieber raus«, schlug Regan vor.

»Allerdings«, bestätigte Danny, und sie beeilten sich, das Studiogelände zu verlassen.

Breit grinsend stand Roscoe neben seinem Lautsprecher. Der erste Bus mit dem Logo von *Balloon Channel* verließ soeben den Parkplatz. Er winkte ihnen zu, als sie an ihm vorbeigingen. »Einen schönen Abend wünsche ich!«, rief er.

»Schönen Abend«, murmelten sie gleichzeitig.

Zehn Minuten nachdem Regan und die anderen das Gelände verlassen hatten, stand Roscoe immer noch auf dem Parkplatz. Eine Limousine voll mit heimlichen Mitarbeitern näherte sich, und er klatschte in die Hände, als er seine »Nachteulen« freudig begrüßte.

15

Pilot Pete und Bubbles hielten bei *Jason's* an, einem beliebten Lokal am Stadtrand. *Jason's* war ganz auf Western getrimmt, mit Cowboyhüten an den Wänden und traurigen Countrysongs aus der Musicbox. Die Bar war nur spärlich beleuchtet, was vielen Gästen wohl gefiel; allerdings war hier heute kaum jemand zu sehen. Offenbar zog das Lokal eher die Nachtschwärmer der raubeinigeren Art an, wenn man den Werbespots im Radio glauben konnte.

»Ein Bier vom Fass«, bestellte Bubbles und ließ sich auf einem Hocker nieder.

»Kommt sofort«, erwiderte der Barmann begeistert. »Und Sie, Sir?«, fragte er Pilot Pete.

»Für mich auch.«

»Kommt sofort.« Er griff nach zwei Henkelkrügen, füllte sie bis zum Rand und stellte das schaumgekrönte Gebräu vor seinen zwei neuen Gästen ab. »Soll ich's erst mal aufschreiben?«

»Ja, bitte«, antwortete Bubbles genervt. Sie hob ihr Bierglas, nahm einen langen, eiskalten Schluck, wischte sich den Mund ab und wandte sich dann an Pete. »Also, was wolltest du mit mir besprechen?«

Bevor er antworten konnte, hob sie ihr Glas gleich noch einmal und schüttete noch einen weiteren großen Schluck hinterher.

»Ich finde, wir sollten James umbringen.«

Bubbles bekam einen Hustenanfall, sodass ihr das Bier aus der Nase lief. »Was?«, keuchte sie und griff nach der kleinen Papierserviette, die als Untersetzer für das Glas

diente. Sie tupfte sich Augen und Nase ab. »Bist du jetzt auch noch verrückt geworden?«
Pilot Pete brach in Gelächter aus. »Ich mache doch bloß Spaß, Bubbles. Um Gottes willen, merkst du nicht einmal mehr, wenn jemand Witze reißt? Vielleicht bin ich ja doch ein ganz brauchbarer Schauspieler. Ich habe dich überzeugt, oder?«
Bubbles blickte ihn misstrauisch an. »Ja, allerdings.«
»Also, ich meine natürlich, wir sollten die Figur umbringen, die James spielt.«
»Wir machen eine Comedy-Show, keinen Krimi!«
»Na gut. Wie wäre es dann, wenn wir James gleich zu Anfang der Show zu einem Ballonrennen schicken würden? Bis er wieder zurück ist, ist die Folge zu Ende. Zwei Zeilen zum Schluss und raus.«
»Aber dann stimmt unsere Geschichte nicht mehr. Großmutter und ihr windiger Verehrer sind doch die beiden, die zu einer Ballonfahrt aufbrechen. Wenn wir deinen Vorschlag aufgreifen, müssten wir Großmütterchen mehr zu sprechen geben, und sie ist auch nicht gerade eine Lucille Ball.«
Pilot Pete starrte nachdenklich in sein Bier. Im Hintergrund lief ein todtrauriger Countrysong. Pete hatte die Hände fest um seinen Bierkrug gelegt, so fest, dass seine Knöchel weiß hervortraten. Er blickte Bubbles wieder an, bemerkte, wie erschöpft sie aussah, und versuchte sie lachend wieder aufzumuntern. »Dann können wir nur hoffen, dass die Reality-Show wirklich richtig übel ist.«
»Wirklich richtig übel.« Bubbles nickte zustimmend und nahm noch einen Schluck. »Du bist schon eine ganze Weile in diesem Geschäft, oder?«
»Fünfzehn Jahre. Diese Show muss jetzt endlich den Durchbruch bringen.«
»Was glaubst du, wie ich mich fühle?«, fragte Bubbles.

Pete sah sie mit stahlhartem Blick an und griff fest nach ihrem Arm. »Wie können wir es schaffen? Was können wir machen, damit es endlich klappt?«

Bubbles hob ihren Arm an, damit er sie losließ, und zuckte die Schultern. »Ich weiß es nicht.« Plötzlich fühlte sie sich nicht mehr wohl mit der Situation, denn sie spürte, dass er vielleicht doch nicht nur Witze machte. Er hatte einen vollkommen irren Ausdruck im Gesicht. Nicht auszudenken, dass sein Agent ihn ihr als den perfekten amerikanischen Familienvater angepriesen hatte. Ihr lief ein leiser Schauer über den Rücken.

»Wir sollten zahlen«, sagte sie.

»Lass mich das machen.«

Während sie schweigend zurückfuhren, starrte Pilot Pete die ganze Zeit geradeaus. Bubbles war sicher, dass er nicht ein einziges Mal die Lider bewegte. Als sie beim Hotel ankamen, eilte sie in ihr Zimmer und rief ihren Freund an. »Bitte geh ran«, flehte sie, während das Rufzeichen ertönte. Aber er war nicht zu Hause. »Du wirst es nicht glauben!«, rief sie hysterisch seinem Anrufbeantworter zu. »Pilot Pete redet davon, James umzubringen. Und ehrlich gesagt, ich traue es ihm zu. Ruf mich an, sobald du kannst!«

16

Victor fuhr mit Regan und Danny ins Hotel. Er suchte nach einer Gelegenheit, mit Danny zu sprechen, ohne ständig unterbrochen zu werden.
Regan saß auf dem Rücksitz.
»Chef, ich habe schlechte Neuigkeiten.«
»Was ist denn nun schon wieder?«
»Ich habe auf eigene Faust die drei Ersatzpaare für unsere Show kontaktiert, um zu sehen, ob sie notfalls einspringen könnten, verstehst du? So ähnlich wie bei der Ersatzkandidatin für Miss Amerika, verstehst du?«
»Was sind die schlechten Neuigkeiten, Victor?«, fragte Danny.
»Sie wollen nicht, keiner von ihnen.«
»Was? Ich dachte, die würden dafür sterben, in unserer Show aufzutreten.«
»Nicht mehr, und diese blöde Internetseite ist wohl schuld daran. Sie wissen jetzt, dass sie unter Beobachtung stehen.«
»Und sie haben alle etwas zu verbergen?«, fragte Danny mit einer Stimme, die fast überschnappte.
»Ich habe dir doch schon gesagt, eigentlich hat jeder irgendwas zu verbergen.« Victor drehte sich um und lächelte Regan zu. »Selbst Sie. Ich wette, auch Sie haben ein Geheimnis.«
»Ich bin noch nie verhaftet worden«, antwortete Regan ebenso sachlich wie wahrheitsgemäß.
Victor lachte. »Das ist gut. Wer in einer Reality-Show auftritt, braucht eine weiße Weste wie ein Kandidat bei irgendeiner Wahl. Denn irgendwer findet garantiert die

dunklen Flecken. Es ist wirklich erstaunlich, wie sehr diese Shows inzwischen die Fantasie der Amerikaner beflügeln.«

»Wie auch immer«, unterbrach Danny. »Das bedeutet jedenfalls, dass wir auf die drei Paare angewiesen sind, die wir haben, egal was man ihnen nachsagt. Ob sie verheiratet sind oder nicht. Ob sie kriminell sind oder nicht. Ob ...«

»Chef, es ist ja nicht deine Schuld, wenn die Leute gelogen haben. Wir sollen hier nichts anderes tun, als eine unterhaltsame Show auf die Beine zu stellen. Um nichts anderes geht es. Wenn Roscoe unsere Show gut findet, werden wir weitermachen, mit neuen Kandidaten. Sieh es doch mal von dieser Seite: Wenn wir nach der Show herausfinden sollten, dass das Siegerpaar nicht verheiratet war, dann muss Roscoe die Million nicht bezahlen. Wer weiß, vielleicht bekommt er auf diese Art noch mehr Publicity für seinen Sender.«

Wenn Roscoe die Million selbst bezahlt, dachte Regan, dann muss er wirklich Geld wie Heu haben.

»Na, jedenfalls gibt es keine Show ohne die Paare«, schloss Danny. »Und zwar diese Paare. Wir müssen mit ihnen weiterarbeiten.«

Victor nickte. »Im Gegensatz zu der unseligen Internetseite müssen wir den Deckel draufhalten, auf allem, was vielleicht noch herauskommt. Wie man so schön sagt: ›Die Show muss weitergehen.‹«

Regan beugte sich vor. »Danny, wie sieht es mit den Hintergrundinformationen aus, die ich für dich überprüfen sollte? Wann kann ich da mehr Informationen bekommen?«

Victor drehte sich zu ihr um. »Ich würde ihnen nicht zu viele Fragen stellen, denn es wäre ja wirklich zu blöd, wenn einer der Kandidaten kalte Füße bekommt und aussteigt. Dann haben wir ein echtes Problem. Schließlich waren das alles ganz normale Paare, die sich um ihre eigenen Angelegenheiten gekümmert haben, bevor Roscoes Leute bei ihnen hereingeplatzt sind. Verstehen Sie, was ich meine, Regan?«

»Roscoe hat die Schauspieler für die Comedy-Show ausgesucht und uns mit einer Auswahl von sechs Paaren beglückt. Den Rest hat er uns überlassen. Wir haben sie interviewt, um herauszufinden, welche Paare am interessantesten wären«, ergänzte Danny.

»Na, interessant sind sie auf alle Fälle«, bemerkte Regan. »Aber warum hat er euch die Wahl überlassen? Wenn er die Leute für die Comedy selbst ausgesucht hat, hätte er doch eure Show genauso kontrollieren können.«

Victor zuckte die Schultern. »Wer versteht schon, was Roscoe sich den lieben langen Tag so ausdenkt?«

Regan ließ sich wieder zurücksinken. Irgendwie habe ich das Gefühl, als sei Roscoe das wahre Problem, dachte sie. Aber er hat immerhin eine ganze Menge Leute mit Arbeit versorgt. Sie warf einen Blick aus dem Fenster. Es war fast halb sechs, und die Lichter der Stadt begannen zu glitzern. Es wurde Nacht in Las Vegas.

Als Danny auf den Parkplatz des *Fuzzy Dice*-Hotels einbog, rannte eine der jungen Produktionsassistentinnen ihnen schon entgegen. »Elsa hat gerade vierhundertzwölftausend Dollar am einarmigen Banditen gewonnen. Sie sagt, sie steigt aus und fährt nach Hause.«

O Gott, was denn noch?, dachte Regan.

Danny ließ den Wagen in die Parklücke schießen und rannte wie ein geölter Blitz ins Haus. Regan und Victor folgten ihm eilig, und als sie hineinkamen, traute Regan ihren Augen nicht. Die kleine Elsa rollte über den Boden, in einen heftigen Ringkampf mit einer anderen Frau verstrickt. Agony und Heartburn versuchten verzweifelt, die beiden zu trennen. Und Sam stand die ganze Zeit mit laufender Kamera dabei.

17

Heartburns Chili machte seinem Namen wirklich alle Ehre.

»Wow!«, rief Shep aus, als er den letzten Rest mit dem Löffel aus seiner Schüssel kratzte. »Das Zeug macht wirklich wach.«

Aber Maddy brauchte kein Chili, um sich aufzumuntern. Seit die Bedienung sie gebeten hatte, Aunt Agonys Post mitzunehmen, war sie wie elektrisiert. Sie aß nur zwei Löffel voll Chili, dann hatte sie genug. Sie konnte sich kaum mehr zusammenreißen, und als Shep endlich seinen Löffel niederlegte, stand sie auch schon auf. »Shep, mein Lieber, wir müssen los.«

»Wo brennt's denn?«, fragte er rhetorisch, während er sein Glas Cola leer trank.

Die Bedienung kam aus dem Hinterzimmer und zerrte einen großen Sack hinter sich her. »U.S. Mail – Aunt Agony stand darauf. »Da ist er«, verkündete sie. »Ein riesengroßer Haufen Sorgen und Kummer. Alles verpackt und fertig zum Mitnehmen.«

Shep hob eine Augenbraue. »Wirklich ein Haufen Elend.«

»Ich weiß ja auch nicht, wie sie damit immer so fertig wird«, antwortete die Bedienung, »aber sie liest jeden Einzelnen dieser schrecklichen Briefe. Ich würde depressiv dabei.«

Maddy versuchte, den Sack hochzuheben, aber Shep hielt sie davon ab. »Das ist zu schwer für dich, Liebes, lass mich das tragen.«

Sie bezahlten ihre Rechnung, verabschiedeten sich und

traten hinaus ins nachmittägliche Sonnenlicht. Der Hund schlief in seinem Korb neben der Veranda und rührte sich nicht, als die Tür hinter ihnen ins Schloss fiel.
»Leg den Sack doch auf den Rücksitz«, sagte Maddy.
»Findest du nicht, der Kofferraum wäre besser?«
»Nein, eigentlich nicht.«
»Na gut.«
Shep öffnete die Autotür, legte den Sack auf den Boden und setzte sich hinters Steuer. Maddy nahm auf dem Beifahrersitz Platz und drehte sich um, um der Bedienung zuzuwinken, die auf die Veranda getreten war. Shep startete den Wagen, fuhr langsam hinaus auf die einsame, zweispurige Straße, und schon waren sie wieder unterwegs. Sobald das Restaurant außer Sicht war, kletterte Maddy auf den Rücksitz.
»Was machst du denn?«, fragte Shep irritiert, als sie ihn mit dem Fuß an der Schulter berührte.
»Fahr du nur, mein Schatz«, gab seine Frau zurück und setzte sich aufrecht hin. Sie griff nach der Thermosflasche mit heißem Wasser, die sie neben der Kühlbox in einem eigenen Behälter aufbewahrte, weil sie sich gelegentlich eine Tasse Tee aufbrühte, wenn sie unterwegs waren. Als sie den Deckel von der Thermosflasche schraubte und kleine Dampfwölkchen aus dem Behälter aufstiegen, seufzte sie befriedigt auf. »Wunderbar, das geht«, sagte sie leise. »Wunderbar.« Sie schloss die Thermosflasche wieder und tauchte dann förmlich in Agonys Postsack ab.
»Es ist illegal, in anderer Leute Post herumzuschnüffeln«, warnte Shep sie vom Fahrersitz aus.
»Ich schnüffle nicht herum. Wie ich vorhin schon sagte, ich habe lediglich ein gesundes Interesse am Leben anderer Menschen.«
Shep schüttelte den Kopf und schaltete das Radio ein. »Irgendwann kann ich dich im Gefängnis besuchen.«

18

Das war mein Spielautomat!«, kreischte die kräftig gebaute, vollkommen aufgelöste Frau, die sich mit Elsa am Boden wälzte. Wenn man Regan erzählt hätte, dass die Frau Ringkämpferin sei, wäre sie nicht einmal überrascht gewesen. Elsas Gegnerin war von unbestimmbarem Alter und hatte breite Schultern. Sie trug lange blondierte Haare, dicken schwarzen Lidstrich und genug Make-up im Gesicht, um ein Schiff zum Sinken zu bringen.

Agony und Heartburn boten Rat und Gesprächshilfe an, während die beiden Frauen zwischen den einarmigen Banditen auf dem Boden herumrollten.

»Vorsicht!«, rief Regan mit Autorität in der Stimme. Agony und Heartburn sprangen schnell aus dem Weg, als Regan sich bückte und Elsa zu fassen bekam. Danny griff nach der Ringkämpferin, zog sie von Elsa weg und hielt sie im Schwitzkasten.

»Was ist denn hier los?«, fragte Danny laut.

»Ich habe ehrlich gewonnen!«, rief Elsa. »Wir kamen vom Studio hierher, und ich habe mir gedacht, ich werfe schnell ein paar Münzen in einen der Spielautomaten. Dann habe ich gewonnen, und in diesem Augenblick kommt die Dicke da aus der Damentoilette und dreht durch!«

»Ich habe die ganzen letzten drei Stunden an dieser Maschine gespielt. Es ist meine Lieblingsmaschine. Ich bin nur für einen Augenblick weggegangen, weil ich zur Toilette musste. Ich wusste doch, ich hätte noch mal gehen sollen, bevor ich das Haus verließ.« Ihre Stimme brach,

und sie brach in Tränen aus. »Ich brauche das Geld so sehr!«, heulte sie. »Ich brauche es wirklich.« Ihr üppiger Busen wogte auf und nieder, und sie schluchzte heftig.
Elsa bringt irgendwie viele Leute zum Weinen, dachte Regan.
Der Hotelmanager kam herüber und legte seinen Arm um die dicke Frau. »Es tut mir Leid, die Glücksfee war heute nicht auf Ihrer Seite. Aber wissen Sie, so ist Las Vegas.«
Die Frau schluchzte noch lauter.
Regan bemerkte plötzlich, dass nicht nur Sam alles filmte, was hier vor sich ging, sondern dass auch die junge Frau an der Rezeption, die ihr schon früher wegen ihres Würfel-Schmucks aufgefallen war, ihre Videokamera herausgeholt hatte. Ob sie das hier für die Werbung des Hotels verwenden wollen?, fragte sich Regan.
»Elsa, können wir kurz nach oben gehen und darüber sprechen?«, fragte Danny ruhig.
»Erst will ich Barney erzählen, dass ich gewonnen habe.«
»Und wo ist er?«
»Er ist nach oben gegangen, um sich ein bisschen auszuruhen. Sein Arm tut so weh.«
»Geht es dir gut?«, fragte Agony Elsa besorgt. »Es ist doch eine Schande, dass eine so erfreuliche Geschichte, wie ein großer Geldgewinn, durch Neid verdorben wird.«
Durch Neid verdorben ist gut, dachte Regan. Die Frau hätte Elsa leicht umbringen können. Jetzt jedenfalls brachte der Manager sie hinaus.
»Mir geht es gut«, versicherte Elsa. »Es ist ein so schönes Gefühl, wenn man gewinnt. Und es ist ein so schönes Gefühl, zu wissen, dass Barney und ich jetzt losgehen und das Geld als Paar genießen können.«
Heartburn nickte beifällig.

Na wunderbar, es geht weiter, dachte Regan. Kaum hat sie diesen Gewinn eingestrichen, schon giert sie nach dem nächsten Preis. Noch mehr Geld. Jetzt kommt die Bonusrunde. Eine Million Dollar. Danny muss sich keine Sorgen machen, Elsa wird nun auf keinen Fall aussteigen. Sie ist schon wieder vernünftig und hat begriffen, dass es sich lohnen könnte, noch ein paar Tage hier auszuhalten.

»Danny«, sagte Regan mit ruhiger Stimme, »ich gehe nach oben und mache mich ein wenig frisch. Soll ich um Viertel vor sieben bei dir reinschauen? Ich habe noch ein paar Kleinigkeiten, die ich gern in Ruhe mit dir besprechen würde.«

»Kein Problem, Regan. Ich habe die Suite am anderen Ende des Gangs.«

»Na wunderbar. Bis später dann.« Regan ging zum Treppenhaus, die Kandidatenakten unter dem Arm. Sie wollte einen kurzen Blick darauf werfen und dann Jack anrufen. Es war alles so schnell gegangen! Kaum zu glauben, dass sie heute früh noch ganz friedlich in ihrem Büro in Los Angeles gesessen hatte.

Sie lachte leise vor sich hin. Wenn das die nächsten vier Tage hier so weitergeht, bin ich bis Freitagabend vollkommen durchgedreht. Jack wird vor allem dafür sorgen müssen, dass ich meine geistige Gesundheit wieder finde.

Sie nahm immer zwei Stufen auf einmal. Die nächste Zusammenkunft fand schon in einer Stunde statt, und sie konnte nur raten, was die Nacht noch bringen würde.

19

Roscoe hatte Erene und Leo zu einem Treffen in den Hof seines Anwesens gebeten. Am Ende seines Besitzes gab es ein kleines Gartenhaus, das vermutlich von den Vorbesitzern für alle möglichen illegalen Aktivitäten genutzt worden war. Roscoe wollte nichts anderes als einen kleinen Dämmerschoppen in frischer Luft. Der Himmel sah so hübsch aus, wenn er die Farbe wechselte. Heute Abend war er mit goldenen Streifen überzogen. Um diese Zeit unternahm Roscoe auch oft eine kleine Ballonfahrt.

»Die Sache mit dem Pfeifton hat ihnen ganz schön zugesetzt, oder?«, fragte Roscoe und nahm einen Schluck von seinem edlen Single Malt Scotch.

Erene beugte sich ein wenig vor. »Das war großartig. Untersuchungen zeigen, dass Menschen, die man zwingt, unter Druck zu arbeiten, oft kreativer werden. Beide Teams haben jetzt begriffen, dass sie keine Minute zu verlieren haben, solange sie auf dem Studiogelände sind.«

»Bubbles sah aus, als ob sie gleich durchdreht«, ergänzte Leo. »Und sie hat offenbar auch ein paar Probleme mit ihren Schauspielern.«

Roscoe lachte und schlug mit seiner Reitgerte an die Wand des Gartenhäuschens. »Es ist einfach großartig!«

»Aber, Roscoe«, unterbrach ihn Erene. »Ein paar Dinge muss ich doch noch ansprechen.«

»Jawohl, Madam.« Er nannte sie gern so, es klang so dämlich, dass er am liebsten laut losgelacht hätte.

»Irgendetwas geht bei der Reality-Show vor, etwas sehr

Unangenehmes, mit dem wir aber nichts zu tun haben.«
»Die Sache mit dem rutschigen Boden.«
»Ja.«
»Wenn da jemand verletzt worden wäre, hätten wir jetzt möglicherweise eine Klage am Hals.«
»Wer hat das Öl auf dem Boden verteilt?«, fragte Roscoe.
»Das ist es ja, wir wissen es nicht. Die versteckte Kamera in diesem Bereich des Studios hat nicht funktioniert.«
»Ist das inzwischen repariert?«
»Sie arbeiten noch dran.«
»Also gibt es jemanden, der bei *Zurück auf Wolke sieben* Schwierigkeiten macht, und wir wissen nicht, wer es ist.«
»Genau«, antwortete Erene.
Roscoe schlug mit der Faust auf den Tisch. »Das ist vollkommen inakzeptabel. Leo, schlafen Sie?«
»Nein, Sir. Ich denke nach.«
»Das hätten Sie auf dem Weg hierher machen sollen.«
»Ja, Sir. Aber ich vermute, dass Ihnen mein gerade beendeter Gedanke gut gefallen wird.«
»Raus damit.«
»Wenn Sie noch ein bisschen mehr Dramatik in die Sache bringen wollen, dann sollten wir die beiden Gruppen morgen hierher in Ihr trautes Heim einladen, um gemeinsam zu Abend zu essen.«
Roscoe machte große Augen. »Aber sie sind die schärfsten Konkurrenten!«
»Eben. Das würde den Abend ja gerade so interessant machen. Wir könnten außerdem jeden Einzelnen beobachten und unsere Beobachtungen hinterher vergleichen. Und, Roscoe, stellen Sie sich vor, Sie könnten eine Ihrer wunderbaren, inspirierenden Reden halten. Sie wollen doch auch nicht, dass uns irgendjemand jetzt *Zurück auf Wolke sieben* ruiniert, oder?«

Roscoe lachte. »Also veranstalten wir eine Grillparty«, sagte er begeistert.
Kitty kam aus dem Haus und eilte auf das Gartenhäuschen zu. »Ich habe doch gewusst, dass mir der Name bekannt vorkam!«
»Wovon redest du, mein Schätzchen?«, fragte Roscoe.
»Regan Reilly.«
Roscoe erklärte den anderen: »Danny hat eine Freundin eingeladen, die angeblich ebenfalls eine Reality-Show produzieren will.«
Kitty hielt eins von Nora Regan Reillys Büchern in die Höhe. »Das hatte ich gerade in der Post von meinem Buchclub. Ich wollte mal wieder was Spannendes lesen, obwohl ich eigentlich ein ziemlicher Angsthase bin.« Sie schlug das Buch auf der Seite auf, wo die Danksagungen standen.
»Hier! Ich danke meiner Tochter, Privatdetektivin Regan Reilly, die mir so sehr geholfen hat ...«
»Privatdetektivin!«, rief Roscoe. »Solche Schnüffler können wir hier überhaupt nicht gebrauchen.«
»Aber auf keinen Fall«, stimmte Erene zu. »Studien zeigen, dass ...«
»Vergessen Sie Ihre Studien!«, befahl Roscoe. »Sie könnte uns hier alles verderben!«
Leo schüttelte den Kopf und schürzte die Lippen. »Warten wir ab, was morgen Abend auf der Party passiert, Chef. Wir können sie im Auge behalten – und alle anderen ebenfalls.«
Unbeirrt streckte Erene ihren Zeigefinger in die Höhe. »Es gibt eine Untersuchung, die besagt, dass Menschen, die zusammen zu Abend gegessen haben, viel eher dazu neigen ...«
»Rufen Sie den Partyservice an!«, unterbrach Roscoe sie. Er hatte ihre Studien und Untersuchungen gründlich satt. Als Nächstes zieht sie wahrscheinlich irgend-

welche Grafiken und Tafeln aus der Tasche, dachte er. Roscoe wollte seinen Spaß haben und eine gute Show bekommen, mit der *Hot Air Cable* endlich in den Mittelpunkt des Interesses rückte. Statistiken waren ihm herzlich gleichgültig. »Wir werden Hot Dogs und Hamburger und Marshmallows grillen. Hier im Hof werden wir ein schönes Lagerfeuer machen, wie beim Dschungelcamp.«

Leo lächelte still vergnügt. Er wusste, es würde eine interessante Party werden.

20

Honey verbrachte den Tag damit, sich verschönern zu lassen. Sie ließ sich mit Wachs sämtliche Härchen am Körper entfernen, ließ sich die Haare färben, Strähnchen machen, ließ sich polieren, peelen und massieren. Das muss jetzt sein, versuchte sie sich ihr Tun selbst vernünftig zu erklären. Wenn ich irgendwo Danny begegne, und ich werde ihm begegnen, dann darf kein abgesplitterter Fingernagel, kein falsches Härchen, kein Hautschüppchen mir die Tour vermasseln. Als sie nach Hause kam, schaltete sie erschöpft die Sechs-Uhr-Nachrichten ein und hörte, wie der Sprecher eine besonders schöne Geschichte ankündigte:
»Kandidatin einer Reality-Show gerät im *Fuzzy Dice* in einen Ringkampf mit einer Mitspielerin«, berichtete er aufgeregt.
Honey sah mit schmerzverzerrter Miene, wie Danny sich zwischen die Kontrahentinnen warf, um den Ringkampf zu beenden. Es brach ihr fast das Herz. Danny war so stark, so schön, so gut zu allen Menschen. Sie sah, wie die kräftige Frau mit dem schlecht gefärbten Haar in die Kamera kreischte, dass sie das Geld brauchte. Honey war voller Mitleid mit ihr. Was diese Frau wirklich braucht, ist ein guter Friseur, dachte sie. Keine Frau auf der Welt sollte so herumlaufen müssen. Überhaupt, das ist es!, dachte sie dann plötzlich. Ich werde Danny zeigen, was für eine freundliche, treu sorgende Frau ich bin. Ich werde Menschen in Not zu Hilfe eilen. Ich werde Menschen auf der Straße finden, die dringend Hilfe brauchen, was ihr äußeres Erscheinungsbild

angeht. Und es laufen weiß Gott genug davon in Las Vegas herum. Ich werde ihnen helfen, ihre Selbstachtung wieder zu finden. Honey begeisterte sich an den grenzenlosen Möglichkeiten, eine Florence Nightingale des einundzwanzigsten Jahrhunderts zu werden.

Aber bald sank ihr Mut wieder. Wie soll das funktionieren?, dachte sie. Und vor allem, wie soll Danny von all meinen guten Taten erfahren?

Los geht's, feuerte sie sich selbst an. Sie griff nach dem Telefonbuch von Las Vegas, das unter ihrem Sofa lag, und suchte die Nummer des *Fuzzy Dice* heraus. Sie sprach sich die Nummer laut vor, griff nach ihrem Telefon und wählte.

»Paulys Pfandleiherei«, sagte eine raue Männerstimme.

»Ist da nicht das *Fuzzy Dice*-Hotel?«, fragte Honey vorsichtig.

»Nein.« Aufgelegt.

Sie griff wieder nach dem Telefonbuch. »Ich hätte mir die Nummer gleich aufschreiben sollen«, sagte sie zu sich selbst, schlug die Nummer noch einmal nach, wiederholte sie zweimal und wählte wieder.

»*Fuzzy Dice*-Hotel.«

»Ja, hallo. Ich habe Ihr Hotel gerade im Fernsehen gesehen, Sie wissen schon, den kleinen Ringkampf in Ihrer Hotelhalle ...«

»Ja, wir hatten einen großen Gewinn hier«, antwortete die junge Frau stolz.

»Meinen Glückwunsch an die Gewinnerin. Wenn ich richtig verstanden habe, ist sie eine der Kandidatinnen aus der Reality-Show.«

»Ja. Das ganze Team ist hier bei uns untergebracht; das ist alles sehr aufregend. Wir haben noch ein paar Zimmer frei, möchten Sie reservieren?«

»Nein, eigentlich dachte ich eher, ob Sie mir vielleicht den Namen der Frau sagen könnten, die das Geld nicht

gewonnen hat. Ich möchte gern Kontakt mit ihr aufnehmen.«
»Gute Frau, wir haben sie vor die Tür gesetzt. Gäste wie sie haben wir hier nicht nötig. Und wir geben die Namen unserer Gäste auf keinen Fall an Dritte weiter. Im Übrigen, was wollen Sie denn von ihr? Sie ist vollkommen verrückt.«
»Ich kümmere mich um Make-up und Frisuren. Sie tat mir Leid, und ich wollte ihr Hilfe anbieten.«
»Nun, ich gebe gern zu, dass sie diese Hilfe gut gebrauchen könnte, aber ich kann Ihnen versichern, dass unser Manager sie vor die Tür gebracht hat und dafür sorgen wird, dass sie nie wieder über unsere Schwelle kommt. Wissen Sie, eigentlich sollten Sie Ihre Dienste den Kandidaten dieser Show anbieten. Unter uns, die Frau, die das Geld gewonnen hat, könnte ein wenig Hilfe auch ganz gut gebrauchen. Ihr Haarschnitt erinnert stark an Buster Brown. Sie hat überhaupt keinen Stil.«
»Da haben Sie Recht. Eine großartige Idee!«, hauchte Honey.
»War nur so ein Gedanke. Schließlich wird das Paar, das die Show gewinnt, sein Eheversprechen in einem Heißluftballon erneuern, und das vor laufender Kamera. Die Leute sollten doch so gut wie möglich aussehen, finden Sie nicht?«
»Doch, das finde ich allerdings. Und ich bin die Richtige, um dafür zu sorgen. Könnten Sie mich mit Danny Madleys Zimmer verbinden?«
»Sie kennen Danny?« Die Frau wartete gar nicht erst auf eine Antwort, sondern verband Honey mit seiner Suite. Honeys Herz blieb fast stehen, als sie den Rufton hörte. Das Adrenalin schwappte nur so durch ihren Körper; sie hätte ohne Schwierigkeiten die Springbrunnen am *Bellagio* zum Tanzen bringen können.
»Hallo!« Danny klang gehetzt.

»Danny, hier ist Honey«, begann sie mit ihrer fröhlichsten und selbstbewusstesten Stimme.
Aber die Antwort kam wie eine kalte Dusche. »Honey, verstehst du, ich habe jetzt wirklich zu tun. Ich kann jetzt nicht mit dir telefonieren. Vielleicht ein andermal.«
Honeys Lippen zitterten, als sie hörte, dass er aufgelegt hatte. Wie versteinert blieb sie noch ein paar Sekunden sitzen und hörte die Ansage der Vermittlung im Telefon. Dann drückte sie den Knopf, um das Gespräch zu beenden, und ließ das Telefon mit einem Krachen auf ihren Couchtisch fallen. Ich kann hier nicht einfach so herumsitzen, dachte sie. Ich fahre jetzt in die Stadt. Sie nahm das Telefon wieder auf und rief ihre beste Freundin Lucille an, die in einem der Casinos als Croupier arbeitete und glücklicherweise an den gleichen Abenden freihatte wie sie. »Lucille, wir gehen aus.«
»Wohin?« Lucille kam immer schnell auf den Punkt. Sie war das vernünftigste Mädchen auf der Welt. Im Casino zog sie die Chips der Verlierer schneller ein als jeder andere Croupier in Las Vegas.
»Irgendwohin in die Stadt, ich hab da zu tun.«
Lucille lachte. »Geht es wieder mal um Danny?«
»Lucille!«, protestierte Honey.
»Also ja. Ich hole dich mit dem Auto ab. Danny kennt meinen Wagen nicht, und wenn es nötig ist, kannst du dich immer noch unter den Sitz ducken.«
»Ich bin in fünf Minuten fertig«, kündigte Honey an. Nach den Aktivitäten des heutigen Tages würde ihr Körper sehr viel Pflege kaum noch ertragen.
»Gut«, sagte Lucille seelenruhig. »In einer Stunde hole ich dich ab.«
Honey legte auf und fühlte sich schon ein wenig besser. Ich werde ihn zurückerobern, dachte sie. Er weiß eigentlich, dass wir füreinander bestimmt sind, egal, was seine verdammte Mutter über mich redet.

21

Du lieber Himmel!« Madeline zog eine Hand voll Briefe aus dem Postsack. »Da weiß man ja gar nicht, wo man anfangen soll.«

Vorn auf dem Fahrersitz schüttelte Shep heftig den Kopf und drückte unwillkürlich stärker aufs Gaspedal. »Was du da machst, gefällt mir überhaupt nicht«, warnte er. »Warum rufst du nicht einfach eine deiner Freundinnen an, wenn dir langweilig ist?«

Aber Mad hörte ihm gar nicht zu. »Sieh dir bloß mal diese Absender an, alle aus Arizona und Nevada. Bestimmt ist unter den Briefeschreibern jemand, den wir kennen.«

Maddy stapelte die Briefe auf dem Sitz neben sich und wollte gerade wieder in den Sack greifen, als ihr ein Gedanke kam. Sie griff nach dem Sack und drehte ihn um, sodass sich die Briefe auf dem Boden des Autos verteilten. »Jetzt habe ich sie alle auf einmal im Blick.«

Maddy schaufelte sich durch die Briefe und versuchte zu entscheiden, welchen sie zuerst öffnen sollte. Endlich entdeckte sie eine verführerische Adresse auf einem Geschäftsumschlag – Brenda Nickles, Rechtsanwältin. Sie schnappte sich den schlichten weißen Umschlag, öffnete ihre Thermosflasche und fuhr mit dem Brief über die kleine Dampfwolke, bis der Klebstoff nachgab. Vorsichtig half sie mit dem Zeigefinger ein wenig nach.

»Na also«, sagte sie und streckte konzentriert die Zunge heraus. Vorsichtig zog sie an dem feuchten Umschlag, bis er ganz offen war. »Kein einziger Riss«, erklärte sie stolz, zog den Brief heraus und öffnete ihn.

»Du lieber Himmel!«, rief Shep in diesem Augenblick.

»Wo kommt der denn her?« Ein Polizeifahrzeug fuhr mit blinkenden Lichtern dicht hinter ihnen.
Maddy warf einen erschrockenen Blick nach hinten. »Shep, was hast du angestellt?«
»Darüber würde ich mir an deiner Stelle keine Gedanken machen. Du bist diejenige, die hier anderer Leute Post liest«, grollte er, als er den Wagen an den Straßenrand lenkte.
Maddy stopfte den Brief der Rechtsanwältin hektisch in die Falte des Rücksitzes. Dann griff sie nach einer Hand voll Briefen und ließ sie in den Sack fallen. Noch einmal, und noch einmal. Sie drehte sich um und sah, wie der Polizist auf ihr Auto zukam. »Ich komme mir vor wie eine Verbrecherin«, stöhnte sie Shep zu.
»Das bist du ja auch. Und jetzt bleib einfach still sitzen.«
Der Polizist erblickte Maddy auf dem Rücksitz und näherte sich vorsichtig der Beifahrerseite. Shep hatte das Fenster geöffnet.
»Sie haben es ein bisschen zu eilig«, bemerkte der Polizist.
»Tut mir Leid, Sir. Ich habe gar nicht bemerkt, dass ich zu schnell fuhr.«
»Wohin geht die Fahrt?«
»Las Vegas.«
»Führerschein, Fahrzeugschein und Versicherungspapiere bitte.«
Shep griff ins Handschuhfach und holte die Dokumente heraus. Der Polizist sah Maddy fragend an.
»Mir wird vorne immer schlecht«, sagte Maddy schnell. »Ich sitze immer hinten, immer, immer. Es ist so viel bequemer, wenn ich mich ausstrecken kann, wissen Sie?«
Der Polizist blickte von Maddy zu dem Paar Damenschuhe auf dem Boden vor dem Beifahrersitz. »Sind das Ihre Schuhe?«

Maddy klimperte mit den Augen. »Ja, Officer. Das da vorne sind meine Schuhe. Wissen Sie, ich dachte, ich könnte meinem Mann ein bisschen Gesellschaft leisten. Aber dann bekam ich wieder Magenschmerzen, und da dachte ich mir …«

»Bin gleich wieder da«, unterbrach der Polizist sie kurz und ging mit Sheps Papieren zurück zu seinem Wagen.

Maddy stopfte die wenigen verbleibenden Umschläge auf dem Rücksitz zurück in den Postsack.

»Tu mir einen Gefallen, Maddy, und halt den Mund«, sagte Shep erschöpft. »Du machst dich ja richtiggehend verdächtig.«

Maddy ließ sich in ihrem Sitz herunterrutschen und vermied die Blicke der Vorbeifahrenden. Sie wusste genau, was die Leute dachten, denn sie hatte es selbst oft genug gedacht, wenn sie sah, wie jemand von der Polizei an den Straßenrand dirigiert wurde. Gesetzesbrecher! Diese blinkenden Lichter waren entsetzlich peinlich.

Der Polizist kam zurück und reichte Shep einen saftigen Strafzettel für zu schnelles Fahren. Zwölf Meilen zu schnell. »Fahren Sie oft nach Las Vegas?«, fragte er.

»Ja. Wir lieben Las Vegas«, antwortete Maddy. »Unser Sohn produziert dort eine Reality-Show fürs Fernsehen.«

»Dürfte ich einen Blick in Ihren Kofferraum werfen?«

Shep nickte und drückte auf den Knopf, der den Deckel öffnete. Dann stieg er selbst aus.

»Sei vorsichtig, Schatz!«, rief Maddy.

Der Polizist warf einen schnellen Blick auf das Gepäck und kam dann zurück zu Maddys Fenster, während Shep wieder einstieg. »Dürfte ich einen Blick in den Sack werfen, den Sie da bei sich haben?«, sagte er zu Maddy.

»Den Sack?«, wiederholte Maddy.

»Genau, Madam. Wissen Sie, auf diesen Straßen hier

werden enorm viel Drogen transportiert. Aber Sie haben doch sicher nichts Illegales bei sich, oder?«
Maddy war einer Ohnmacht nahe. »Nein, Sir, wirklich nicht. Nur ein paar Briefe, die wir Aunt Agony mitbringen sollen.«
»Aunt Agony?«
»Der Kummerkasten-Kolumnistin.«
»Ach die. Ja, meine Frau liest das gern.« Er öffnete die Wagentür, Maddy rutschte beiseite und schob ihm den Sack zu. Er wühlte ein bisschen darin, genau wie Maddy es noch vor wenigen Minuten getan hatte. »Hoffentlich ist kein Brief von meiner Frau dabei«, scherzte er.
Maddy lachte einen Hauch zu hysterisch. »Ich kann nachsehen, wenn Sie wollen.«
Er starrte sie an und wurde plötzlich ernst. »Sie sollten diese Post überhaupt nicht ansehen. Was ist mit den Umschlägen, die da auf dem Sitz liegen?«
Maddy hörte blitzartig auf zu lachen und blickte hinunter, wo sie tatsächlich noch zwei Briefe entdeckte. »Oh, Officer, die müssen irgendwie aus den Sack gerutscht sein.«
»Geben Sie sie mir, bitte.«
Gott sei Dank, dass ich die nicht geöffnet hatte, dachte sie und reichte ihm die beiden mit Blumenmuster verzierten Umschläge, die vermutlich angefüllt waren mit Herzschmerz. Er sah sie von beiden Seiten an, stellte fest, dass sie nicht beschädigt waren, und ließ sie in den Sack fallen.
»Wie heißt denn die Reality-Show Ihres Sohnes?«, fragte er dann.
»*Zurück auf Wolke sieben.* Wir hoffen, dass sie bald auf *Balloon Channel* gesendet wird, genauer gesagt am Freitagabend. Kennen Sie den Sender?«, fragte Maddy mit einem koketten Lächeln.
»Noch nie gehört.« Er zog das Band an dem Postsack

entschlossen zu und versah es mit einem Doppelknoten. Dann winkte er ihnen noch einmal zu und ging zurück zu seinem Auto.

Shep fuhr weiter. »Ich hoffe, du hast daraus was gelernt«, sagte er.

Maddy nickte. Ihr Herz klopfte immer noch zum Zerspringen.

»Verlass dich drauf, mein Schatz. Das Einzige ist, ich habe ja noch diesen einen Brief hier in der Sitzfalte. Und der sieht sehr interessant aus.«

22

Regan ließ ihre Zimmertür mit einem tiefen Gefühl von Erleichterung hinter sich zufallen. Der ruhige, leere Raum war eine echte Erholung. Inzwischen ließ sie sich nicht einmal mehr von dem Würfelmuster auf ihrer Bettdecke erschüttern. Sie schüttelte sich die Schuhe von den Füßen, klopfte sich das Kopfkissen zurecht und lehnte sich zurück. Wie gern würde ich jetzt die Augen zumachen, dachte sie, dann irgendwann eine schöne Dusche nehmen und ausgehen, um irgendwo ganz entspannt zu Abend zu essen.

»Keine Würfel«, sagte sie laut, als sie das Dekor ihres Zimmers betrachtete. »Jedenfalls fast keine.« Sie öffnete die Akte von Barney und Elsa Schmidt. Mein Gott, die beiden hatten einen heftigen Tag hinter sich. Erst war Barney gestürzt und hatte sich am Arm verletzt, und dann hatte Elsa den Jackpot geknackt. Hey, dachte Regan, ich bin an fast derselben Stelle gefallen, vielleicht sollte ich heute Abend mein Glück an den Spielautomaten versuchen.

Nachdem sie die Akten aller drei Paare durchgesehen hatte, stellte sie fest, dass die Informationen mehr als spärlich waren. In den Adressen war überall nur die Stadt und ein Postfach angegeben, es gab keine Sozialversicherungsnummern, keine Berufe. Dafür jede Menge über Vorlieben und Abneigungen, über die Gründe, warum sie bei der Show mitmachen wollten, und darüber, wie sie sich kennen gelernt hatten. Regan hob die Augenbrauen. Diese Shows waren wirklich in erster Linie daran interessiert, wie die Kandidaten auf dem Bildschirm wirkten und ob sie ins Konzept der Show passten. Wen kümmerten da schon gewalttätige Neigungen?

Sie nahm ihr Handy und rief Jack an. Er hob sofort ab.

»Regan, wie geht es voran?«

»Wie es halt so geht in Las Vegas«, lachte sie. »Seit ich zuletzt mit dir gesprochen habe, hat eine der Ehefrauen über vierhunderttausend Dollar an einem Spielautomaten gewonnen und damit gedroht, sofort abzureisen.«

»Kann man ihr nicht verdenken.«

»Na, jedenfalls hat sie sich inzwischen entschlossen, doch zu bleiben. Und warum auch nicht? In ein paar Tagen kann sie vielleicht noch zusätzlich eine Million einsacken.«

»Soll ich jetzt noch irgendwelche Hintergrundinformationen besorgen?«, fragte er.

»Ich habe lediglich ein paar Namen und Postfachnummern, mehr Informationen sind auf die Schnelle nicht zu bekommen. Heute Abend beim Cocktail werde ich versuchen, mehr herauszufinden, aber Tatsache ist, Danny muss die Show mit diesen Leuten durchziehen, denn er hat keine anderen. Ohne diese Kandidaten gibt es keine Show.«

»Und dabei sollte man doch denken, dass sich die Leute um so was reißen«, bemerkte Jack.

»Ja, ich weiß. Aber jetzt kann man die Leute nicht mehr einfach so ersetzen. Roscoe Parker, über den würde ich gern mehr wissen. Er ist reichlich exzentrisch. Heute Nachmittag um fünf Uhr hat er einen ohrenbetäubenden Pfeifton auf das Studiogelände losgelassen und uns alle rausgeschmissen. Und das, obwohl er weiß, dass beide Produktionen jede Minute brauchen, um sich auf Freitag vorzubereiten.«

»Machst du Witze?«

»Ich wünschte, es wäre so. Das war wirklich ein scheußlicher Lärm. Roscoe hat gesagt, dass wir alle erst morgen früh um neun Uhr wieder auf das Gelände dürfen. Oh, und wo wir gerade bei den unangenehmen Dingen sind, ich bin im Studio ausgerutscht und beinahe gefallen, und zwar an genau derselben Stelle wie der Kandidat, der ins Krankenhaus musste. Jemand hat Öl auf dem Boden verteilt, da bin ich ganz sicher.«

»Regan«, sagte Jack, jetzt ganz ernst, »das gefällt mir alles gar nicht. Sei bitte vorsichtig, ja? Ich werde mal ein paar von meinen Kontakten dort aktivieren und sehen, was ich über diesen Roscoe Parker in Erfahrung bringen kann. Und ich werde versuchen, etwas über die Kandidaten zu erfahren. Sagst du mir die Namen?«

Regan gab ihm die gewünschten Informationen.

»Sonst noch was?«

»Danny meint, irgendjemand aus dem Team könnte vielleicht dabei sein, die Show zu sabotieren. Ich habe ein paar von seinen Mitarbeitern getroffen, aber bisher weiß ich noch nicht mal die Namen.«

»Ruf mich einfach an, sobald du mehr weißt. Ich möchte dich am Freitagabend wohlbehalten in die Arme schließen, weißt du.«

Regan lächelte ins Telefon. »Das wirst du.«

»Ich mache mir wirklich Sorgen um dich.«

»Jack, es ist alles in Ordnung«, versicherte Regan ihm, immer noch lächelnd. »Danny braucht mich hier nur als zusätzliches Paar Augen und Ohren. Ich werde vorsichtig sein. Ich hoffe nur, dass die Show am Freitag wirklich ein Erfolg wird, dann bin ich froh.«

»Was weißt du über diese Comedy-Show, die gleichzeitig produziert wird?«

»Nicht viel. Ich werde auch da versuchen, ob ich mehr herausfinde. Wenn irgendjemand ein Motiv hat, Danny in die Parade zu fahren, dann müsste er eigentlich aus dieser Ecke kommen.«

»Auch da: Sobald du irgendeinen Namen hast, ruf mich an.«

»Du bist so gut zu mir«, neckte Regan ihn.

»Ich weiß«, lachte Jack. »Sie haben einfach das gewisse Etwas, mein Fräulein. Ich weiß nicht, was es ist, aber ich kann es kaum erwarten, Sie zu treffen, Miss Reilly.«

Sobald sie aufgelegt hatte, sprang sie vom Bett. Wenn sie mit Jack gesprochen hatte, fühlte sie sich immer ganz besonders lebendig. Jetzt war sie frisch und munter und bereit, dem Abend ins Gesicht zu sehen, egal, was er brachte.

23

Vielleicht sollten wir ja noch mehr Ballongeschichten in das Drehbuch einbauen«, schlug Noel Bubbles vor. »Roscoe ist ja ganz wild auf Ballons.«
Bubbles und die »irischen Zwillinge« hatten eine schwere Nacht vor sich, und überdies ging Bubbles Pilot Pete nicht aus dem Kopf. Sie hatte wahrlich schon mit einigen schrägen Vögeln gearbeitet, aber er war wirklich der Abschuss. Selbst der Schauspieler, mit dem sie damals in L.A. geprobt hatte und der ihr ein Springmesser an die Kehle halten wollte statt eines Requisitenmessers, damit ihr Spiel glaubwürdiger würde, selbst der war ihr nicht halb so durchgeknallt vorgekommen wie Pete. Damals hatte sie beschlossen, nur noch Comedy zu machen.
Noel, Neil und Bubbles saßen an einem kleinen Ecktisch in der Bar des *Seven's Heaven*. Bubbles wusste, dass ihr Hotel in derselben Liga spielte wie das *Fuzzy Dice*, aber das tröstete sie nicht sehr. Auf jeden Fall lebte auch das Team der Reality-Show nicht gerade in Saus und Braus.
»Unsere Drehbuchfamilie betreibt doch schon eine Ballonfirma. Was soll denn da noch kommen?«, fragte Bubbles ungeduldig. Diese zwei Autoren waren auch nicht gerade Laurel und Hardy …
»Ach, es gäbe schon noch eine ganze Reihe witziger Details, die wir einbauen könnten. Neil und ich haben im Internet recherchiert und uns über die Geschichte des Ballonfahrens informiert.«
Ich hänge mich auf, dachte Bubbles.

»Der Mensch träumt seit Anbeginn aller Zeiten vom Ballonfahren. Aber ich wette, du wusstest nicht, wo der Heißluftballon tatsächlich erfunden wurde.«
»Stimmt genau.«
»In einer Küche in Frankreich, in den 1780er Jahren. Zwei Brüder, Naturwissenschaftler, entdeckten eines Tages, dass sie Papiertüten mit heißer Luft über ihrem Herdfeuer zum Schweben bringen konnten. Joseph und Jacques Montgolfier – so hießen die beiden – beschlossen daraufhin, einen wesentlich größeren Luftsack zu bauen, aus Stoff und Papier. Unter den Ballon hängten sie einen kleinen Korb, und damit war der Heißluftballon geboren«, erklärte Neil lächelnd.
»Und wie willst du das in unsere Show einbauen?«, fragte Bubbles.
Jetzt übernahm Noel, der mit einem Finger auf Bubbles deutete. »Ich wette, du weißt nicht, wer die drei ersten Passagiere bei einem Flug einer Montgolfiere waren.«
»Vollkommen richtig.«
Noel räusperte sich. »Frankreich, 1783. Eine Ente, ein Hahn und ein Schaf wurden mit dem Ballon in die Lüfte geschickt, weil die Brüder nicht wussten, ob ein Mensch den Flug überleben würde.«
»Ein Glück, dass es damals noch keine Tierschutzvereine gab«, bemerkte Bubbles.
»Der Flug dauerte nur acht Minuten, die Landung war einwandfrei, und die Tiere blieben unversehrt. Tatsächlich fand man das Schaf friedlich auf einer Wiese grasend vor, und später erhielt es sein Gnadenbrot im Privatzoo von Marie Antoinette.«
»Na dann, Kikeriki!«
»Genau«, rief Neil. »Denn die meisten Ballonfahrten starten bei Sonnenaufgang, wenn der Wind noch ruhig ist, und wir haben gedacht, wir könnten vielleicht einen Hahn in die Show einbauen. Er könnte bei Sonnenauf-

gang auf dem Feld stehen und nicht nur den neuen Tag begrüßen, sondern auch die Ballonfahrer. Und wir könnten behaupten, er sei ein direkter Nachfahre des allerersten Hahns, der bei einer Ballonfahrt dabei war.«
Bubbles starrte ihn staunend an.
»Wir überlegen immer noch, was wir mit der Ente und dem Schaf anfangen«, gab Noel zu. »Aber wir haben uns eine einzigartige Eröffnungsszene überlegt, die wir jede Woche benutzen könnten. Also, wenn die Show gewinnt, natürlich.«
»Nämlich?« Bubbles wurde bei jedem Wort ruhiger.
»Bei den meisten Fahrten besteht eine gewisse Chance, dass die Ballonfahrer nicht genau am geplanten Ort landen.«
»In der Tat.«
»Nun, im Frankreich des achtzehnten Jahrhunderts waren die Bauern natürlich wie versteinert vor Schreck, wenn da auf einmal ein Ballon vom Himmel auf ihr Land fiel. Sie hatten so etwas ja noch nie gesehen. Und weißt du, was sie taten?«
»Nein.«
»Sie griffen die Ballonfahrer mit der Heugabel an.«
»Ehrlich?«
»Ehrlich!«, riefen Noel und Neil wie aus einem Munde. Es wirkte ein bisschen, als hätten sie es vorher geprobt. Noel spann den Faden weiter. »Und deshalb haben sich die Ballonfahrer überlegt, Champagner mitzunehmen, damit sie ihn den Bauern anbieten konnten, wenn sie landeten.«
»Hoffentlich, bevor sie aufgespießt wurden.«
»Eben. Mach den Bauern betrunken und glücklich. Ernsthaft, das ist der Grund für die traditionelle Champagnerzeremonie am Ende jeder Ballonfahrt.«
»Und ich dachte immer, sie feiern damit ihre sichere Landung.«

»Das sicher auch«, gab Noel zu. »Aber wir dachten, vielleicht könnten wir eine Landung aus dem achtzehnten Jahrhundert inszenieren, mit historischen Kostümen und so. Großmutter und ihr Verehrer würden die Bauern spielen, und du und James und Pilot Pete, ihr würdet mit dem Ballon landen. Sie kommen mit Heugabeln auf euch zugerannt, und ihr lasst die Korken knallen. Roscoe hat doch gesagt, wir haben freie Hand.«

»Wir schreiben auch noch einen witzigen Song, der während der Szene im Hintergrund laufen kann«, fügte Neil hinzu.

Bubbles schloss die Augen und dachte einen Moment nach. »Könnte tatsächlich funktionieren. Wir sollten es versuchen. Ich werde Roscoe morgen fragen, ob wir seinen Ballon am Mittwoch oder Donnerstag früh bekommen können.« Sie machte eine Pause und sagte dann leise. »Pilot Pete wird das vermutlich gut finden.«

»Er findet es wunderbar!«, versicherte Noel ihr.

»Wann habt ihr es ihm erzählt?«, fragte Bubbles, die sich ein bisschen übergangen fühlte.

»Bevor du runterkamst, ging er mit James hier vorbei.«

»Mit James?«

»Die beiden wollten irgendwo was zusammen trinken.«

Bubbles' Magen schlug einen Salto.

24

Um Viertel vor sieben klopfte Regan an Dannys Zimmertür.

Victor öffnete ihr und begrüßte sie. »Wir haben uns gerade diese Internetseite angesehen.«

Regan folgte Victor in den Sitzbereich der kleinen Suite, wo Danny auf dem Sofa saß und sich über seinen Laptop beugte. Er blickte auf und bot ihr einen Sitzplatz an.

Regan setzte sich neben ihn und ließ ihre Handtasche auf den Boden fallen. »Irgendwas Neues?«, fragte sie, als Victor im Sessel Platz nahm. Sie hatte gehofft, allein mit Danny sprechen zu können.

Danny schob ihr den Laptop herüber. »Sieh es dir an.«

»Zurück auf Wolke sieben« ist die neueste Errungenschaft des Reality-Show-Booms. Drei Paare im Wettstreit darum, wer sein Eheversprechen erneuern darf, und zwar in einem Heißluftballon, der wie eine Hochzeitstorte geformt ist. Der Preis: eine Million Dollar. Keines dieser Paare ist glücklich verheiratet, und nun geht es darum, Aunt Agony und Uncle Heartburn, die beiden Kummerkastenleute aus Las Vegas, zu überzeugen, dass man ganz plötzlich heftig ineinander verliebt ist und von nun an glücklich miteinander leben wird. Also, für eine Million würden wir alles behaupten, ihr nicht? Eben.

Wir haben die Namen und Fotos der drei glücklichen Paare letzte Woche hier veröffentlicht und um eure Kommentare gebeten. Nachdem wir nicht in Schwierigkeiten geraten wollen, nennen wir keine

Namen, aber wir haben immer wieder gehört, dass einer der Kandidaten ein echter Psychopath sein soll, einer von der Sorte, die jeden Moment ausflippen können, und das mit einer echten Neigung zur Gewalttätigkeit.

So wird der Wettbewerb doch richtig interessant, oder? Also, Leute, bitte schreibt uns und lasst uns wissen, was ihr darüber denkt. Aunt Agony und Uncle Heartburn bilden die Jury, Danny Madley produziert die Show. Die meisten von euch haben vermutlich noch nie von ihm gehört …

Danny blickte Regan über die Schulter und las mit. »Das ist meine Lieblingsstelle«, sagte er.

»Sei doch froh! Du kannst jetzt wirklich keine Online-Kritik an deiner Person gebrauchen.«

»Wie mein Onkel immer zu sagen pflegt«, erklärte Victor, »manchmal muss man durchs Feuer gehen, um zu leuchten.«

»Oh, vielen Dank, Victor. Hör mal, könntest du nicht schon mal nach unten zu der Cocktailparty gehen und dafür sorgen, dass alles gut vorbereitet ist? Regan und ich kommen in ein paar Minuten nach.«

»Okay, Chef.« Victor sah ein kleines bisschen enttäuscht aus.

Regan hatte den Eindruck, als wollte Victor Danny nicht von der Seite weichen. Sie beobachtete ihn, wie er langsam den Raum verließ. »Er ist dir treu ergeben, hm?«, fragte sie Danny, als sich die Tür hinter ihm geschlossen hatte.

Danny verdrehte die Augen. »Na, ich denke, er versucht einfach, sein Bestes zu tun.«

»Also, diese Internetseite reitet ziemlich darauf herum, dass einer deiner Kandidaten ein Psychopath sein soll«, wechselte Regan das Thema.

»Du weißt doch, was für ekelhafte Sachen manche Leute auf solche Websites schreiben.«
»Klar«, stimmte Regan zu. »Aber vielleicht macht dir ja wirklich einer deiner Kandidaten Schwierigkeiten. Vielleicht hat ja auch einer von ihnen den Brief auf deinem Schreibtisch hinterlassen. Und das Öl auf dem Boden verteilt.«
»Das ist natürlich möglich.«
»Wenn es nicht einer deiner Mitarbeiter ist.«
Danny warf die Hände in die Luft. »Ich weiß es einfach nicht, Regan. Ich weiß nicht mehr, was ich denken soll.«
»Was ist mit Victor?«, fragte Regan geradeheraus.
»Er ist meine rechte Hand. Ich kann mir schwer vorstellen ...«
»Die Frage ist doch, wer hat ein Interesse daran, deine Show zu ruinieren? Ich denke, es muss jemand sein, der die Comedy-Show bevorzugt, oder jemand, der sich an dir persönlich rächen will. Weißt du etwas darüber, was bei der Comedy vorgeht?«
»Eine Schauspielerin und Stand-up-Komödiantin namens Bubbles Ferndale ist die Produzentin. Sie hat vier Schauspieler bei sich und zwei Typen, die das Drehbuch schreiben, Brüder übrigens.«
»Wo wohnt das Team?«
»In einem Hotel hier in der Nähe mit Namen *Seven's Heaven*, ein ähnlicher Schuppen wie dieser hier, eher klein und heruntergekommen.«
»Nach der Cocktailparty werde ich mich dort mal umsehen. Ich setze mich einfach an die Bar und trinke was und schaue, ob ich was herausfinde.«
»Aber vielleicht hat dich jemand heute mit mir aus dem Studio kommen sehen, als die Sirene losging. Man könnte dich erkennen.«
Regan lächelte. »Auf solche Fälle bin ich natürlich vorbereitet. Ich habe eine rote Perücke und eine Brille und

Kleider, die Regan Reilly im Leben nicht tragen würde. Die perfekte Verkleidung.«

»Es wäre mir lieber, wenn ich mitgehen könnte«, sagte Danny.

»Lass nur, ich komme bestens zurecht.«

»Ich könnte deinen Eltern nie mehr in die Augen sehen, wenn dir etwas passieren würde.«

Regan lachte. »Mach dir keine Sorgen, Danny. Was soll mir denn passieren? Denk dran, das hier ist mein Beruf. Und was meine Eltern angeht, meine Mutter hält diese Woche einen Vortrag bei einer Schriftstellerkonferenz in Santa Fe. Sie verbringt ein paar Tage mit meinem Vater bei ihrem Agenten, und der liebt Heißluftballons und hat ihnen versprochen, mit ihnen zum Festival nach Albuquerque zu fahren. Ich habe ihnen gesagt, dass ich sie informiere, wann wir dort ankommen werden.«

»Wir fliegen früh am Freitagmorgen mit Roscoes Privatflugzeug und gehen dann direkt zum Ballonfeld. Bei Sonnenaufgang, wenn all die speziell geformten Ballons starten, werden wir mit der Hochzeitstorte aufsteigen, und dann wird das Siegerpaar verkündet. Sie werden ihr Hochzeitsversprechen erneuern, wir werden wieder landen, Champagner trinken und zurück nach Las Vegas fliegen, um die letzten Arbeiten an der Show zu machen. Am Freitagnachmittag um siebzehn Uhr werden wir *Zurück auf Wolke sieben* bei Roscoe präsentieren.«

»Klingt großartig, Danny. Deine Show wird eine Wucht, verlass dich drauf«, versicherte Regan ihm. »Du musst einfach daran glauben, dass du gewinnen wirst. Wie heißt das immer? Du musst dir bildlich vorstellen, wie das sein wird, wenn du der Sieger bist.«

»Na, ich versuch's. Im Augenblick stelle ich mir freilich nur bildlich vor, wie die nächste Katastrophe aussehen wird. Und ich habe das Gefühl, sie wird mit der Tatsache zu tun haben, dass Elsa vorhin so viel Geld gewonnen hat. Die anderen Kandidaten sind bestimmt nicht besonders glücklich darüber.«

»Sie können kaum so unglücklich sein wie die arme Frau, die den Spielautomaten freigemacht hat, um zur Toilette zu gehen. Ich wette, sie wird in ihrem Leben kein Glas Wasser mehr trinken«, lachte Regan.

»Komm, Danny, lass uns runtergehen und die Lage peilen.«

25

In New Jersey packten Luke und Nora ihre Koffer, als das Telefon klingelte. Nora legte die beigefarbene Seidenhose hin, über die sie gerade nachgedacht hatte, und nahm das schnurlose Telefon neben ihrem Bett auf.

»Hallo.« – »Nora, hier ist Harry.«

»Ja, hallo! Luke und ich sind gerade beim Packen.«

»Du kannst ihm sagen, ich bin schon fertig«, bemerkte Luke, der soeben ein letztes Paar Socken in seinen Koffer warf. »Wie wär's mit einem Glas Wein?«, flüsterte er Nora zu.

»Hm«, machte sie mit leuchtenden Augen. »Harry, Luke bittet mich, dir mitzuteilen, dass er bereits fertig ist.«

Harry lachte. »Schön zu hören, das wollte ich nur mal überprüfen. Linda und ich holen euch morgen um zwei Uhr am Flughafen ab, Treffpunkt Gepäckausgabe.«

»Klingt großartig. Wir freuen uns so darauf, uns ein paar Tage in eurer wunderbaren Hütte zu erholen.«

»Ach, weißt du, Nora, ich wünschte selbst, wir könnten öfter hierher kommen. Es ist schon ganz gut, dem Trubel für ein Weilchen zu entkommen.«

»Allerdings. Ach, Harry, ich habe übrigens heute mit Regan telefoniert. Sie ist in Las Vegas und arbeitet für eine Reality-Show, die ein Mensch namens Roscoe Parker finanziert. Offenbar ist er ganz dick im Ballon-Geschäft. Kennst du ihn zufällig?«

»Roscoe Parker? Machst du Witze?«

»Warum?«, fragte Nora, und es graute ihr schon ein wenig vor der Antwort.

»Er ist ein bisschen, nun, unangenehm.« Nora lachte erleichtert auf. »Was soll das denn heißen?«
»Nein, ich sollte dazu eigentlich nichts sagen.«
»Bitte, Harry. Weißt du, mit dieser Show gibt es irgendwelche Schwierigkeiten, und ich möchte Regan gern warnen, wenn es Dinge gibt, die sie über diesen Parker wissen sollte.«
»Nein, es ist eigentlich nichts Ernstes. Er ist nur ein unheimlicher Dampfplauderer, der einen ganzen Ballon mit all der heißen Luft füllen könnte, die er selbst von sich gibt. Er versucht ständig, Aufmerksamkeit zu erregen, indem er sich danebenbenimmt. Aber irgendwie hat er damit sogar Erfolg.«
»Offenbar hat er seinen eigenen Kabelsender in Vegas.«
»Eins von seinen vielen teuren Spielzeugen, ja. Er hat unglaublich viel Geld, taucht bei Ballonfestivals in seinem Privatflugzeug auf und redet ständig über sich.«
»Igitt«, sagte Nora leise. »Aber eigentlich klingt das harmlos. Vielleicht hat er ja als Kind nicht genügend Aufmerksamkeit bekommen.«
Luke kam zurück ins Schlafzimmer und reichte ihr ein Glas Pinot Noir. »Sie kann nichts Schlechtes über irgendeinen Menschen sagen«, erklärte er so laut, dass Harry es hören konnte.
»Sag Luke, dass ich das schon lange weiß«, lachte Harry.
»Wie auch immer, jedenfalls verschafft dieser Mann offenbar sehr vielen Leuten Arbeit. Ein Schulkamerad von Regan produziert die Reality-Show. Wie ekelhaft kann dieser Parker werden?«
»Nicht sehr, denke ich«, antwortete Harry. »Aber ich hoffe, du kriegst ihn mal zu sehen, dann weißt du, was ich meine. Er droht schon seit Jahren an, eine Weltumfahrung mit dem Ballon zu machen. Ich kenne eine Menge Leute, die liebend gern zu seiner Abschiedsparty gehen würden.«

26

Ich bin ja schon bei vielen Cocktailpartys gewesen, dachte Regan, als sie mit Danny die Treppen hinunter ins Erdgeschoss des Hotels ging. Auf manchen langweilt man sich zu Tode vor lauter Small Talk, andere haben aus unerfindlichen Gründen Energie und machen Spaß. Aber der einzige Zweck dieser Cocktailparty hier ist, noch ein bisschen interessantes Bildmaterial für Dannys Show zu liefern, ein bisschen Hintergrundgeräusch und Dramatik.

Bei der Tür zu dem Nebenzimmer blieb sie stehen. »Danny, ich werde mich ziemlich am Rande halten, ich möchte nicht ins Bild kommen.«

»Auf keinen Fall«, versicherte Danny ihr. »Sam achtet darauf, nur die Paare, Agony und Heartburn und vielleicht noch mich zu filmen. Er wird Fragen stellen, während er mit der Kamera herumfährt. Und wenn du doch irgendwo im Bild bist, schneiden wir das, wir haben ja jede Menge Material.« Danny öffnete die Tür zu dem Raum, der natürlich mit Würfelmustern dekoriert war. Inzwischen hatten sich schon alle um Elsa und Barney versammelt, und die Kamera fuhr durch den Raum.

Elsa strahlte, und selbst Barney hatte ein Lächeln im Gesicht.

»Wir haben die Absicht, die Hälfte des Geldes für einen wohltätigen Zweck zu spenden«, verkündete Elsa und blickte dabei Agony und Heartburn direkt in die Augen.

»Die Hälfte!«, schrie Cheerleader Suzette. »Wow!« Sie hob die Faust und pumpte dreimal in die Luft. »Go! Go! Go!«

»Absicht« ist hier wohl das Schlüsselwort, dachte Regan. Mal sehen, ob etwas daraus wird.
Vicky sah alles andere als glücklich aus. »Ich habe etwas zu sagen«, erklärte sie.
»Was denn, Liebes?«, fragte Aunt Agony freundlich.
»Wir sollen unsere Gefühle doch ehrlich zum Ausdruck bringen, oder?«
»Natürlich.«
»Dann will ich sagen, dass ich das Gefühl habe, der Wettbewerb ist nicht mehr fair.«
»Warum denn nicht, Liebes?«
»Barney und Elsa hatten heute zwei tolle Erlebnisse, die ihre Beziehung gestärkt haben – erst ist Barney auf den Hintern gefallen, und dann hat Elsa das viele Geld gewonnen. Wie sollen wir anderen da denn noch mithalten? Die beiden ziehen doch alle Aufmerksamkeit auf sich.«
»Meine Liebe«, erwiderte Aunt Agony weise. »Heute ist doch erst Montag. Wer weiß, was diese Woche noch alles passiert? Das Leben geht manchmal unerwartete Wege. Wer heute obenauf ist«, erklärte sie und hob die Arme hoch über ihren Kopf, »könnte morgen schon ganz unten sein.« Und sie beugte sich weit nach vorn.
Regan spürte den plötzlichen Impuls, zu ihr hinzulaufen, um sie aufzufangen, aber Agony richtete sich schnell wieder auf, fuhr sich kurz übers Haar und sprach weiter. »Als ich ein junges Mädchen war und die guten Geschichten immer anderen Leuten passierten, da sagte ich immer wieder zu mir selbst: ›Virginia‹ – das ist mein richtiger Name –, ›Virginia, deine Zeit wird kommen. Ich weiß es einfach.‹ Und sehen Sie mich heute an: Ich habe Heartburn, ich habe meinen Kummerkasten, ich bin bei dieser wunderbaren Show dabei ...«
Apropos Heartburn, er sieht irgendwie nicht besonders glücklich aus, dachte Regan. Irgendwie abgelenkt.

»Ich habe gerade darüber nachgedacht, welcher wohltätige Zweck euch wohl besonders nahe liegt«, sagte Bill zu Elsa und Barney. »Suzette und ich haben unsere Lieblingsorganisationen, denen wir jedes Jahr etwas spenden, und wenn es auch nur eine kleine Summe ist.«
Elsa sah ihn an wie ein Reh, das ins Scheinwerferlicht geraten ist. »Ehrlich gesagt«, begann sie, »wir haben die letzten Jahre nicht viel gespendet, weil die Zeiten nicht gerade rosig sind. Barney ist arbeitslos, und wir mussten Darlehen aufnehmen, aber jetzt kommen wir mit etwas Glück aus dem Tal wieder heraus.«
Gut gegeben, dachte Regan, die beobachtete, wie die Gesellschaft sich immer neu mischte. Sie alle taten ihr Bestes, um höflich zueinander zu erscheinen, aber die Spannung im Raum war dennoch unverkennbar. Sam bewegte sich die ganze Zeit mit der Kamera. Seine langen blonden Haare waren in einem Pferdeschwanz zusammengefasst, und darüber thronte eine rote Baseballkappe, die er umgedreht aufgesetzt hatte. Jetzt näherte er sich Vicky und Chip und bat sie, jeder eine besondere Eigenschaft des Partners zu nennen, die sie bisher nie so recht zu schätzen gewusst hatten.
»Ich habe nie bemerkt, wie hübsch Vicky aussieht, wenn sie schläft. Sie sieht aus wie ein kleiner Engel, und ich habe nur noch das eine Bedürfnis: sie zu beschützen.«
Ich wette, sie schenkt ihm demnächst einen Schlafsack, dachte Regan.
»Chip ist so abenteuerlustig«, gab Vicky zurück. »Er würde vor keiner Gefahr davonlaufen.«
Schlafsack, auf jeden Fall, beschloss Regan.
Sam fuhr mit der Kamera zu Bill und Suzette.
»Suzette sorgt so gut für sich selbst. Ich habe nie zu schätzen gewusst, wie gut in Form sie geblieben ist, weil sie so viel trainiert. Und das ist doch sehr wichtig.«

»Bill und ich werden uns für ein gemeinsames Gymnastikprogramm anmelden, wenn wir nach Hause kommen«, lächelte Suzette. »Er passt sich so gut jeder Situation an.«

»Und ihr, Elsa und Barney, was habt ihr dazu zu sagen?«, fragte Sam in seiner entspannten, ruhigen Art.

»Barney ist ein wunderbarer, sensibler Mann, und ich bin sehr froh, mein Leben mit ihm zu teilen.«

»Elsa ...«, begann Barney.

Nicht weinen, flehte Regan im Stillen. Bitte, nicht weinen.

»Elsas Kraft und Stärke hat mich durch gute und schlechte Zeiten begleitet. Ich habe nie begriffen, wie wichtig das für mich war. Sie ist der Grund, warum ich gehe, stehe, spreche; sie ist der Grund, warum ich lebe.«

Victor kam zu Danny und reichte ihm ein Stück Papier. Danny überflog es schnell und bewegte sich dann in Richtung Kamera. »Ich habe etwas anzukündigen. Roscoe Parker hat uns für morgen Abend zum Abendessen eingeladen, in seinem Haus, gemeinsam mit der Gruppe von der Comedy-Show.«

»Wir werden das Weiße im Auge des Feindes sehen können«, scherzte Agony.

Ich denke, dass ist jetzt auch schon der Fall, dachte Regan, die noch einen langen Blick durch den Raum warf. Wer ist es?, fragte sie sich. Wer kann es sein?

27

Shep und Maddy fuhren auf den Parkplatz des *Seven's Heaven*. Maddy saß immer noch auf dem Rücksitz, aber den Brief von der Rechtsanwältin hatte sie noch nicht gelesen, nachdem Shep ein Machtwort gesprochen hatte.

»Maddy, ich schwöre dir, ich bekomme bald einen Herzinfarkt! Du wirst diesen Brief nicht lesen, solange ich fahre! Mach, was du willst, wenn du aus diesem Wagen heraus bist, aber ich werde nicht zulassen, dass ich zum Mittäter werde, wenn du gegen die Gesetze verstößt. Was ist denn, wenn sie uns noch einmal anhalten?«

»Ist ja gut!«, hatte Maddy geseufzt.

Shep parkte den Wagen ein, nachdem dies nicht die Sorte Hotel zu sein schien, in der es einen Parkwächter gab. Sie nahmen ihr Gepäck, denn es gab auch keinen Gepäckträger. Shep nahm den Postsack, und sie begaben sich zur Rezeption.

»Wir haben ein Zimmer reserviert«, sagte Maddy laut. »Madley. Shep und Madeline Madley.« Hoheitsvoll blickte sie sich in der Hotelhalle um, nicht gerade begeistert von dem Anblick. An den Wänden waren die üblichen Spielautomaten zu sehen, aber das Ganze wirkte doch ziemlich heruntergewirtschaftet. Nun, Maddy pflegte zu sagen, dass sie lieber etwas mehr reiste und dabei etwas weniger ausgab.

Der Mann an der Rezeption klapperte auf seiner Computertastatur herum. Dann klapperte er noch ein bisschen heftiger, zog eine Grimasse, stöhnte und grummelte vor sich hin.

»Madley«, wiederholte sie ununterbrochen. »Madley.«
»Er hat dich gehört, Schatz«, sagte Shep ruhig.
»Da haben wir's ja«, sagte der Angestellte endlich. »Unser letztes Zimmer. Dürfte ich Ihre Kreditkarte haben?«
Shep zog eine Karte aus seiner Geldbörse. »Ganz schön viel los, hm?«, sagte er im Plauderton.
»Kann man wohl sagen. Wir haben diese Woche ein paar Gruppen hier, irgendwelche Fernsehleute.«
»Unser Sohn ist auch beim Fernsehen«, bemerkte Maddy stolz und machte ein paar Schritte in Richtung Bar. »Er produziert eine Reality-Show.« Und zu Shep gewandt: »Wollen wir nicht schnell unser Gepäck im Zimmer abstellen und dann erst einmal einen Drink an der Bar nehmen?«
»Was ist mit Danny?«
»Den rufen wir später an. Als ich heute früh mit ihm sprach, sagte er, er hätte bis zum späten Abend zu tun.«
Maddy hasste im Augenblick nichts mehr als den Gedanken, den Postsack abzugeben.
Tatsächlich lud ihr Hotelzimmer auch nicht zum Verweilen ein. Es war ausschließlich zweckmäßig eingerichtet, das Badezimmerlicht war schwach, und auf der Tagesdecke auf dem Bett war eine große 7 zu sehen. Shep ließ den Postsack zu Boden fallen. »Ich könnte wirklich ein Bier gebrauchen. Ich muss immer noch aufstoßen von diesem Chili.«
»So genau wollte ich's gar nicht wissen«, gab seine Frau zurück. »Auf geht's.« Maddy steckte den Brief in ihre Handtasche und folgte Shep zum Aufzug.
Die Bar war klein, und sowohl an den sechs Tischen als auch an der langen Bar aus Resopal drängten sich die Menschen. Shep bestellte ein Bier und ein Glas Rotwein für Maddy, die beschlossen hatte, mit dem Brief zu warten, bis die Getränke da waren und Shep ein oder zwei

Schlucke Bier hatte zu sich nehmen können. Shep starrte auf den Fernseher über der Bar, wo ein Baseballspiel zu sehen war.

Der Brief brannte förmlich in Maddys Tasche. Als die Getränke kamen, hob sie ihr Glas. »Auf Dannys Show«, sagte sie.

Shep stieß mit ihr an, nahm einen Schluck und starrte wieder hoch zu dem Fernseher.

Maddy griff in ihre Handtasche und zog den Brief heraus. Sie faltete ihn auseinander und strich ihn auf dem Tisch glatt, sodass das Kerzenlicht ein wenig Licht auf das Papier warf, denn es war ziemlich dunkel in der Bar. Dann las sie:

Liebe Virginia, lieber Sebastian,
bitte melden Sie sich umgehend in meiner Kanzlei. Sebastian, Ihre Ex-Frau Evelyn gibt an, dass sie seit Monaten keine Unterhaltszahlungen mehr von Ihnen erhalten hat.

Sie droht, damit an die Öffentlichkeit zu gehen, und plant, zu enthüllen, dass das Rezept Ihres berühmten Chilis in Wirklichkeit von ihr stammt. Nach ihren Angaben ist das ganze Gerede über Ihr langjähriges Ringen um das perfekte Rezept reiner Public-Relations-Kram.

Glauben Sie mir, Evelyns Nasenbein ist gebrochen, und sie sucht nach einer Möglichkeit, sich an Ihnen zu rächen.

Eine Boulevardzeitung hat ihr viel Geld angeboten, wenn sie ihre Geschichte erzählt, und wenn sie sich dazu entschließt, zu reden, werden eine ganze Menge Leichen aus Ihrem Keller ans Tageslicht kommen. Das kann kaum in Ihrem Interesse sein, zumal Sie derzeit doch mit Ihrem Kummerkasten so sehr auf der Straße des Erfolges sind. Ich würde Ihnen

empfehlen, zu zahlen, bevor es die Zeitungen tun. Rufen Sie mich an! Ich habe den Eindruck, Ihr Telefon funktioniert nicht, denn es klingelte nur, sonst gab es keine Reaktion. Ihr volkstümliches Image beginnt, mir auf die Nerven zu gehen. Schaffen Sie sich bitte einen Anrufbeantworter, ein Handy und ein Faxgerät an. Bitte!!! Ich muss in der Lage sein, mit Ihnen in Kontakt zu treten.
Evelyn sagt, wenn sie bis Dienstag nichts von Ihnen hört, wird sie das erste Interview geben. Sie will der Welt erzählen, was für ein Heuchler Sie sind. Heuchler mit großem H, wie sie zu sagen pflegt.
Es tut mir Leid, dass ich Ihnen solche Nachrichten überbringen muss. Meistens sind die Boten ja die ersten, die erschossen werden.
Mit freundlichen Grüßen
Brenda Nickles, Rechtsanwältin

PS Dies ist mein erster Fall, und ich habe meinen Mandanten versprochen, dass sie zufrieden sein werden.

»Ach du lieber Himmel, Shep!«, rief Maddy und warf ihr Glas Rotwein um, sodass der Wein über den Brief lief. »Ach du lieber Himmel!, rief sie wieder, während sie das Papier mit ihrer Serviette abtupfte. Sie sprang auf und griff nach weiteren Servietten, die auf einem leeren Tisch lagen. Aber es war hoffnungslos, das weiße Papier war ganz und gar dunkelrot verfärbt.
»Ich wusste, dass so etwas passieren würde«, erklärte Shep ärgerlich. »Warum kannst du nicht lernen, dass du deine Nase nicht in anderer Leute Angelegenheiten stecken sollst?«
»Wir müssen die ganze Post sofort an Agony und Heartburn weitergeben! Sie stecken in bösen Schwierigkei-

ten, und diese Geschichte könnte Dannys Show wirklich ruinieren.«

Shep kippte sein Bier hinunter, stand auf, ging zur Bar und unterschrieb den Beleg. Dann eilten sie zur Tür, nahmen den Aufzug zu ihrem Zimmer und rannten dorthin. »Was steht in dem Brief?«, wollte Shep wissen, als er die Zimmertür aufschloss.

Aber bevor sie noch etwas antworten konnte, schrie Maddy laut auf: Der Postsack war verschwunden.

28

Honey und Lucille fuhren den Strip hinauf und hinunter. Es herrschte hektischer Verkehr, aber so war Las Vegas, immer lebendig, eine Stadt, die niemals schlief. Die Neonlichter blinkten, die Nacht war noch jung.

»Wohin willst du?«, fragte Lucille, als sie an den hell erleuchteten Casinos vorbeifuhren – *Mandala Bay, New York-New York*, das *Bellagio*. Sie erkannte, dass dies kein lockerer, entspannter Abend werden würde, aber Honey war ihre Freundin, und Freundinnen halfen einander, wo sie nur können. Schwere Zeiten – dafür sind Freunde da.

Honey starrte aus dem Fenster, und Tränen glitzerten in ihren Augen. Sie wusste, sie sah atemberaubend aus. Es war eine dieser Nächte, in denen Danny gesagt hätte: »Baby, du bist ganz einfach das hübscheste Mädchen der ganzen Stadt. Ich finde es wunderbar, dich an meiner Seite zu haben.«

»Weiß nicht«, murmelte sie und versuchte, die Tränen zurückzudrängen.

Blitzschnell bog Lucille nach rechts ab.

»Wohin fahren wir?«, fragte Honey.

»Zum *Fuzzy Dice*.«

»Und was soll ich da?«, flehte Honey.

»Hör zu, Danny hat im Moment nur eines im Kopf, nämlich seine Show. Und ich finde, die Idee der Frau an der Rezeption ist einfach großartig. Geh rein und erklär Danny, dass du einen Plan hast, der den Erfolg von *Zurück auf Wolke sieben* sicherstellt. Erklär ihm, dass diese Paare einfach gut aussehen müssen, wenn sie einander ewige Liebe versprechen. Und dass sie wirklich einmalig gut aussehen müssen, wenn er will, dass sich irgendwer seine Show im Fernsehen ansieht. Sag ihm, du hast eine Friseurin und eine Visagistin an der Hand, die die Kandidatinnen in dieser Woche betreuen können, und dass das den Wert seiner Show tausendfach erhöht. Das wird ihm gefallen.«

»Glaubst du?«

»Aber unbedingt«, schwindelte Lucille. »Wahrscheinlich haben sie sowieso keine Ahnung, was sie den ganzen Tag tun sollen. So ist das doch immer in diesen Reality-Shows. Sie haben keinen Plan und hoffen die ganze Zeit, dass etwas Aufregendes passiert.«

Als sie vor dem Hotel parkten, war Honey schrecklich nervös. Vorhin in ihrer Wohnung war sie so voller Elan und Zuversicht gewesen, aber seit Danny das Telefongespräch mit ihr so einfach beendet hatte, war die Luft raus. Ihr Mut verließ sie von Minute zu Minute mehr.

»Er wird denken, ich stelle ihm nach«, protestierte sie.

»Das denkt er vermutlich ohnehin«, erklärte Lucille. »Wir gehen jetzt da rein und setzen uns an die Bar in der Hotelhalle. Da trinken wir etwas, und irgendwann werden wir Danny schon entdecken, er muss ja durch die Halle kommen.«

Lucille parkte den Wagen, und sie öffneten ihre Türen, um auszusteigen. In diesem Augenblick zischte ein Auto auf den Parkplatz und parkte zwei Plätze von ihnen entfernt ein.

»Los doch, Shep, schnell!«, rief die Frau laut, die aus dem Auto ausstieg. »Wir müssen Danny das alles erklären.«

»Und wie erklären wir, dass du fremder Leute Post liest und Wein über die Briefe schüttest?«, schimpfte Shep mit lauter Stimme. »Ich habe dir gesagt, das ist illegal.«

»Verstehst du, das einzig Wichtige ist jetzt, dass Heartburn seiner Ex-Frau die ausstehenden Unterhaltszahlungen leistet, damit er nicht Dannys Show sabotiert. Mehr kann ich dazu einstweilen nicht sagen.«

»Wenn das irgendjemand herausfindet ...«, warnte Shep. »Dann kommen verschiedene Leute in arge Schwierigkeiten.«

Auf diesen Augenblick hatte Honey gewartet, seit sie damals Dannys Mutter zum ersten Mal begegnet war. Die Frau war eine Schlange, und jetzt endlich hatte Honey sie in der Hand. Sie trat aus dem Schatten, als Shep und Maddy gerade an Lucilles Auto vorbeigingen. »Hallo, Mrs Madley, hallo, Mr Madley. Wie geht es Ihnen denn?«

29

Letzte Bestellungen!«, rief Danny scherzend, als er dazu ansetzte, ein paar Worte an seine Mannschaft zu richten.

»Einen Doppelten für mich!«, antwortete Agony sofort.

»Du bist disqualifiziert!«

Alle lachten herzlich. Regan hatte den Eindruck, als versuchten alle Kandidaten ihr Bestes, um eine joviale Fassade zu wahren, obwohl sie in härtester Konkurrenz zueinander standen.

»Nun, wie ihr alle wisst, war von Anfang an klar, dass dies eine Woche der Unvorhersehbarkeiten sein würde«, begann Danny. »Wir haben euch immer gesagt, dass ihr nie wissen würdet, was ihr am nächsten Tag tun werdet. Heute Abend werden zwei Paare freihaben, während eines der Paare Heartburn und Agony zu einer besonderen Verabredung begleiten wird.«

»Und wie wird entschieden, wer mitgehen darf?«, unterbrach ihn Suzette sofort in einem angriffslustigen Tonfall.

Das Glück, das Elsa und Barney heute schon gehabt haben, macht ihr zu schaffen, dachte Regan.

»Immer ruhig mit den jungen Pferden«, scherzte Danny. »Ich will es euch erklären. Morgen Abend sind wir bei Roscoe zum Abendessen eingeladen. Mittwoch und Donnerstag Abend werden die beiden anderen Paare ihren Abend mit Agony und Heartburn erleben. Und jetzt ziehen wir einen Namen aus dem Hut.«

»Wir schreiten zur Ziehung«, krähte Victor, der mit einer Baseballkappe in der Hand vortrat.

»Heartburn, würdest du bitte den Namen des glücklichen Paares ziehen?«, bat Danny.
»Soll mir recht sein«, bemerkte Agony. »Was Mein ist, ist auch Sein und umgekehrt. Das ist das Geheimnis einer guten Partnerschaft. Wir sind Seelenverwandte, wisst ihr. Wir nehmen unseren Zorn nie mit ins Bett. Wir klären alles, und erst danach gehen wir ins Schlafzimmer, und dort greifen wir dann nach den Sternen.«
So genau wollte ich es gar nicht wissen, dachte Regan. Allmählich übertreibt Agony etwas. Man könnte meinen, das mit dem Doppelten wäre ernst gemeint gewesen.
Heartburn lächelte in die Runde. »Ich werde die Augen schließen, damit niemand behaupten kann, ich hätte gemogelt.« Er machte die Augen fest zu und griff dann in die Baseballkappe, in der drei Stück Papier lagen. Er hob alle drei hoch und ließ sie dann mit einer dramatischen Geste wieder zurück in die Mütze fallen. Noch einmal. Dann zog er eines der Papierstücke heraus. »Soll ich den Namen des ersten Paares verraten?«
»Wir bitten darum«, antwortete Danny.
Heartburn entfaltete das Papier und machte eine dramatische Pause. »Vicky und Chip, seid ihr bereit, uns zu einer traumhaften Verabredung zu begleiten?«
»Aber sicher!«, riefen die beiden aus.
Gott sei Dank, dass es nicht Barney und Elsa getroffen hat, dachte Regan, die einen Blick in die Runde warf. Sie hatte es eilig, ins *Seven's Heaven* zu kommen. Später würde sie zu Danny und den anderen stoßen, die sich jetzt auf den Weg zu ihrer Verabredung machten. Sie war sicher, es würde eine lange Nacht werden.

30

Auf dem Parkplatz des *Fuzzy Dice* machten Maddy und Shep einen regelrechten Satz rückwärts, als dort so plötzlich Dannys alte Flamme auftauchte.

»Missy!«, rief Maddy aus.

»Ich heiße Honey.«

»Natürlich, Honey.«

»Darf ich Ihnen eine liebe Freundin von mir vorstellen. Lucille, das sind Dannys Eltern, Shep und Maddy Madley.«

Lucille umrundete das Auto. »Honey hat mir schon so viel von Ihnen erzählt.«

Maddy warf ihr einen misstrauischen Blick zu. Sie wusste, das hatte nichts Gutes zu bedeuten.

»Ich bin überrascht, zu hören, dass Sie Aunt Agonys und Uncle Heartburns Post lesen, Mrs Madley«, fuhr Lucille fort. »Das entspricht nicht so ganz den Buchstaben des Gesetzes, oder?«

»Ich weiß überhaupt nicht, wovon Sie reden.«

»Und Heartburn schuldet seiner Ex-Frau Geld. Also wirklich, das klingt nicht nach einem guten Karma für einen Kummerkastenonkel. Ich bin sicher, die Lokalpresse wäre sehr interessiert an einer solchen Geschichte, zumal wenn man ihr noch zusätzlich erzählen würde, dass Danny Madleys Mutter in den Postsäcken wühlt ...«

»Was wollen Sie von mir?« Maddy spuckte beinahe vor Zorn.

»Nun, wenn Sie mich so fragen ...« Lucille lächelte ihr zu. »Meine Freundin Honey würde Danny wirklich gern bei seiner Show helfen. Aber leider, leider hat sie einen kleinen Fehler begangen, den sie inzwischen zutiefst bedauert, und wegen dieses kleinen Fehlers will er nicht mehr mit ihr sprechen. Ich denke, da könnten Sie behilflich sein. Oder anders gesagt: Was ich von Ihnen will, ist Folgendes: Sie marschieren jetzt in dieses Hotel und erklären Ihrem Sohn, dass Honey sich um das Erscheinungsbild der Kandidaten kümmern wird. Ihr Friseur und ihre Visagistin sind dankbar für die Werbung.«

»Sind Sie verrückt geworden?« Maddy blickte sie an, schäumend vor Wut.

»Lucille«, wand sich Honey. »Ich weiß nicht, ob …«

»Honey«, erwiderte Lucille mit einem Maß an Entschiedenheit, das ihrer inneren Verfassung in keinster Weise entsprach, »entweder wird diese Frau dir helfen, oder ich rufe die Zeitung an. Ich bin zu allem entschlossen.« Sie wusste, dass sie den Bogen überspannte, aber dies war Honeys einzige Chance. Was kümmerte es Lucille, ob diese Frau da vor ihr sie mochte oder nicht? Maddy Madley würde ja, der Herr sei gepriesen, niemals ihre Schwiegermutter werden.

»Wenn man bedenkt«, murmelte Shep vor sich hin, »dass ich heute Morgen noch friedlich in meinem Zimmer hockte, die Zeitung las und mich um meine eigenen Angelegenheiten kümmerte …«

»Shep!«, zischte Maddy. »Du bist nicht besonders hilfreich.«

»Wie man in dieser Stadt zu sagen pflegt«, führte Lucille das Gespräch zurück zum Thema, »halten Sie noch mit, oder sind Sie draußen?«

»Ich halte noch mit!«, schrie Maddy. »Natürlich halte ich mit!«

»Nun gut. Dann werden wir jetzt hineingehen und mit Danny sprechen. Ich muss Sie warnen, ich habe mein

Handy griffbereit. Die Klatschspalten warten nur auf eine Geschichte wie diese hier.«

Und so gingen sie alle vier auf den Haupteingang des *Fuzzy Dice* zu. Lucille drehte sich kurz um und zwinkerte Honey zu.

Ein Traum wird wahr, dachte Honey. Ich halte das Fallbeil über dem Hals dieser Frau. Es ist kaum auszuhalten! Ich kann nur hoffen, dass Lucilles Plan funktioniert.

Sie fragten an der Rezeption nach Dannys Mannschaft, und man zeigte ihnen den Weg durch die Halle zu dem Nebenzimmer, wo sich die Gruppe zum Cocktail getroffen hatte.

»Mrs Madley«, sagte Lucille, »oder darf ich Sie Mad nennen?«

»Maddy oder Madeline«, fauchte die Angesprochene.

»Nun, wie auch immer, ich denke, es ist besser, wenn Honey und ich hier in der Nähe der Rezeption warten. Wir wollen ja Danny nicht überrumpeln. Denken Sie nur daran, Honeys Qualitäten schön hervorzuheben, wenn Sie mit Ihrem geliebten Sohn sprechen.«

Shep sah aus, als wollte er im Boden versinken. Aber tapfer geleitete er seine Frau den Gang entlang. Sie blieben an der Tür zu dem Nebenzimmer stehen und warfen einen Blick durch das Fensterchen, gerade als der Kameramann seine Lichter löschte. Maddy klopfte und winkte. Auf Dannys Gesicht zeigte sich ein ungläubiger Ausdruck, als er sie sah. Er eilte zur Tür und öffnete.

»Mom, Dad, was macht ihr denn hier?«

Maddy packte ihn und küsste ihn auf beide Wangen.

»Liebelein, ich habe mir solche Sorgen gemacht!«

»Aber warum denn?«

»Einfach so.«

Shep schüttelte seinem Sohn die Hand.

»Dad, was ist los? Alles in Ordnung mit Regina?«

»Aber ja, alles in Ordnung.«

»Gut. Seht ihr, im Augenblick bin ich sehr beschäftigt. Kann ich euch später anrufen? Wo seid ihr untergebracht?«
»Wir müssen auf der Stelle mit dir sprechen.«
»Jetzt?«
»Ja, jetzt sofort.«
»Na gut.« Danny drehte sich um. »Alle mal herhören. Diejenigen von euch, die jetzt zum Abendessen gehen, seid bitte in einer Viertelstunde in der Hotelhalle. Die anderen treffen sich morgen früh. Regan, komm doch mal her und sag Guten Abend.«
Maddy war einer Ohnmacht nahe. Nicht auszudenken, dass dieses Flittchen da in der Hotelhalle wartete, während Danny hier mit Regan Reilly zusammen war. Es wäre so wunderbar, wenn Danny und Regan sich ineinander verlieben würden!
»Hallo, Mr und Mrs Madley«, sagte Regan, als Maddy sie auch schon packte und küsste.
»Sie sehen so wunderbar aus, Regan«, platzte Maddy heraus. »Es ist nicht zu glauben. Und immer noch nicht verheiratet?«
»Ja, aber ...«
»Mom, bitte«, unterbrach Danny.
»Tut mir Leid, Liebelein. Ich musste nur gerade daran denken, wie ihr zwei zusammen zur Schule gegangen seid.«
»Hallo Regan, lange nicht gesehen«, bemerkte Shep.
»Wohl wahr«, lachte Regan. »Kaum zu glauben, wie lange.«
»Mom, du bist ja ganz aufgelöst. Geht es dir gut?«, fragte Danny besorgt.
»Um die Wahrheit zu sagen, nein, leider nicht. Ich muss mit dir sprechen, Danny. Wenn Sie uns entschuldigen würden, Regan. Ich hoffe, wir treffen uns später noch mal.«

»Wie lange bleiben Sie?«, fragte Regan. – »Ein paar Tage.«
»Dann sehen wir uns sicher noch mal. Danny, ich mache mich jetzt auf den Weg. Ich rufe dich später auf dem Handy an und stoße in ein oder zwei Stunden zu euch.«
»Wunderbar.«
Die drei sahen ihr nach, als sie durch die Hotelhalle hinausging.
»Was für ein wunderbares Mädchen«, seufzte Maddy traurig. Dann wandte sie sich wieder ihrem Sohn zu. »Wo können wir in Ruhe miteinander reden?«
»Oben in meiner Suite.«
Sie gingen zu dem hinteren Aufzug und saßen schon bald in Dannys Sitzecke.
»Ihr macht mich ganz nervös«, gab Danny zu. »Was ist denn eigentlich los?«
Shep und Maddy blickten sich an. »Du bist dran«, seufzte Shep seiner Frau zu.
Maddy räusperte sich. »Heute früh rief mich Jackie De Tour an und erzählte mir, ihr Sohn Alfie hätte im Internet eine Seite entdeckt, auf der schreckliche Dinge über deine Kandidaten stünden.«
»Das weiß ich alles schon, Mom«, unterbrach Danny sie ungeduldig.
»Nun, ich war sehr in Sorge und sagte zu deinem Vater, dass wir nach Las Vegas fahren sollten, um dir beizustehen.«
Danny verzog das Gesicht. »Mom, das ist wirklich nett von euch, aber es geht mir bestens. Regan ist hier, um mir zu helfen. Wir müssen nur einfach mit der Show vorankommen und …«
»Ich bin noch nicht fertig.«
»Auweia.«
»Das kann man wohl sagen«, murmelte Shep.
»Also, wir haben uns ins Auto gesetzt und unterwegs bei Agonys und Heartburns Café Pause gemacht.«

»Das liegt auf dem Weg«, bestätigte Danny.
»Und die Bedienung gab uns einen Sack mit Post mit, den wir den beiden mitbringen sollten. Offenbar leidet Aunt Agony an Schlaflosigkeit und arbeitet nachts ihre Post auf.«
»Was ist passiert?«, fragte Danny schnell.
»Nun, wir haben im *Hotel Seven's Heaven* eingecheckt und sind an die Bar gegangen, um etwas zu trinken, und als wir zurück in unser Zimmer kamen, war der Postsack verschwunden.«
»Machst du Witze? Habt ihr den Hoteldetektiv verständigt?«
»Noch nicht.«
»Warum nicht?«
»Deine Mutter hat einen wichtigen Teil der Geschichte noch nicht erzählt«, bemerkte Shep trocken. »Etwas, was sie ziemlich in Panik versetzt hat, als wir entdeckten, dass der Postsack weg ist.«
»Mom, was hast du mir noch nicht erzählt?«
Maddy schloss die Augen und legte den Kopf in den Nacken, als hätte sie Schmerzen.
»Hör auf mit dem Theater, Mom. Was ist passiert?«
»Ich hatte einen Brief aus dem Sack herausgenommen, einen Brief von einer Rechtsanwältin. Den habe ich in der Bar gelesen und dabei aus Versehen Rotwein darüber geschüttet.«
»Was?«, quietschte Danny.
»Das bedeutet, die ganze Post ist weg bis auf einen durchweichten Brief, in dem Heartburn aufgefordert wird, den Unterhalt an seine Ex-Frau zu zahlen, weil sie ihn sonst als Betrüger entlarven wird. Die Boulevardpresse scheint sehr interessiert an der Geschichte zu sein«, beendete Shep den Bericht.
Danny sprang von seinem Sessel hoch. »Mom, wie konntest du das tun?«

»Es wird nicht wieder vorkommen«, versprach Maddy.
»Natürlich nicht, warum auch?« Danny griff nach dem Telefon und ließ sich mit dem Zimmer von Agony und Heartburn verbinden.
»Was machst du da?«, rief Maddy.
»Wir müssen es ihnen sagen.«
»O Gott, o Gott«, schluchzte Maddy. »Ich mische mich nie wieder in die Angelegenheiten anderer Leute ein.«
Shep verdrehte die Augen. »Alles nur leere Versprechungen.«
»Agony, kannst du mit Heartburn bitte kurz in mein Zimmer kommen? Es ist sehr wichtig. Danke.« Danny legte auf. »Bevor die beiden hier auftauchen: Gibt es noch irgendetwas, was ich wissen muss?«
Maddy winkte mit dem Zeigefinger. »Nur noch eine Kleinigkeit.«

31

Ich habe mein Auto hier«, sagte Pilot Pete zu James. »Wollen wir nicht ein bisschen durch die Gegend fahren?«
»Durch die Gegend? Aber wohin?«
»Ein Stück die Straße hinunter soll es ein paar gute Bars geben. Ich würde gern ein Stündchen an einem ruhigen Ort sitzen, weit weg von all der Aufregung.«
»Ach ja, ich weiß, was du meinst«, stimmte James zu. »Das war ein hektischer Tag.« Er strich bedächtig über sein Ziegenbärtchen.
Sie stiegen in Petes Saab und fuhren los.
»Wie lange bist du schon Schauspieler?«, fragte James.
»Ungefähr fünfzehn Jahre. Und du?«
»Ich habe letztes Jahr meinen ersten Kurs gemacht.«
Pete verriss beinahe das Steuer. »Letztes Jahr?«
James lächelte. »Ich konnte es gar nicht glauben, als ich hier engagiert wurde.«
»Das ist auch unglaublich«, stimmte Pete zu.
»Mein erster bezahlter Job als Schauspieler.«
Ich bringe ihn um, er hat es wirklich verdient, dachte Pete, und laut fragte er: »Der allererste?«
James lächelte wieder in sich hinein. »Ja.«
»Bist du Gewerkschaftsmitglied?«
»Inzwischen ja. Roscoe hat mir gesagt, ich wäre der einzige Schauspieler, den er finden konnte, der die Rolle so spielen kann, wie ich es tue, also bin ich in die Gewerkschaft eingetreten.«
»Und wie bist du überhaupt zu dem Casting gekommen?«

»Meine Schauspiellehrerin hat mir davon erzählt.«
»Wer ist das?«
»Darby Woodsloe.«
»Nie gehört. Wo ist ihre Schauspielschule?«
»Bei ihr zu Hause in Venice Beach. Manchmal sind wir einfach am Strand auf und ab gelaufen, im Einklang mit den Wellen.«
Pete klammerte sich am Lenkrad fest. »Klingt ja großartig. Hast du ansonsten einen Job?«
»Aber ja. Ich habe mir eine Woche freigenommen, um hier mitmachen zu können. Wenn wir auf Sendung gehen, kündige ich.«
»Und was machst du so?«
»Morgens gehe ich mit ein paar Hunden spazieren. Dann gehe ich ins Einkaufszentrum und verteile dort Handzettel für das Kaufhaus. Du würdest staunen, wie viele verschiedene Produkte heutzutage zu bekommen sind. Bei dieser Arbeit treffe ich natürlich jede Menge interessanter Menschen, und ich lerne, sie gründlich zu beobachten, sodass ich sehr detailgetreu spielen kann, wenn ich einen Charakter auf die Bühne bringe. Ich habe mir sagen lassen, Detailtreue sei ein sehr wichtiger Punkt. Wusstest du das?«
Pilot Pete war stinkwütend. Wie werde ich diesen Typen nur los?, fragte er sich. Er hat überhaupt noch keine Erfahrung in unserem Geschäft und erwischt einen Job wie diesen. Und jetzt wird er unweigerlich die ganze Show ruinieren. Er musste noch einmal mit Bubbles reden.
Mit einer schnellen Bewegung wendete Pilot Pete den Wagen. »Weißt du, James«, verkündete er, »ich glaube, ich würde doch lieber wieder zurück ins Hotel fahren.«
James zuckte die Schultern. »Ich dachte, du wolltest in eine ruhige Bar«, sagte er mit seiner sanften Stimme.
»Es geht mir irgendwie nicht so gut. Ich glaube, ich will zurück ins Hotel.«

»Ist schon in Ordnung«, gähnte James. »Ich bin sowieso ein bisschen müde. Wir sollten in den nächsten Tagen gut ausgeruht sein, findest du nicht?«
»Doch, sicher.«
»Ich glaube, ich bestelle mir was zu essen beim Zimmerservice.«
Sie fuhren zurück ins Hotel, und James winkte Pete zum Abschied zu. »Bis morgen früh«, sagte er fröhlich und schlenderte in Richtung Treppenhaus.
Pete starrte ihm eine Minute lang nach und ging dann in die Bar, wo Bubbles und die irischen Zwillinge gerade die letzten Reste ihrer Hamburger verspeisten.
»Kann ich mich zu euch setzen?«, fragte er.
Bubbles blickte auf, erstaunt und erleichtert, ihn zu sehen. »Da bist du ja wieder! Ich dachte, du wolltest mit James irgendwo was trinken.«
»Wollte ich auch, aber ich bin schnell wieder zurückgekommen.«
»Das kann man wohl sagen.«
»Wir haben ein paar neue Ideen für die Show«, erklärte Noel. »Neil und ich gehen jetzt rauf und arbeiten weiter am Drehbuch.«
»Von mir aus kann's losgehen«, erklärte Neil und stand auf. Er klopfte Pete auf die Schulter. »Wir schreiben ein paar schöne Zeilen für dich.«
»Danke, mein Freund. Und schreibt ein paar weniger für James, ja?«
»Ich rufe euch später an und höre, wie es geht«, sagte Bubbles zu ihren beiden Autoren.
Sobald die Brüder außer Hörweite waren, wandte sich Pete ihr zu. »Wir müssen über James reden.«
Bubbles machte große Augen. »Pete, wir haben das doch schon alles besprochen.«
»Nein, ernsthaft. Ich spreche nicht mehr davon, dass wir ihn umbringen sollten, aber die ganze Geschichte ist

wirklich mehr als seltsam. Wusstest du, dass James praktisch keine Schauspielerfahrung hat?«

»Ja.«

Pete griff wieder nach ihrem Arm. »Warum hast du ihn dann genommen?«

»Roscoe hatte das letzte Wort beim Casting.«

»Aber du warst dabei.«

»Ja.«

»Und es gab keinen verdammten Schauspieler in ganz Los Angeles, der die Rolle besser ausgefüllt hätte als James?«

»Jede Menge, und die meisten hätten es um Längen besser gemacht als er. Aber Roscoe hatte einen Narren an James gefressen. Und an Loretta übrigens auch, die ja auch nicht gerade oscar-verdächtig ist.«

»Nein, aber sie hat immerhin schon mal irgendwo irgendwas gespielt. Alles, was dieser Kerl bisher gemacht hat, sind ein paar Kurse bei einer obskuren Frau namens Darby Woodsloe, die eine Schauspielschule am Strand unterhält.« Pete wurde lauter. »Er wird die Show in Grund und Boden spielen!«

»Schsch«, machte Bubbles.

»Wir müssen ihn rausschmeißen!«

»Und wie?«

»Keine Ahnung.«

Bubbles' Handy klingelte. Sie warf einen Blick auf die Nummer des Anrufers und erkannte Roscoe.

»Hallo, Parky«, antwortete sie schnell.

»Na, wie geht's mit der Show?«

»Wir arbeiten dran.«

Pete schnitt wilde Grimassen. »Frag ihn, ob wir ihn treffen können«, flüsterte er. »Sag ihm, wir müssen mit ihm reden.«

Bubbles schüttelte den Kopf.

Pete nickte heftig in der Hoffnung, sie umzustimmen.

»Bubbles, ich rufe Sie an, um Sie und Ihre Mannschaft für morgen Abend zu einem Abendessen einzuladen. Die Leute von der Reality-Show werden auch da sein. Ich sage ja immer, ein wenig freundschaftlicher Wettbewerb ist wie ein Funke im Benzintank.«
»So, so, das sagen Sie immer?«, fragte Bubbles.
»Ja, in der Tat.«
Endlich brachte Bubbles den Mut auf, über James zu sprechen. »Wettbewerb ist eine wunderbare Sache, Roscoe. Aber leider haben wir hier echte Schwierigkeiten mit einem unserer Schauspieler. Es hat sich inzwischen gezeigt, dass James nicht sehr viel Erfahrung hat, und wir wissen nicht, wie wir mit ihm eine erfolgreiche Show zustande bringen sollen. Ehrlich gesagt, er ist furchtbar. Pete und ich sprachen gerade darüber. Ich weiß nicht, wie es gehen soll, wenn wir ihn nicht, nun, rausschmeißen und jemand anderen dafür einsetzen.«
»Rausschmeißen?«, bellte Roscoe ins Telefon. »Ich habe Ihnen die Bedingungen genannt. Glauben Sie, Danny Madley hat es leicht mit seiner Reality-Show? Natürlich nicht! Ein paar von seinen Kandidaten sind absolute Vollidioten. Aber er hat die Aufgabe, es hinzukriegen, mit dem, was er hat, eine richtig gute Show auf die Beine zu stellen. Das ist Teil dieses Wettbewerbs. Kreativität! Einfallsreichtum! Ihr sollt zeigen, dass ihr in der Lage seid, Blut aus einer Steckrübe zu pressen. Wir sehen uns morgen Abend um sieben Uhr. Und noch was: Erinnern Sie Pilot Pete doch mal daran, woher er seinen Spitznamen hat.« Roscoe legte auf.
Bubbles knallte ihr Handy auf den Tisch. »James hat den Job so sicher, als würde seine Großmutter die Show produzieren.« Sie lachte leise. »Und Roscoe hat gesagt, ich soll dich an den Ursprung deines schönen Spitznamens erinnern.«

Pete schlug mit der Faust auf den Tisch. »Langsam werde ich wütend!«
Bubbles blickte ihm in die Augen und entschied, dass sie ihn in ihren Plan einweihen konnte. Er war schrecklich aufgebracht und hatte ein wirkliches Interesse daran, dass die Show ein Erfolg wurde. Er hatte den Erfolg ebenso bitter nötig wie sie, sie saßen im gleichen Boot. Vielleicht hatte er ja sogar noch die eine oder andere gute Idee. Bubbles' Mitleid überwog für eine Weile. »Pete, ich finde es nicht gut, wenn wir hier weiterreden. Ich glaube inzwischen, dass ich weiß, wie wir den Wettbewerb gewinnen können. Komm mit in meine Suite, ich muss dir was erzählen. Vielleicht geht es dir danach besser.«
»Was soll das sein?«, fragte er.
»Ich habe doch schon gesagt, nicht hier. Ich habe einen Plan. Komm mit.«
Sie standen auf und gingen an der rothaarigen Frau in der gemusterten Jacke vorbei, die allein am Nebentisch saß und aß.
Regan Reilly beobachtete die zwei, als sie den Raum verließen. »Wenn ich nur wüsste, wie dieser Plan aussieht«, dachte sie.

32

Ein paar Minuten später ließ Regan sich die Rechnung bringen. Sie konnte kaum glauben, was sie eben mit angehört hatte. Auf dem Block, den sie in ihrer Handtasche bei sich hatte, machte sie sich ein paar Notizen. Offenbar regten sich Bubbles und Pete über einen Schauspieler auf, den Roscoe in die Show gebracht hatte. Und Bubbles hatte einen Plan, den sie mit Pete unter vier Augen diskutieren wollte. Ob dieser Plan irgendetwas mit Dannys Reality-Show zu tun hatte? Was hatte Bubbles bloß vor?

Regan bezahlte und verließ mit schnellen Schritten die Bar. Ihr Handy klingelte; Danny war dran.

»Regan, bist du im *Seven's Heaven*?«

»Ja.«

Regan blieb stehen, während Danny ihr kurz berichtete, was inzwischen geschehen war, seit sie die Madleys verlassen hatte. Sie konnte es kaum glauben. Das war genau das, was Danny jetzt brauchte. Tatsächlich war Mrs Madley etwas hektischer gewesen, als Regan sie von früher in Erinnerung hatte.

»Würdest du dem Hausdetektiv den fehlenden Postsack melden?«, bat Danny sie.

»Ja, sicher. Das verschafft mir auch einen guten Vorwand, unter dem ich mit jemandem vom Hotelpersonal sprechen kann. Ist ja unglaublich, dass deine Eltern ausgerechnet hier abgestiegen sind.«

»Ja, das finde ich auch. Ruf mich an, wenn du fertig bist.«

»Aber sicher.« Sie beendete das Gespräch und ging zur

Rezeption. »Könnte ich bitte den Hausdetektiv sprechen?«, fragte sie den Angestellten dort.
»In welcher Angelegenheit?« Sein Gesicht zeigte den Ausdruck äußerster Skepsis.
»Aus dem Zimmer meiner Freunde wurde ein Postsack gestohlen.«
Der Angestellte nahm sein Walkie-Talkie. »Hausdetektiv bitte zur Rezeption. Hausdetektiv zur Rezeption.«
Ein paar Minuten vergingen, dann bog ein riesiger Bär von einem Mann um die Ecke, das Walkie-Talkie noch in der Hand. »Was ist los?«, fragte er den Mann an der Rezeption. Der deutete auf Regan.
»Ja, Miss?«, fragte der Bär.
»Mein Name ist Regan Reilly, Privatdetektivin.« Sie zeigte ihm kurz ihren Ausweis. »Freunde von mir haben hier ein Zimmer. Sie haben gegen achtzehn Uhr eingecheckt, haben ihr Gepäck im Zimmer abgestellt und sind dann heruntergekommen, um etwas zu trinken. Als sie zurück in ihr Zimmer kamen, nach etwa einer Stunde, war der Postsack, den sie jemandem überbringen sollten, verschwunden.«
Der Bär wirkte nicht besonders beeindruckt. »Die Zimmernummer?«
»Dreihundertdreiundzwanzig.«
»Wo sind Ihre Freunde jetzt?«
»Sie waren so aufgeregt, dass sie erst einmal losgerannt sind, um den Verlust den Leuten zu melden, denen der Postsack gehört.«
»Dann wollen wir mal einen Blick in das Zimmer werfen.«
Im dritten Stock war alles ruhig. Der Mann versuchte die Zimmertür aufzudrücken, aber sie war fest verschlossen.
»Mit dem Schloss scheint jedenfalls nichts zu sein«, sagte er und nahm seinen Generalschlüssel aus der

Hosentasche. Eine Sekunde später war die Tür offen. Zwei Koffer standen auf dem Bett, geöffnet und ordentlich gepackt. Das Zimmer sah nicht so aus, als hätte jemand darin herumgewühlt.
Regan bückte sich, hob einen Lippenpflegestift mit Kirschgeschmack vom Boden auf und legte ihn auf die Kommode. »Wer hat außer Ihnen einen solchen Generalschlüssel?«, fragte sie den Mann.
»Die üblichen Leute: Zimmermädchen, Sicherheitsleute, der Manager. Ich kann mir aber nicht vorstellen, wer Interesse an einem Postsack haben sollte. Wessen Post war es denn?«
»Haben Sie schon mal von Aunt Agony und Uncle Heartburn gehört?«
»Von wem?«
»Aunt Agony und Uncle Heartburn. Sie haben einen Kummerkasten in einer Zeitung.«
»Ach, Sie meinen, so was für Leute mit Liebeskummer und so weiter?«
»Und so weiter«, bestätigte Regan.
»Ich glaube, ich habe die Kolumne schon mal in der Zeitung gesehen. Aber ich lese so was eigentlich nicht.«
»Sie brauchen keinen Rat, hm?«
Er lachte. »Es geht schon. Meine Freundin macht mir manchmal ganz schön zu schaffen, aber wir kommen schon klar.«
»Na prima«, sagte Regan. »Ist in letzter Zeit irgendetwas Ungewöhnliches hier im Hotel passiert?«
Er schüttelte den Kopf. »Nein, immer dasselbe. Die Leute lassen den Schlüssel im Zimmer, manchmal kommt auch jemand ein bisschen angeheitert von einer durchspielten Nacht nach Hause. Das hier ist ein kleines Hotel, wir haben nicht viel Schwierigkeiten. Auf den Parkplatz passen wir ein bisschen auf, aber das war's dann auch schon.«

»Ich habe gehört, dass Sie das Team einer Comedy-Show hier haben.«
»Ja, die belegen zehn Zimmer im dritten und vierten Stock.«
»Nette Leute?«, fragte Regan so beiläufig wie möglich.
»Unproblematisch. Sie sind noch nicht lange hier.«
»Haben Sie eigentlich Überwachungskameras in den Gängen?«, fragte Regan.
»Nein. Ich sage dem Manager schon die ganze Zeit, wir sollten welche installieren, aber bisher hatten wir hier keine Schwierigkeiten, und deshalb will niemand Geld dafür ausgeben. Wir haben überhaupt keine Kameras im ganzen Haus. Ich finde das leichtsinnig.«
»Ist es auch«, stimmte Regan zu, dann wechselte sie das Thema. »Ich verstehe bloß nicht, warum jemand einen Sack mit Post stiehlt und die Koffer unberührt lässt. Das ist doch seltsam. Können wir noch einen kleinen Gang durchs Hotel machen?«
»Klar.« Sie gingen durch die Flure, schauten in alle Schränke auf den Gängen, fuhren hinunter in den Keller und warfen einen kurzen Blick in die Wäscherei, bevor sie in den Hof des Hotels gingen. Dort war es dunkel, aber eigentlich ist es in Las Vegas nirgendwo richtig dunkel. Ein paar Meter weiter blinkten schon wieder die bunten Neonlichter.
Der Bär ließ den Lichtstrahl seiner Taschenlampe über den Hof wandern. Der Swimmingpool lag still und ruhig da. Dann hob der Mann den Deckel des Müllcontainers, der gleich neben dem Hinterausgang stand. »Riecht übel«, sagte er und leuchtete den Müll mit seiner Taschenlampe an.
»Allerdings.«
»Sieht nicht so aus, als wäre da ein Postsack drin«, sagte er und ließ den Deckel mit einem Knall wieder fallen, der Tote hätte aufwecken können. »Ich vermute mal, da

werden einige Leute ganz schön enttäuscht sein, wenn ihre Briefe weg sind, hm?«

»Davon kann man wohl ausgehen. Aunt Agony und Uncle Heartburn können ja ohnehin nicht alle beantworten, aber die Briefe sind natürlich vertraulich. Wenn der Sack in die falschen Hände gerät, könnte das für viele Leute ziemlich peinlich werden. Agony und Heartburn sind für ihre Kunden so etwas wie Psychiater. Die Leute schreiben ihnen Sachen, die sie ihren besten Freunden nicht erzählen würden.«

Der Mann lachte. »Der eine oder andere Brief ist bestimmt ziemlich lustig.«

Sicher nicht mit Absicht, dachte Regan, aber er hat wohl Recht. Ich hoffe, es sitzt jetzt nicht irgendwo jemand mit einem Drink in der einen Hand und den Briefen in der anderen und lacht sich halb tot. Aber wenn Dannys Mutter der Versuchung nicht widerstehen konnte, warum sollte derjenige, der den Postsack gestohlen hat, die Privatsphäre anderer Leute respektieren?

Sie gab dem Bär ihre Visitenkarte mit der Handy-Nummer darauf. »Würden Sie mich anrufen, wenn irgendein Hinweis auftaucht? Oder Ihnen etwas einfällt?«

»Aber gern. Und wenn ich mal wieder Schwierigkeiten mit meiner Freundin habe, schreibe ich diesen Leutchen mal einen Brief. Hoffentlich geht der dann nicht auch verloren.«

Regan nickte, ging zum Vordereingang und winkte sich ein Taxi heran. Weiter geht's, dachte sie, während sie ihre Perücke, die Brille und die allzu grelle Jacke auszog und alles in ihre Tasche stopfte.

Das Gespräch mit Bubbles, das sie mit angehört hatte, ging ihr nicht aus dem Kopf. Sie fragte sich immer noch, was dahinter steckte. Bubbles hatte ein Motiv, aber hatte sie auch eine Gelegenheit gehabt, den Postsack zu stehlen? Auf jeden Fall musste man sie beobachten.

33

Da sind wir!«, rief Agony und klopfte laut an Dannys Tür. »Abmarschbereit für unsere großartige Nacht in Las Vegas!«
Danny stand von seinem Sessel auf und blickte seine Eltern ratlos an. »Die andere Sache, die ihr noch mit mir besprechen wolltet, wird wohl ein bisschen warten müssen.«
»Ja, Liebes«, antwortete Maddy nervös.
»Na, wie geht es meiner Lieblingstante und meinem Lieblingsonkel?«, versuchte Danny zu scherzen, als er die Tür öffnete. »Kommt rein, kommt rein. Ich möchte euch meine Eltern vorstellen.«
»Oh! Man kann so viel über einen Menschen erfahren, wenn man seine Eltern kennen lernt«, bemerkte Aunt Agony und streckte die Hand aus. »Sehr erfreut!«
Maddy und Agony begrüßten sich mit Händeschütteln, während Heartburn und Shep einander vorgestellt wurden.
»Und wie geht es Ihnen?«, fragte Maddy höflich, als sie sich alle gesetzt hatten.
»Ach, es macht uns so viel Spaß!«, erklärte Agony. »Diese Paare, ich kann Ihnen sagen! Sie sind alle nur auf das Geld aus. Aber kann man es ihnen verdenken?«
»Nein, das kann man wohl nicht«, antwortete Shep. »Immerhin, eine Million Dollar.«
»Ich glaube, eigentlich lieben sie sich alle sehr«, sagte Heartburn. »Sie haben alle das gewisse Etwas. Wir müssen jetzt nur entscheiden, wer von ihnen die beste Chance hat, wirklich durch dick und dünn zusammenzuhal-

ten, bis dass der Tod sie scheidet. Und wir wissen ja alle, das kann durchaus eine Herausforderung sein, oder?«
»Sie sagen es«, stimmte Shep ihm schnell zu. »Durch dick und dünn, darauf kommt es an.«
»Danny macht das wunderbar«, rief Agony aus und klatschte in die Hände. »Wir werden alle kräftig feiern, wenn seine Show ausgewählt wird und die langweilige Comedy aus dem Rennen wirft, nicht wahr?«
»Aber sicher«, sagte Danny etwas lahm.
»Es gibt nichts, was mit Reality-Fernsehen vergleichbar wäre. Es ist so unberechenbar.«
»Das kann man wohl sagen«, stimmte Danny mit einem lauten Seufzer zu. »Und damit sind wir eigentlich beim Thema.«
»Sind wir jetzt im Fernsehen?«, scherzte Heartburn.
»Nein!« Danny wandte sich an seine Mutter und dann wieder an seine Gäste. »Ich versuche, es kurz zu machen«, sagte er dann schnell. »Meine Eltern haben heute auf dem Weg hierher in eurem Café gegessen.«
»Wunderbar!«, begeisterte sich Aunt Agony.
»Und eure Bedienung hat ihnen einen Postsack mitgegeben, damit sie ihn hier abliefern.«
»Großartig!«, rief Agony aus. »Ich liebe meine Post! Wo ist sie?«
»Und der Postsack wurde aus ihrem Hotelzimmer gestohlen.«
»Gestohlen?«, kreischte Agony auf. »Unsere Arbeit! Unser Lebensunterhalt!«
»Wir wollten doch nur behilflich sein«, rief Maddy.
»In jedem Sack sind wirklich wichtige Briefe!«, schrie Agony weiter.
»Beruhige dich, Agony, nur die Ruhe«, sagte Heartburn. »Wir setzen eine Notiz in unsere Kolumne, dass uns Briefe verloren gegangen sind, dann können die Leute, die das wollen, uns noch einmal schreiben.«

»Einen Brief konnten wir retten«, bemerkte Maddy mit begeistertem Ton.

Aunt Agony, die die menschliche Natur kannte wie kaum ein anderer, wurde sofort misstrauisch. »Was meinen Sie damit, Sie konnten ihn retten?«

»Nun, er fiel auf dem Rücksitz unseres Autos aus dem Sack, und ich habe ihn gefunden, er steckte gleich neben meiner Handtasche.«

»Wo ist er?«, fragte Agony fordernd.

Maddy zog den mit Wein befleckten Brief aus ihrer Tasche.

»Sie haben unsere Post gelesen!« Jetzt brüllte Heartburn.

»Warten Sie nur, es kommt noch schlimmer«, versicherte ihnen Shep.

Heartburn griff nach dem Brief und wurde augenblicklich grau im Gesicht. »Er ist von meiner Rechtsanwältin, Liebes.«

»Und was steht drin?«

Heartburn schwieg.

»Was steht in dem Brief?«, fragte Agony noch einmal.

»Meine Ex droht, mit der Boulevardpresse zu sprechen, wenn ich ihr nicht die ausstehenden Unterhaltszahlungen zukommen lasse, die ich ihr noch schulde.«

»O Gott!«, rief Agony. »Du hast ihr nichts bezahlt?«

»In letzter Zeit nicht. Die Steuern fressen ja alles auf, sobald man einen Augenblick nicht hinguckt.«

»O Gott! Wann und wie viel?«

»Morgen. Vierzigtausend.«

»Morgen! Wir haben so viel Geld nicht! Die Kolumne wirft bisher noch nicht viel ab. Wir brauchen diese Show, damit die Sache richtig losgeht.«

Danny saß wie gelähmt da. Nun hatte also nicht nur seine Mutter für Schwierigkeiten gesorgt, Heartburn war ebenfalls eine echte Bedrohung für die Show.

»Wenn ich gewusst hätte, dass ihr derartige Probleme habt …«, begann er.
»Komm mir bloß nicht auf die Tour, Schätzchen«, ging Agony dazwischen, die nun gar nicht mehr die freundliche alte Lady war. »Ich kann deine Mutter auf der Stelle verhaften lassen, weil sie in unserer Post herumgeschnüffelt hat.«
»Weiß der Himmel, was noch in dem Sack war«, kommentierte Shep die Lage.
»Kannst du deiner Ex-Frau das ausstehende Geld morgen bezahlen?«, fragte Danny. »Wenn das nämlich nicht der Fall ist und sie zur Zeitung geht, dann ist unsere Show geliefert. Wie lange hast du keinen Unterhalt gezahlt?«
»Ein Jahr«, sagte Heartburn bedrückt. »Und nein, wir haben das Geld nicht.«
Danny wandte sich an seine Eltern. »Mom, Dad.«
Jetzt war es an Shep, grau im Gesicht zu werden.
»Wir sitzen alle im selben Boot. Dad, kannst du morgen bei deiner Bank anrufen?«
»Und wir haben versucht, Geld zu sparen, indem wir in diesem windigen Hotel abgestiegen sind!«, stöhnte Maddy.
»Mit dem Hotel stimmt offenbar wirklich etwas nicht, wenn dort meine Post gestohlen wird«, grollte Agony und schlug die Beine übereinander. »Ich hoffe, das ist Ihnen eine Lehre.«
Shep legte eine Hand an seine Stirn. »Ja, ich kann morgen dort anrufen.«
»Na, Gott sei Dank. Seht ihr, wir alle haben ein dringendes Interesse daran, dass die Show auf Sendung geht. Sobald Aunt Agony und Uncle Heartburn im Fernsehen auftreten, haben sie die Möglichkeit, jede Menge Geld zu verdienen – durch weitere Auftritte und Vorträge.« Er drehte sich um und blickte Agony tief in die

Augen. »Und dann werdet ihr meinen Eltern das Geld zurückzahlen, nicht wahr?«
»Aber sicher.«
»Auch wenn meine Mutter den Brief gelesen hat.«
»Genau. Wie wir in unserer Beraterbranche immer zu sagen pflegen, jeder Mensch hat sein kleines Geheimnis. Dieses hier werden wir auch geheim halten. Eine Hand wäscht die andere.«
Mit einem Seufzer stand Danny auf. »Dann würde ich sagen, wir machen uns auf den Weg in die Stadt.«
»Eine Sache noch«, erinnerte Maddy ihn.
»Ja, Mom.«
Danny setzte sich wieder.
Sie entschloss sich, ihm die Sache zu unterbreiten, solange Agony und Heartburn noch dabei waren. Vielleicht waren die beiden sogar ganz hilfreich. »Missy ist unten in der Hotelhalle.«
»Wer?«
»Miss… ich meine, Honey.«
»Honey? Was will die denn hier?«
»Sie will Ende der Woche für die äußere Erscheinung deiner Kandidaten sorgen. Weißt du, bevor die große Feier in dem Ballon losgeht.«
»Ich will aber nicht, dass sie hier für irgendetwas sorgt«, protestierte Danny.
»Vielleicht wäre das ja wirklich keine schlechte Idee«, fiel Agony ein. »Unsere Paare könnten in dieser Hinsicht durchaus ein bisschen Hilfe gebrauchen, wenn du mich fragst. Und die Show würde dadurch viel mehr Glanz bekommen.«
Danny starrte Maddy ungläubig an. »Ich dachte, du kannst sie nicht ausstehen.«
»Ach was, sie ist ein nettes Mädchen«, sagte Maddy. »Sie ist so ein nettes Mädchen!«
»Ja, so nett, dass du nicht mal mehr ihren Namen wuss-

test. Mom, du kannst mich nicht täuschen, was ist hier los?«
»Das kann ich dir nicht sagen«, protestierte sie. »Sonst bekomme ich noch mehr Schwierigkeiten.«
Shep hielt sich immer noch die Stirn. Maddy blickte ihn flehend an, als suchte sie Trost, aber er dachte nur noch an die vierzigtausend Dollar, die er morgen in den Kamin schreiben würde.
»Mom, was ist los? Sag es mir!«
»Ihre Freundin Lucille hat uns belauscht, als wir über die Sache mit der Post sprachen«, beichtete Maddy und zeigte mit dem Finger auf Agony und Heartburn. »Sie hat gedroht, damit zur Zeitung zu gehen, wenn du Honey nicht die Chance gibst, für deine Show zu arbeiten.«
Agony klatschte begeistert in die Hände. »Eine verflossene Liebe?«
»Ja«, gab Danny mit einem weiteren Seufzer zu.
»Was für eine ungewöhnliche Art, einen Mann zurückzuerobern! Wenn du nicht aufpasst, wird sie dich ernsthaft verfolgen.«
»Ja, sie ist ziemlich hartnäckig«, stimmte Danny zu.
»Und sie muss dich wirklich lieben«, bemerkte Agony, die wieder in ihre Rolle als Beraterin fiel. »Sie muss wirklich sehr daran interessiert sein, dich zurückzuerobern.«
Maddy stand kurz vor einem Übelkeitsanfall, so elend fühlte sie sich bei dem Gedanken, dass dieses Flittchen sich wieder im Leben ihres Sohns einnistete. Aber all das konnte nicht so schlimm sein wie ihr Name auf der Titelseite einer Zeitung, als Mittelpunkt eines Skandals. »Bitte, gib ihr eine Chance.«
»Es scheint, als hätte ich ohnehin keine andere Wahl. Diese Freundin, Lucille, konnte ich noch nie leiden. Also, raus hier. Da draußen warten jede Menge Leute auf uns.«

»Danny, bitte sei nett zu Lucille«, flehte Maddy. »Wenn sie irgendeinen Verdacht schöpft …«

»Ist ja gut«, resignierte Danny und verließ als Erster die Suite.

Maddy drehte sich zu Shep um.

»Und du, mein Schatz, was hast du heute Abend noch vor?«

»Ich werde ins Casino gehen. Schließlich habe ich gerade vierzigtausend Dollar verloren.«

34

Honey und Lucille saßen in der Hotelhalle. Ihnen kam es vor wie eine Ewigkeit.

»Komm, lass uns gehen«, schlug Honey wohl zum zehnten Mal vor. »Danny brütet mit seiner Mutter bestimmt irgendeine Gemeinheit aus.«

»Kommt überhaupt nicht in Frage«, gab Lucille zurück. »Du hast nur diese eine Chance.«

Allmählich begann Honeys Unterlippe zu zittern.

»Nicht! Wenn das nicht funktioniert, dann musst du einsehen, dass ihr beide, du und Danny, einfach nicht füreinander bestimmt seid.«

»Aber wir sind füreinander bestimmt!«

»Das hat die vorletzte Kandidatin beim Bachelor auch gedacht, und das ganze Land hat zugesehen, wie der Mann ihrer Träume sie fallen ließ und wie sie zurück in die Limousine gesteckt wurde. Ich an ihrer Stelle hätte mir lieber ein Taxi gerufen.«

»Lucille!«

»Ist doch wahr! Rein in die Show, raus aus der Show, mach, dass du weiterkommst. Ich habe genug Kartenspiele in dieser Stadt gesehen, wo einer alles verloren hat und den Tisch absolut pleite verließ. Aber irgendwie kommen sie immer wieder.«

»Und wie?«

»Normalerweise gehen sie ins nächste Pfandhaus und versetzen ihre Armbanduhr.«

»Nun, wie auch immer, ich finde einfach nur, wir haben jetzt lange genug hier gewartet. Ich habe schließlich auch meinen Stolz, weißt du.«

»Schluck ihn runter, Honey, nur heute Abend. Lass uns einfach sehen, was passiert. Dannys Mutter steckt bis zum Hals in Schwierigkeiten, denn eins ist sicher: Aunt Agony und Uncle Heartburn sind bestimmt nicht begeistert von dem, was sie getan hat.«

Die Aufzugtür öffnete sich.

»O Gott, jetzt kommen sie«, sagte Lucille. »Jetzt um Himmels willen cool bleiben.«

Maddy kam direkt auf sie zu, und ihr Gesichtsausdruck spiegelte Erschöpfung und Verwirrung. »Danny freut sich so, dass Sie für seine Show arbeiten wollen, Honey!« Dann drehte sie sich um. »Danny! Honey ist hier!«

Honey schmolz dahin, als sie ihn sah. Er trug die Jeans, die sie mit einem kleinen aufgenähten Herz verziert hatte, direkt unter seinem Gürtel. Sie hatten immer darüber gelacht, dass niemand davon wusste außer ihnen. Und sie trug das rote, ärmellose Kleidchen, das ihm immer so gut gefallen hatte, und die passenden hochhackigen roten Sandaletten dazu. Ob das wohl half?, fragte sie sich.

Danny kam zu ihnen herüber und küsste sie auf die Wange. Er nickte Lucille zu. »Honey, meine Mutter hat mir erzählt, dass du unsere Kandidaten verschönern willst. Das finde ich großartig. Und dein Friseur und deine Visagistin werden umsonst für uns arbeiten?«

»Solange sie ins Fernsehen kommen und dort ein bisschen Werbung machen können«, antwortete Honey atemlos.

»Selbstverständlich«, stimmte Danny zu. »Das ist kein Problem. Kannst du alles für Donnerstag in die Wege leiten? Du weißt, was wir hier vorhaben, nehme ich an.«

»Ein glückliches Paar wird in einem Heißluftballon sein Ehegelübde erneuern«, antwortete Honey heiser vor Aufregung.

Reiß dich zusammen, Honey, dachte Lucille. Reiß dich bloß zusammen.
»Genau«, nickte Danny. »Und für diesen Moment brauchen wir die Arbeit deiner Leute.«
Honey starrte ihn an. Sie wünschte sich so sehr, dass er sie in die Arme nahm, sie küsste und ihr sagte, wie sehr er sie vermisst hatte und dass er ohne sie nicht leben konnte. »Donnerstag, kein Problem«, antwortete sie.
»Dann rufe ich dich am Mittwoch an, um alles abzusprechen.«
»Wunderbar«, brachte Honey noch heraus. Das ist doch wenigstens ein Anfang, dachte sie.
Aunt Agony und Uncle Heartburn kamen zu ihnen herüber, um sie zu begrüßen.
»Sorgen Sie dafür, dass die Mädels sexy aussehen«, sagte Heartburn zu Honey. »So wie Sie.«
»Danke schön, Uncle Heartburn.« Honey warf einen Seitenblick auf Danny und war enttäuscht, dass er dem Gespräch anscheinend nicht folgte.
»Gut, wir müssen dann weiter«, instruierte Danny seine Begleiter. »Lucille, nett, dich mal wieder gesehen zu haben. Honey, wir bleiben in Verbindung.«
Und damit verschwanden sie in die Nacht von Las Vegas.
Lucille blickte Honey an. »Na?«
»Lucille, du weißt doch, dass ich manchmal so komische Vorahnungen habe?«
»Allerdings.«
»Ja, und jetzt plötzlich mache ich mir Sorgen. Etwas Schlimmes wird mit Danny passieren, ich spüre es.«
»Hör auf!«, stöhnte Lucille. »Lass uns irgendwo was trinken gehen. Du musst dich um den Friseur und die Visagistin kümmern. Denk einfach nicht mehr darüber nach.«
Aber Honey war schon auf dem Weg zur Tür.

Lucille lief ihr nach. »Honey, bist du verrückt geworden?«
Danny setzte sich gerade auf den Fahrersitz des Kleinbusses von *Balloon Channel*; die anderen hatten schon Platz genommen. Lucille erwischte Honey vor dem Haupteingang des Hotels. »Was um alles in der Welt machst du?«, fragte sie wütend.
»Ich will ihn nur warnen.«
»Aber wovor?«
»Ich will nur, dass er vorsichtig ist.«
»Honey, du verdirbst dir alles!«
»Ich habe einfach ein schlechtes Gefühl.«
»Dann behalt es für dich! Du hast so schöne Fortschritte mit ihm gemacht, jetzt ruinierst du alles.«
Honey schüttelte sie ab. »Ist ja schon gut!«
Gemeinsam beobachteten sie, wie der Kleinbus aus der Parklücke fuhr. Gemeinsam hörten sie das Geräusch eines platten Reifens. Zwei platte Reifen. Der Kleinbus hielt, bevor irgendetwas passieren konnte.
Honey drehte sich kurz zu Lucille um. »Siehst du, ich hätte ihn warnen sollen.«
Lucille schnaubte nur. »Ich habe dich bis hierher gebracht, und jetzt schuldest du mir einen Drink.«

35

Nach einem ruhigen Abendessen zu Hause genossen Erene, Leo, Kitty und Roscoe in dem riesigen Esszimmer ihren Espresso und ihr Dessert. »Also, was wissen wir über Regan Reilly?«, fragte Roscoe seine Mitarbeiter. An der Wand hing das Bild eines teuer gekleideten Mannes, der eine Zigarre und ein Glas Brandy in den Händen hielt. Es war lange her, dass der Mann solche Freuden genossen hatte. Er war der Vorbesitzer, der inzwischen hinter Gittern gelandet war.

»Sie hat sich im *Seven's Heaven* herumgetrieben, getarnt mit einer roten Perücke«, berichtete Erene.

»Ich habe dir gesagt, dass der Schuss nach hinten losgeht, wenn du zu viel Schwierigkeiten einbaust«, warf Kitty ein. »Danny hat sie geholt, weil er so viele Probleme hat. Ist doch klar.«

»Aber seine Probleme stammen ja nicht alle von uns«, erinnerte Roscoe sie. »Wir wollen ja nur ein bisschen Spaß in den Wettbewerb bringen. Also, Leo, woher kommen die übrigen Schwierigkeiten?«

»Keine Ahnung.«

»Dann finden Sie's raus!«, brüllte Roscoe ihn an.

»Dafür ist Regan zuständig«, bemerkte Kitty praktisch. »Wie man hört, ist sie eine gute Detektivin. Ihren Freund hat sie kennen gelernt, als ihr Vater entführt wurde. Was für eine romantische Geschichte – ich habe sie in einer Zeitschrift gelesen.«

»Woher kennt sie Danny überhaupt?«, fragte Leo.

»Das weiß ich nicht«, erwiderte Kitty, brach einen Keks in zwei Hälften und leckte die Schokoladenfüllung aus.

»Wir dürfen nicht zulassen, dass sie uns in die Quere kommt«, fuhr Roscoe fort. »Sie macht uns sonst alles kaputt. Was können wir tun, um sie ruhig zu stellen? Ohne dass es gegen das Gesetz verstößt?«
Erene war versucht, eine Studie zu zitieren, hielt aber klugerweise den Mund. Dann sprach sie aber doch. »Wir könnten versuchen, sie aus dem Rennen zu werfen.«
»Und wie?«
»Vielleicht sollten wir Danny für ein paar Tage aus dem Verkehr ziehen.«
»Genau«, fiel Kitty ein. »Wenn alles gut geht, fährt sie vielleicht noch vor dem Ende der Woche nach Hause.«
»Wenn sie bis Freitag bleibt, könnte sie uns wirklich Probleme bereiten«, bemerkte Roscoe düster.
»Dein einziges wirklich großes Problem«, erwiderte Kitty und biss herzhaft in ihren Keks. »Dein einziges wirklich großes Problem entsteht, wenn jemand tatsächlich Dannys Show ruiniert. Darüber solltest du dir Gedanken machen.«
Roscoe schlug mit der Reitgerte an seinen Cowboystiefel. »Was würde Merv Griffin tun?«
»Er würde einen guten Anwalt in Stellung bringen«, antwortete Kitty.
»Ich kann diese Art von Antworten überhaupt nicht leiden, Kathleen«, grollte Roscoe. Kitty hob die Augenbrauen. Wenn die Woche doch schon vorüber wäre!
»Wir werden Regan Reilly im Auge behalten«, versprach Leo. »Wir werden sie alle im Auge behalten.«
»Ich kann es kaum erwarten, sie alle hier unter einem Dach zu haben«, sagte Roscoe. »Refft die Segel, ein Sturm ist im Anzug, wie man so sagt. Yippieh!«
»Mir kommt es eher vor wie: ›Vergrabt das Familiensilber!‹«, murmelte Kitty leise.
»Ich kann einfach nicht mehr still sitzen. Haben wir für

morgen irgendwelche Ballon-Reservierungen?«, fragte Roscoe.
»Nichts«, antwortete Erene.
»Dann werde ich morgen fahren, mit Kitty.«
»O nein«, stöhnte Kitty. »Das heißt früh aufstehen. Wir müssen ja um sechs Uhr dort sein!«
»Ich dachte, du liebst das Ballonfahren«, konterte Roscoe empfindlich.
»Ja, am späten Nachmittag liebe ich es. Aber dieses Aufstehen mitten in der Nacht ...«
»Ballonfahrer sind Morgenmenschen, sie lieben es, vor Sonnenaufgang unterwegs zu sein. Nie schmeckt der Kaffee besser als zu wirklich unchristlich früher Stunde. Diese Woche sind in Albuquerque schon im Morgengrauen alle Straßen verstopft von all den Abenteurern, die hinaus zum Startfeld wollen, dampfende Kaffeebecher in der Hand. Ach, und wenn dann alle Ballons gleichzeitig starten! Dieses gemeinsame Aufsteigen – das ist so bunt, so aufregend!« Roscoes Blick verschleierte sich. »Ich wünschte, ich könnte dort sein, aber die Show geht vor. Und der Wettbewerb muss ja diese Woche stattfinden, damit Danny Albuquerque mitbekommt.«
Leo schlug vor, Roscoe könne doch am Freitag früh mit Dannys Gruppe hinfliegen.
»Freitag wird ein hektischer Tag für uns.«
»Sie sind ja mittags wieder hier.«
»Nein, ich weiß nicht, Leo. Ich will nicht, dass es aussieht, als hätte ich einen Favoriten, wenn ich mehr Zeit mit ihnen verbringe.«
»Warten Sie doch einfach ab, wie Ihnen am Freitag zumute ist.«
»Alle meine Freunde sind dort«, seufzte Roscoe. »Sie werden mich sicher vermissen; ich wette, sie werden unseren Ballon vermissen. Ach, die Kameradschaft!

Und der Spaß! Ballonfahrer sind einfach wunderbare Menschen. Aber wartet nur, bis sie mitbekommen, was ich für die Förderung unseres Sports tue. Die B*alloon Federation of America* wird mich zweifellos ehren wollen, man wird in der Zeitschrift *Ballooning Magazine* über mich schreiben. Und im Ballonmuseum werden sie eine Plakette zu meinen Ehren anbringen. Ungeahnte Möglichkeiten ...«

»Ja, solange Regan Reilly nicht herausfindet, was du vorhast, und deinem Treiben ein Ende setzt ...«, stellte Kitty fest, die gerade intensiv die letzten Kekse auf dem Teller studierte. »Einen nehme ich noch«, murmelte sie.

Roscoe schlug wieder gegen seinen Stiefel. »Erene, Leo, wie sehen unsere Prioritäten jetzt aus?« Er schnippte mit den Fingern, bevor jemand antworten konnte. »Los, los!«

»Scheint so, dass unsere Hauptpriorität jetzt darin besteht, Regan Reilly zu beobachten«, stieg Erene wieder ein. »Sie kann Dannys Laden in Ordnung halten, solange sie ihre Nase nicht in unsere Angelegenheiten steckt.«

»Und alles, was wir tun, muss zu einer guten Show am Freitagabend führen«, befahl Roscoe im Aufstehen. Er blickte zu dem Porträt an der Wand. »Ich will schließlich nicht in der Zelle neben ihm landen.«

Nein, bitte nicht, dachte Kitty. Ich habe wirklich keine Lust, mir schon wieder einen neuen Freund zu suchen. Auch sie stand jetzt auf. »Zeit, ins Bett zu gehen, damit wir morgen früh hoch über den Wipfeln schweben können.«

»So gefällst du mir schon wieder besser«, lächelte Roscoe sie an. »Und morgen Abend um die Zeit: Abendessen mit den Truppen. Ein aufregender Tag.«

»Denk dran«, bemerkte Kitty lediglich im Hinausgehen. »In einem Gefängnis würdest du durchdrehen.«

»Irgendjemand sollte das mal wissenschaftlich untersuchen«, schlug Erene vor. »Ob Ballonfahrer es schwerer haben, sich an die Haftbedingungen zu gewöhnen. Ich vermute, ja …«

»Gute Nacht, Erene«, sagte Roscoe schroff. »Ich gehe nicht ins Gefängnis, und wenn doch, dann ist es Ihre und Leos Schuld, denken Sie daran.«

»Ja, Sir.« Erene schlug ihren Aktenordner zu und verabschiedete sich.

»Gute Nacht, Chef«, sagte auch Leo. Und zu Erene gewandt flüsterte er: »Ich hoffe, wir stecken nicht schon bis zum Hals mit drin.«

36

Wohin soll's gehen?«, fragte der Taxifahrer, ein älterer Mann mit großem Ohrring und grauen Haarsträhnen, die unter einem schwarzen Barett hervorlugten.

»Ich weiß es noch nicht genau«, erwiderte Regan. »Ich muss erst jemanden anrufen. Fahren Sie doch schon mal Richtung Strip.«

Der Fahrer verdrehte die Augen. »Warum nicht? Ist ja schließlich Ihr Geld.« Er begann ein Lied aus Les Misérables zu summen.

Regan wählte Dannys Nummer und hielt sich das linke Ohr zu. Ihr Fahrer war offenbar ein verhinderter Entertainer, und es konnte kaum ein Zweifel daran bestehen, dass er über kurz oder lang in einer Reality-Show landen würde.

Beim dritten Klingeln meldete sich Danny, hörbar außer Atem.

»Danny, hier ist Regan. Wie sieht's aus?«

Danny atmete hörbar durch. »Wir haben soeben zwei Reifen an unserem Kleinbus gewechselt.«

»Zwei platte Reifen auf ein Mal?«

»Angestochen.«

»O Gott, Danny!«

»Schönes Traumdate.«

»Hat Sam alles gefilmt?«

»Sicher. Wir machen eine Reality-Show und sind immer auf der Jagd nach Überraschungen.«

»Scheint so, als hättest du davon mehr als genug. Wohin fahrt ihr jetzt?«

»Zu den Springbrunnen vor dem *Bellagio*, dem romantischsten Platz in der ganzen Stadt.«

»Wir treffen uns dort.« Sie beendete das Gespräch und beugte sich nach vorn, um die Aufmerksamkeit des Fahrers auf sich zu ziehen. Das war allerdings gar nicht so einfach, denn er wechselte ständig die Spur und war in sein Summen vertieft. »Entschuldigung!«

Er sah sie im Rückspiegel an. »Wissen Sie jetzt endlich, wohin Sie wollen?«

»Zum *Bellagio*. Sie können mich bei den Springbrunnen absetzen.

Er nickte. »Selbst – ver – ständ – lich.«

Regan lehnte sich zurück und sah aus dem Fenster. Jetzt hatte es also jemand auf die Kleinbusse von *Balloon Channel* abgesehen; es war einfach unglaublich.

Wenige Augenblicke später fuhr das Taxi vor dem Hotel an den Straßenrand. Regan bezahlte, stieg aus und sah sich um. In diesem Moment erschütterte ein irrsinniges Dröhnen den Platz, und die Springbrunnen, riesige Wasserfontänen, schossen aus dem See und wurden lebendig. Die Titelmusik des Films *Titanic* erklang aus den Lautsprechern, während sich die Wassersäulen zur Musik bewegten. Es war ein großartiger Anblick, sobald sich das Nervenkostüm von dem anfänglichen Dröhnen erholt hatte.

Auf dem Gehweg drängten sich die Touristen; die Fotoapparate klickten. Regan schlängelte sich durch die Menschenmenge, bis sie die Gruppe von *Zurück auf Wolke sieben* entdeckte. Die Kamera folgte Vicky und Chip, die Arm in Arm dastanden und die Springbrunnen betrachteten, sich dann zueinander drehten, um sich einen zarten Kuss auf die Lippen zu hauchen. Ist Liebe nicht etwas Wunderbares?, dachte Regan, die hinüber zu Danny ging. – »Na, wie geht's?«, flüsterte sie.

»Wenigstens geht jetzt überhaupt etwas.«

Als das Lied zu Ende war, trat Aunt Agony zu dem Pärchen. »Wie geht es euch beiden jetzt?«, fragte sie.
Vicky strahlte. »Es ist genau wie damals in den Flitterwochen, als wir die Niagarafälle besucht haben. Und hier stehen wir und werden nass, es ist sooooo wunderbar!«
Chip lächelte. »Wir sollten wieder mal zu den Niagarafällen fahren, Liebes. Wir müssen diese ganz besondere Zeit noch einmal erleben.«
Heartburn wollte nicht nachstehen. »Wart ihr schon einmal verliebt, bevor ihr euch getroffen habt?«
Chip und Vicky verzogen die Gesichter, aber dann lachte Vicky. »Nein, außer man zählt meine Kinderliebe mit, als ich zwölf war.«
»Und was mich angeht«, sagte Chip, »so wusste ich nicht, was Liebe ist, bis ich Vicky traf.«
Die beiden sollten in der Comedy-Show auftreten, dachte Regan. Agony war jetzt so richtig in ihrem Element. »Das klingt ja ganz so, als hättet ihr zwei den Funken wieder gefunden«, sagte sie.
»Das Feuer brennt heller als jemals zuvor«, versicherte Chip.
»Schnitt!«, rief Danny. »Zeit fürs Abendessen!«
Sie stiegen wieder in den Kleinbus, und Regan nahm hinten Platz. Sie passten so gerade alle in den Wagen. Danny fuhr, und Sam saß mit seiner Kamera vorne neben ihm. Victor, Agony und Heartburn saßen in der zweiten Reihe, und Chip und Vicky teilten sich mit Regan die hinterste Bank. Regan fragte sich, ob sie es sich nur einbildete oder ob die beiden Turteltäubchen tatsächlich auf Abstand gingen, sobald die Kamera aus war. Chip hatte seinen Arm nicht mehr um Vickys Schultern gelegt; sie hielten sich nicht einmal mehr an den Händen. Wenn man bedachte, dass sie gerade noch von ihren Flitterwochen gesprochen hatten …

»Ein Stück die Straße hinunter gibt es ein kleines italienisches Restaurant, das uns für alle drei Traumdates ein Nebenzimmer reserviert hat«, erzählte Danny. »Aunt Agony, Uncle Heartburn, Chip und Vicky werden dort an einem ruhigen Tisch ein Candlelight-Dinner genießen, und danach machen wir einen Rundgang durch das Spielcasino im *Bellagio*. Sam wird die ganze Zeit drehen, nicht wahr, Sam?«

Sam nickte. »Wie bei der ›versteckten Kamera‹.«

Regan versuchte die ganze Zeit, herauszufinden, an wen Sam sie erinnerte. Er sah gut aus, lachte gern und leicht. Seine freundliche, entspannte Art half ihm dabei, die Menschen, die er filmte, locker zu machen. Er war das genaue Gegenteil des verkrampft-bemühten Victor.

»Wir anderen bekommen Hotdogs«, scherzte Victor.

»Gar nicht wahr!«, protestierte Danny. »Keine Sorge, Regan, wir bekommen auch etwas zu essen.«

Regan lachte. »Ich bin gespannt.« Was ich jetzt wirklich gern hätte, dachte sie, ist mein Hotelbett und ein wenig Schlaf.

Chip drehte sich zu ihr, zwinkerte ihr zu und tätschelte ihr Bein. »Wir bringen Ihnen die Reste mit.«

Sehr seltsam, dachte Regan. Ein wirklich höchst seltsames Pärchen. Vicky übertrieb maßlos, sobald sie auf ihre Erinnerungen an die Niagarafälle zu sprechen kam. Und Chip wirkte wie ein Roboter, wenn er versuchte, romantisch zu sein. Vollkommen unnatürlich. Aber ich vermute, das macht der Druck, überlegte Regan. Alle drei Paare haben das Geld bitter nötig – und wer auch nicht? Eine Million – selbst nach Abzug aller Steuern ist das eine höchst erfreuliche Summe. Also müssen sie alle bis Freitag die romantische Nummer spielen. Es wird interessant sein, zu sehen, ob irgendwer unter dem Druck nachgibt.

Sie fuhren auf den Parkplatz eines Restaurants namens

Carlotta's. Im Schaufenster war die Neon-Karikatur eines Showgirls zu sehen, das einen Teller mit dampfenden Spaghetti hielt. Was für ein Ort für ein Traumdate, dachte Regan. Danny hatte ihr erzählt, mehr gäbe sein Budget nicht her. Schon seltsam, dass Roscoe das Preisgeld auf eine Million setzte, dann aber das Budget der Produktion so sehr begrenzte.

Der Restaurantchef begrüßte Danny freundlich. »Habt ihr unser Showgirl aufgenommen?«

»Das machen wir auf dem Rückweg«, versprach Danny.

»Wunderbar. Kommt mit nach oben.«

In dem Restaurant herrschte lebhafter Betrieb. Es hatte eine dunkle Holzverkleidung an den Wänden, rote Tischdecken, gedämpftes Licht und laute Gäste. Das Klavier in der Ecke schwieg, aber das Glas für die Trinkgelder stand noch da und ließ vermuten, dass der Pianist bald wieder auftauchen würde. Ein schmales Treppenhaus mit dunklen Wänden führte ins Obergeschoss. Regan folgte Victor die Treppe hinauf in einen lang gestreckten, schmalen und ziemlich unordentlichen Raum mit Polstertapeten, in dem es muffig roch. Mittendrin stand ein gedeckter Tisch für vier Personen. Auch nicht gerade ein Luxuslokal, dachte Regan.

»Meine Damen ...« Der Chef streckte die Hand aus und deutete auf den Tisch.

Regan zog sich zurück, während Agony vortrat und sich an den vorgesehenen Platz geleiten ließ. Vicky folgte, die Männer setzten sich auch.

»Mein Name ist Gianni«, fuhr der Chef mit einem nachgemachten italienischen Akzent fort. »Wir werden Sie heute Abend vorzüglich betreuen. Grazie.« Und noch einmal zu Danny gewandt: »Grazie.«

»Wir haben zu danken«, erwiderte Danny, als Gianni sich verbeugte und die Treppe hinunter verschwand. Wenn ich mich doch nur setzen könnte, dachte Regan und lehnte sich an die Wand, während Danny seinen Plan für den Abend erklärte. »Wir werden natürlich nicht den ganzen Abend die Kamera laufen lassen. Hin und wieder werden Agony und Heartburn euch wichtige Fragen stellen, und diese Gespräche werden wir aufzeichnen.«

Regan fragte sich, was für Gespräche das wohl sein mochten. Es war ein bisschen, als würde eine Therapiesitzung beim Psychiater aufgenommen, damit alle Welt sie sehen konnte. Aber zunächst begann das Essen angenehm mit Getränken und leichter Konversation.

Als die Vorspeisen serviert worden waren, beugte sich Aunt Agony mit seelenvollem Gesichtsausdruck vor. »Ich würde gern von euch eine Geschichte über euer schlimmstes Date hören.«

»Miteinander?«, fragte Vicky.

Agony und Heartburn lachten. »Nein, nein«, erwiderte Agony. »Mit jemand anderem. Wenn ich es recht verstanden habe, habt ihr euch erst kennen gelernt, als ihr schon über zwanzig wart. Da hat es doch sicher vorher andere Verabredungen gegeben.«

»Nun«, machte Chip, der auf seinem Stuhl sehr unglücklich aussah, »ich bin mal mit einem Mädchen ausgegangen, das die ganze Zeit davon erzählte, was für ein Ekel ihr Ex-Mann gewesen war. Die beiden teilten sich nach der Scheidung das Sorgerecht für den Hund, und immer wenn ihr Mann kam, um Fido fürs Wochenende abzuholen, war sie gerade zu einem langen Spaziergang mit dem Tier aufgebrochen. Die ganze Geschichte hat mich ein bisschen nervös gemacht, und ich habe sie nie wieder angerufen. Später habe ich dann gehört, dass sie ein paar ziemlich hässliche Dinge über mich gesagt hat. Ich habe die Sache wohl vermasselt, fürchte ich.«

»Und meine schlimmste Verabredung«, fiel Vicky ein,

»war die mit einem Typen, der mich in meiner Wohnung abholte, darauf bestand, erst einmal auf einen Drink hereinzukommen, und dann meine Papiere auf dem Küchenschrank durchwühlte, als ich im Schlafzimmer war, um mich frisch zu machen. Ich habe ihn dabei erwischt, wie er meine Post las.«

Uncle Heartburn bekam einen Hustenanfall und verschluckte sich am Mineralwasser. Aunt Agony wurde richtig ungeduldig. Sie interessierte sich kaum für das Wohlergehen ihres Mannes, sah kaum zu ihm hin. Was ist denn nur mit ihr los?, fragte sich Regan.

»Na, der hat Nerven!«, rief Agony. »Das ist ja widerlich! Ich kann neugierige Leute nicht ausstehen.«

Wie bitte?, staunte Regan für sich. Bei deinem Beruf?

»Okay«, unterbrach Danny. »Das genügt erst einmal. Genießt eure Vorspeise. Und zu Regan: »Magst du kurz mit mir runtergehen? Wir könnten schnell einen Schluck trinken und an der Bar eine Kleinigkeit essen.«

»Klar.«

»Wir sind gleich wieder da«, informierte Danny die anderen. »Victor, ich sage Gianni, er soll für dich und Sam hier einen kleinen Tisch in der Ecke decken.«

»Alles klar. Und wir sollen erst einmal nicht weiterfilmen?«

»Erst, wenn wir wiederkommen.« Auf der Treppe flüsterte er Regan schon zu: »Du wirst nicht glauben, was passiert ist.«

37

Was willst du mir denn erzählen?«, fragte Pilot Pete Bubbles, als sie die Sitzgruppe in ihrer Suite erreicht hatten. Er saß auf dem Sessel mit der hohen Lehne, Bubbles lief herum, obwohl sie nicht viel Platz hatte.

»Du und ich, wir beide wollen, dass die Comedy funktioniert.« Sie schüttelte ihre rote Mähne und lächelte ihn an, als wollte sie flirten. »Wir wollen, dass Roscoe unsere Show zum Sieger erklärt.«

»Du hältst dich mit Selbstverständlichkeiten auf, Bubbles.«

»Red mir nicht dazwischen«, fuhr Bubbles ihn an.

Pete lachte. »Aber wir haben alle sichere Jobs hier. Das ist unser Problem.«

»James bis in alle Ewigkeit«, nickte Bubbles. »In guten wie in schlechten Zeiten.«

»Bis dass der Tod uns scheidet.«

»Bitte, Pete, ich sage es ungern, aber du machst mich nervös, wenn du so etwas sagst.«

»Du glaubst, ich gehe auf James los?«, fragte Pete mit erhobener Stimme. »Das ist eine Beleidigung.«

»Nun, als du es in der Bar erwähnt hast, dachte ich, du meinst es ernst.«

»Zugegeben, manchmal habe ich so etwas wie Mordgelüste. Aber glaubst du wirklich, ich würde mich für den Rest meines Lebens unglücklich machen, nur wegen dieser elenden Comedy?«

»Nenn sie nicht elend!«

»Nein, ernsthaft jetzt! Ich habe dutzendweise Pilotproduktionen mitgemacht, die nie gesendet wurden, und die waren für große Sender. Glaubst du wirklich, ich würde jemanden umbringen, nur um eine Comedy-Show zu retten, die dann auf Roscoes *Balloon Channel* läuft? Wie viele Leute werden diese Show denn sehen? Die sind doch eh alle im Casino.«

»Man kann nie wissen«, gab Bubbles zurück. »Du weißt doch, wie viele kleine Kabelshows irgendwann von den richtig großen Jungs übernommen wurden, oder?«

»Und du weißt, wie viele sang- und klanglos untergegangen sind. Und die erfolgreichen sind meistens von irgendwelchen Kids, die das Zeug bei Muttern im Keller produzieren. Diese Sachen haben eine irrsinnig große Zielgruppe, und du weißt, dass ganz Hollywood von nichts anderem mehr redet als von demographischen Daten. Rauf und runter. Wenn ich das Gerede noch einmal höre, ersticke ich.«

Bubbles warf ihm einen erschrockenen Blick zu. »Wir haben überhaupt keine Teenager in unserer Show.«

»Wenn sie durchkommt, können wir die Kids immer noch reinschreiben.«

»Aber das geht nicht immer so einfach.«

»Bubbles«, unterbrach Pete sie. »Wir kommen vom Thema ab. Wie sieht dein großer Plan aus?«

»Du weißt noch nichts von meinem Freund.«

»Ja und? Denkst du, ich habe es auf dich abgesehen?«

»Nein! Aber mein Freund arbeitet für die Reality-Show.«

»Ehrlich?«

»Jaha!«

»O Gott!«

»Ich weiß!«

»Was macht er dort?«

»Kann ich dir nicht sagen.«

»Und warum nicht?«

»Weil ich seine Identität gern geheim halten möchte.«

»Aber warum?«

»Pete, jetzt hör mir bitte einen Moment zu. Er spioniert dort für mich. Im Moment checkt er gerade die Kandidaten durch, in der Hoffnung, einen Grund zu finden, um eines der Paare zu disqualifizieren. Denn dann können sie nicht weitermachen. Er hat sogar eine eigene Seite im Internet ins Leben gerufen, um an allen möglichen fiesen Klatsch über die Kandidaten zu kommen.«
Pete starrte sie an.
»Und warum erzählst du mir das?«
»Ich dachte, du solltest wissen, dass es auch noch eine andere Möglichkeit für uns gibt, das Ganze hier zu gewinnen.«
»Macht dein Freund auch noch auf andere Weise Ärger dort?«
Bubbles zögerte. Vielleicht war es keine so gute Idee, Pete alles zu erzählen. Sie hatte erwartet, dass er begeistert sein würde, getröstet und vergnügt. Aber er sah gar nicht vergnügt aus, sondern der Ausdruck auf seinem Gesicht machte ihr eher Angst, so wie bei seinem Vorschlag, James umzubringen. »Nein«, schwindelte sie.
»Aber irgendwer macht dort Ärger. Es passiert ein Missgeschick nach dem anderen.«
»Missgeschick? Was denn zum Beispiel?«
Bubbles hätte sich am liebsten selbst in den Hintern getreten.
Sie musste verrückt gewesen sein, zu glauben, dass sie diesem Mann vertrauen könnte.
Die Art, wie sich sein Gesichtsausdruck veränderte, war einfach unheimlich.
Im einen Moment sah er aus wie Mr Rogers, im anderen wie Jack the Ripper.
»Na, zum Beispiel wurde dort eine Kamera gestohlen. Solche Sachen halt.« Pete stand auf und deutete mit dem Finger auf sie. »Du machst mich zum Komplizen aller Dinge, die dein Freund sich womöglich dort ausdenkt,

um die Reality-Show zu ruinieren«, klagte er sie an, und jetzt war seine Stimme richtig laut. »Ich muss dir sagen, das gefällt mir nicht. Überhaupt nicht.«

Er stürmte zur Tür.

»Pete!«, rief Bubbles.

Er drehte sich um, schrie »Gotcha!« und begann hysterisch zu lachen. »Jetzt habe ich dich doch erwischt, stimmt's?«

Ich kriege gleich einen Nervenzusammenbruch, dachte Bubbles.

38

Weißt du, es wird immer verrückter«, klagte Danny, während der Mann an der Bar ihm und Regan Rotwein servierte.

»Ich weiß, dass der Postsack gestohlen wurde. Was ist denn noch passiert?«

Danny legte den Kopf auf die Bar und drehte ihn verzweifelt von einer Seite auf die andere, bevor er ihn wieder hob. Dann erzählte er Regan von seiner Mutter und dem Brief von Heartburns Rechtsanwältin.

»Kein Wunder, dass sie so ausgerastet ist, als Vicky von dem Typen erzählte, der ihre Post gelesen hat«, kommentierte Regan. »So hat halt jeder seine Probleme. Man kann bei fast jedem an der Oberfläche kratzen und ...«

»Und als wäre das alles noch nicht genug, ist jetzt auch noch meine Ex-Freundin – die mich in die Wüste geschickt hat und nun unbedingt wiederhaben will – in die Show eingestiegen. Sie wird sich am Donnerstag um Frisuren und Make-up kümmern.«

»Warum denn das?«

»Sie und ihre beste Freundin haben gehört, wie meine Mutter von Agonys Post sprach, und haben gedroht, zur Zeitung zu gehen, wenn ich Honey keine Chance gebe, bei der Show mitzuarbeiten.«

»Arbeitet sie denn in der Branche?«

»Nein, sie ist Showgirl. Aber du kannst mir glauben, sie kennt jeden, der in dieser Stadt mit Gesichtern, Haaren und Make-up zu tun hat.«

Regan lächelte. »Klingt so, als hielte sich deine Begeisterung für sie in Grenzen.«

Danny zuckte die Schultern. »Einmal reingefallen, okay. Aber wer zweimal reinfällt, ist selbst schuld.«
Regan erkannte wieder einmal, wie viel Glück sie doch mit Jack hatte. Ihre Beziehung war von Anfang an so entspannt gewesen. Wenn sie nur in derselben Stadt leben könnten, wäre alles perfekt. Sie rief sich zur Ordnung und kam zum Thema zurück. »Niemand darf die Geschichte mit Heartburns Ex-Frau herausbekommen. Das würde der Show wirklich schaden.«
»Ich weiß. Es wäre, als ob man bei Bart Simpson Benimm-Unterricht nähme.«
Regan lächelte. »Wo sind deine Eltern jetzt?«
»Mein Vater versucht, das Geld im Casino zurückzugewinnen. Kannst du glauben, dass meine Mutter einfach fremder Leute Post liest? Kannst du das glauben?«
Regan hatte eine vage Erinnerung an Mrs Madley in der behelfsmäßigen Küche ihrer Schule am Hotdog-Tag, also Dienstag. Ein paar Mütter kamen an diesem Tag, erhitzten Hunderte von Würstchen, und die Einnahmen gingen an die Kirchengemeinde. Mrs Madley war immer dabei gewesen. Sie war immer da, wo etwas los war, und tauchte auch oft in der Schule auf, wenn sonst keine Eltern dort waren. Armer Danny. Seine Mutter hatte sich kein bisschen verändert, und allmählich brachte ihn das in Schwierigkeiten.
»Ich lebe Hunderte von Meilen von ihr entfernt«, fuhr Danny fort. »Und sie schafft es immer noch, sich ständig in mein Leben einzumischen.«
»Sie meint es ja gut«, versuchte es Regan vorsichtig.
»Ich weiß, aber wenn Heartburn jetzt auffliegt, werden er und Agony zur Polizei gehen und meine Mutter anzeigen, das ist mir klar. Das ist alles kein Spaß.«
»Weiß sonst irgendjemand davon?«
Danny schüttelte den Kopf. »Nein, niemand außer meinen Eltern, Aunt Agony, Uncle Heartburn, Honey und Lucille.«

»Sorg dafür, dass es so bleibt«, riet Regan ihm. »Vor allem würde ich Victor und Sam nichts davon erzählen.«
»Victor ist ansonsten immer über alles informiert«, sagte Danny.
»Du hast mir gesagt, du vermutest, dass dich jemand sabotiert. Der dringendste Verdacht fällt dabei auf Victor und Sam. Die Assistenten kommen und gehen und haben nicht so viel Zugang zu allen Informationen wie diese zwei.«
»Aber wer könnte die Reifen des Kleinbusses zerstochen haben?«, fragte Danny verzweifelt. »Das hätten Sam und Victor niemals tun können, ohne aufzufallen.«
»Ehrlich gesagt«, bekannte Regan, »vermute ich, dass die Sache komplizierter ist.«
»Was meinst du damit?«
»Also, zum einen scheint mir dieser Roscoe Parker eine seltsame Gestalt zu sein. Wie bist du an ihn gekommen?«
»Beim Pokern in einem der Casinos.«
»Und, war er gut im Bluffen?«
»Kann man so nicht sagen. Er redete die ganze Zeit, ununterbrochen.«
»Ich bin sehr gespannt darauf, wie es morgen bei ihm zu Hause sein wird. Ich habe kein gutes Gefühl, was diesen Mann angeht. Jemand, der sich die Nummer mit dem ekelhaften Pfeifton einfallen lässt, hat wahrscheinlich noch mehr üble Streiche im Ärmel. Und das, glaube ich, läuft hier ab: jede Menge übler Streiche. Aber einige davon könnten gefährlich werden, und ich habe dir noch nicht einmal erzählt, was ich im *Seven's Heaven* mit angehört habe.«
»Nämlich was?«
»Bubbles und Pete saßen an einem Tisch in der Bar und sprachen darüber, wie grauenhaft schlecht einer ihrer Schauspieler ist. Bubbles sagte dann, sie hätte Pete

etwas Wichtiges mitzuteilen, und dann sind sie gegangen. Dann hast du mich angerufen, und ich habe mich mit dem Hausdetektiv um die Sache mit dem Postsack gekümmert. Wir haben einen Blick in das Zimmer deiner Eltern geworfen, aber das Zimmer war vollkommen in Ordnung. Es ist schon interessant, dass deine Eltern ausgerechnet dort abgestiegen sind.«

»Nur meine Mutter könnte ein Hotel wie dieses buchen. Sie hat wohl von irgendwoher einen Gutschein dafür bekommen.«

»Weißt du, es ist dem *Fuzzy Dice* sehr ähnlich. Die Muster in der Dekoration sind nicht dieselben, aber die Qualität und die ganze Atmosphäre sind ziemlich dieselben. Ich wüsste zu gern, wem die beiden Hotels gehören.«

»Ich habe keine Ahnung«, gab Danny zu.

Der Barmann brachte jedem von ihnen eine kleine Pizza und ein weiteres Glas Wein.

»Das sieht wunderbar aus«, freute sich Regan. »Ich bin halb verhungert.«

»Wir sollten das schnell essen und dann wieder raufgehen.« Danny nahm sich ein Stück und fing einen Faden aus geschmolzenem Käse mit den Fingern auf. »Ich mache mir Sorgen, was da oben schon wieder los sein könnte.«

Zehn Minuten später zahlte Danny und ging dann mit Regan die knarrende Treppe hinauf. Oben saßen Aunt Agony und Uncle Heartburn, in einer leidenschaftlichen Umarmung eng umschlungen, während Vicky und Chip ihnen ungläubig zusahen. Die Kamera lief.

39

»Maddy, ich will nicht an irgendwelchen Spielautomaten stehen«, beharrte Shep. Sie waren hinüber zum *Venetian Hotel* gegangen, um ein bisschen spazieren zu gehen und eine Kleinigkeit zu essen. Es war wirklich ein faszinierender Ort. Las Vegas' Version der romantischsten Stadt Italiens hatte eine vierhundert Meter lange Miniaturversion des Canale Grande zu bieten, die man den Canalazzo nannte und auf dem die Besucher eine zwölfminütige Bootsfahrt genießen konnten, begleitet von einem singenden Gondoliere. Die mehr als zwanzig Meter hohe Kuppeldecke war mit wunderschönen Reproduktionen italienischer Fresken geschmückt, und die meisten Touristen erfreuten sich noch mehr an den zahlreichen Läden. Der Canalazzo verlief nämlich durch ein Einkaufszentrum mit neunzig Geschäften.
Dieser Hotelkomplex umfasste einen Erholungsbereich auf dem Markusplatz, den Dogenpalast und die Rialtobrücke sowie ein Wachsfigurenmuseum. Das Hotel selbst hatte mehr Zimmer als die Bermudas Inseln. Zwei Historiker waren hier angestellt, um sicherzustellen, dass das Hotel echt italienisches Flair ausstrahlte.
Maddy ging gern hier spazieren und genoss es, in einem der vielen guten Restaurants oder auch in einem der einfacheren Lokale zu essen. Sie bewunderte die Aussicht und ließ sich vom bunten Treiben in dem riesigen Casino faszinieren. Aber heute Abend konnte weder sie noch Shep das alles richtig genießen.
Shep spielte ein paar Partien Roulette und verlor. Sie hatten zu Abend gegessen, und er wollte am liebsten

zurück in ihr schreckliches Hotel. Noch lieber wollte er nach Hause und in seinem eigenen Bett schlafen. Der Tag war mehr als anstrengend gewesen.
»Vielleicht sollte ich Danny anrufen und fragen, wie es ihm geht«, schlug Maddy vor.
»Untersteh dich!«
»Ist ja schon gut«, gab Maddy nach.
Sie nahmen ein Taxi zurück zum *Seven's Heaven*, und Maddy begab sich sofort zur Rezeption. Zwei Mal schlug sie mit der Hand auf die Klingel. »Hallo! Jemand zu Hause?«
Der Angestellte tauchte in der Tür hinter der Rezeption auf. »Madam, ich musste ein Fax abschicken.«
»Tja, vielleicht ist das ja der Grund, weshalb wichtige Post aus meinem Zimmer gestohlen wurde«, rief Maddy. »In dieser Hotelhalle gibt es keine Sicherheitseinrichtungen, überhaupt keine. Jeder kann hier einfach hereinspazieren und seinen kriminellen Machenschaften nachgehen.«
»Die Sicherheit unserer Gäste hat für uns höchste Priorität«, bemerkte der Angestellte mit monotoner Stimme.
»Was ich aber eigentlich wissen wollte«, fuhr Maddy fort, »ist, ob unser Postsack womöglich inzwischen wieder gefunden wurde.«
»Nein, er ist nicht wieder aufgetaucht.« Sein Gesicht schien zu sagen: Und das wird wohl auch so bleiben.
»Unglaublich!«, kommentierte Maddy mit einer wegwerfenden Handbewegung und stolzierte davon. Shep folgte ihr zum Aufzug und in ihr Zimmer. Als sie dort das Licht einschalteten, schnappte Maddy nach Luft.
»Was ist denn nun schon wieder?«, fragte Shep müde.
»Dieser Lippenpflegestift«, sagte Maddy und nahm ihn von der Kommode. »Der war nicht hier, als wir eincheckten. Wer auch immer den Postsack gestohlen hat, muss raue Lippen haben. Ich hoffe, sie bluten jetzt.«

40

Als Regan endlich in ihr Zimmer im *Fuzzy Dice* zurückkehrte, war sie mehr als erleichtert. Aunt Agony und Uncle Heartburn hatten den ganzen Abend damit zugebracht, jedermann zu beweisen, wie verliebt sie ineinander waren. Es war, als ob sie jetzt selbst um die Million kämpften, obwohl Regan eher vermutete, dass sie sich von der Drohung, Heartburns Schwierigkeiten könnten an die Öffentlichkeit gezerrt werden, hatten erschrecken lassen.

Die *Traumdate*-Mannschaft war noch ein wenig durch das Casino im *Bellagio* getrabt, und danach hatten Agony und Heartburn zum Rückzug geblasen. Es war für alle ein langer Tag gewesen.

Regan zog sich aus und stieg unter die Dusche. Das warme Wasser auf ihren Schultern und ihrem Nacken fühlte sich wunderbar an.

So finde ich hoffentlich leichter in den Schlaf, dachte sie. Ich wünschte, ich könnte Jack anrufen und ihm die letzten Neuigkeiten mitteilen, aber in New York ist es jetzt schon mitten in der Nacht. Ich bin gespannt, was er sagen wird, wenn ich ihm erzähle, dass unser Problem weniger die Kandidaten sind als die Jury. Aber wie ich Jack kenne, wird er nicht besonders überrascht sein.

Was Regan allerdings überraschte, war die Tatsache, dass es im *Fuzzy Dice* einen echten Zimmerservice zu geben schien. Ihre Tagesdecke war entfernt worden und lag nun fein säuberlich zusammengelegt auf dem Stuhl mit dem Würfelmuster, der neben dem Schreibtisch stand. Ein Stückchen Pfefferminzschokolade lag auf ihrem Kopfkissen, etwas, was Regan noch nie wirklich verstanden hatte. Schokolade enthielt Koffein, das doch die meisten Leute wach hielt. Warum legten sie nicht ein Stückchen Truthahn auf das Kopfkissen? Er enthielte nämlich einen Stoff, der müde macht, wie jeder weiß, der schon einmal ein Thanksgiving-Menü zu sich genommen hat. Am dritten Donnerstagnachmittag im November schnarchte ganz Amerika mehr oder weniger leise vor sich hin. Nun gut ...

Regan stieg aus der Dusche, trocknete sich ab und zog ihren leichten Baumwollpyjama an. Sie vergewisserte sich, dass die Zimmertür abgeschlossen war, und stellte ihre Schuhe neben das Bett. Sie wusste nicht, warum, aber an diesem seltsamen Ort wollte sie in der Lage sein, jederzeit losrennen zu können. Vielleicht sollte ich in meinen Kleidern schlafen, dachte sie sarkastisch.

Als sie ins Bett schlüpfte, spürte sie seufzend, dass die Bettwäsche nicht unbedingt aus dem feinsten Material gewebt war. Wohin bin ich nur geraten?, fragte sie sich. Danny hatte einen Drohbrief erhalten. Barney war gestürzt und im Krankenhaus gelandet. Sie hatte es ihm beinahe gleichgetan. Roscoe hatte sie alle um fünf Uhr aus dem Studio geworfen. Elsa hatte einen Riesengewinn gemacht. Dannys Eltern waren aufgetaucht. Der Postsack war verschwunden. Und dann war da natürlich auch noch die Geschichte mit dem Skandal um Heartburns Ex-Frau. Und als Krönung das Traumdate bei *Carlotta's*.

Vergesst *Balloon Channel*, das hier gehört in die Abendnachrichten.

Regan griff hinüber und löschte das Licht. Sie boxte ein paar Mal auf ihr Kopfkissen ein und legte sich dann bequem zurecht. Und obwohl sie das Gefühl hatte, von lauter Wahnsinnigen umgeben zu sein, und sich wirklich fragte, was sie als Nächstes tun sollte, schlief sie ein.

Dienstag, 7. Oktober

41

Noch im Dunkeln fuhren Roscoe und Kitty auf das Gelände des *Balloon Channel*. Zwischen zwei herzhaften Gähnern trank Kitty kleine Schlucke aus ihrem Kaffeebecher, während Roscoe voller Begeisterung den Horizont betrachtete, der langsam heller wurde.

»Ja! Nicht mehr lange, und wir sind unterwegs, hoch oben.« Er deutete auf die Sonne, die gerade über den Horizont stieg.

»Ich werde ein Schläfchen brauchen, bevor das Abendessen losgeht«, gähnte Kitty.

»Aber du wirst von diesem geistigen Erlebnis zu Tagesbeginn lange zehren.«

»Das Erlebnis begann schon damit, dass der Wecker klingelte.«

»Kitty, wusstest du, dass Heißluftballons sogar im Krieg benutzt wurden?«, fragte Roscoe, wartete aber die Antwort nicht ab. »Man hat auf diese Weise die Bewegungen des herannahenden Feindes beobachtet. Manche Menschen sind nur mit Hilfe eines Ballons aus kriegszerstörten Städten entkommen. Tatsächlich ist der moderne Heißluftballon eigentlich als militärisches Transportmittel entwickelt worden, und zwar vor etwa fünfzig Jahren von einem Mann namens Ed Yost. Inzwischen ist es natürlich nur noch ein Sport, und darüber bin ich sehr froh. Kitty?«

Kitty hatte die Augen geschlossen, ihre Lider fühlten sich an wie zusammengeklebt. Sie öffnete sie mit aller Gewalt. »Ja, Roscoe?«

»Hast du gehört, was ich gesagt habe?«

»Irgendwas über Ballons«, erwiderte Kitty teilnahmslos. »Na, vergiss es.«

Sie bogen in den Parkplatz ein, der jetzt sehr still dalag. Ein paar Wagen standen noch da, aber Roscoe hatte dafür gesorgt, dass die Nachtschicht das Gelände um drei Uhr früh verließ. Er wollte nicht, dass die Leute, die für die Ballonfirma arbeiteten, mit den Produktionsteams seiner Shows zusammentrafen.

Roscoe parkte den Jaguar, und sie gingen über die freie Fläche zu dem kleinen einstöckigen Gebäude, in dem die Ballonfirma untergebracht war. Dort saß Marty, Roscoes Pilot, mit seiner Mannschaft und frühstückte Kaffee und Donuts.

»Leichter Wind«, bemerkte Marty. »Ein perfekter Tag für Ballonfahrer.«

»Na, dann los!«, erwiderte Roscoe begeistert.

Sie gingen hinaus, wo die Mannschaft den Ballon startklar machte, den Ballonkörper ausbreitete und den Ventilator zum Füllen in Stellung brachte. Sie befestigten die Sicherheitsleine an dem Begleitfahrzeug und sorgten dafür, dass der Pilot die Schlüssel ablieferte. Ein bisschen Frühdunst lag in der Luft, und der wunderbare frische Duft des Morgens belebte sie alle.

Plötzlich kam vom Parkplatz her ein Pärchen zu ihnen herübergelaufen.

»Können wir mitfahren?«, riefen die beiden und winkten mit beiden Armen. »Wir haben versucht, anzurufen, aber es hat niemand abgehoben. Wir haben gestern Abend in der Graceland-Kapelle geheiratet.«

Roscoe blickte Kitty an. »Ist es dir recht? Ich dachte ja eigentlich eher daran, dass wir zwei allein mit Marty starten.«

»Ich bin ohnehin noch nicht wach, mir macht das nichts aus.«

»Kommt rüber!«, rief Roscoe den beiden zu.

Sie schienen noch sehr jung zu sein. Die Braut trug Blumen im Haar und ein Großmutterkleid, der Bräutigam hatte ein blaues Sakko und Khakihosen an. Sie hatte langes dunkles Haar, er war blond. Und sie sahen aus, als wären sie unglaublich verliebt ineinander.

»Ich heiße Kimberly, und das hier ist mein Mann«, sagte sie und hielt inne. »Wie toll das klingt! Das ist das erste Mal, dass ich dieses Wort so benutze – mein Mann.«

»Ich heiße Jake«, sagte er mit schüchternem Grinsen. »Können wir reingehen und unsere Fahrt bezahlen?«

»Der Ballon gehört mir, und ich lade Sie beide ein«, sagte Roscoe großzügig und stellte dann sich, Kitty und Marty dem jungen Paar vor. Als der Ballon gefüllt war, kletterten sie alle in den Korb, den die Bodenmannschaft festhielt. Marty drückte auf den Brenner, und eine Feuersäule schoss in die riesige Hülle. Es klang wie das Brüllen eines Drachen. Dann ließ die Bodenmannschaft, einer nach dem anderen, den Korb los, und sie traten zurück, während die leichte Fracht sanft in den Morgenhimmel stieg. Marty drückte wieder auf den Brenner, und eine weitere blaue Flamme schoss in den Ballon. Sie stiegen immer höher. Alles unter ihnen schien kleiner zu werden. Die Bodenmannschaft sicherte die Starteinrichtungen und sprang in das Begleitfahrzeug, um die Fahrt zu verfolgen.

»Wir schweben«, flüsterte Kimberly träumerisch.

»Es ist wie in den Armen Gottes«, erklärte Roscoe.

Kitty fühlte sich ein wenig schwindelig, aber sie wusste, sie musste lächeln und durchhalten.

»Sie haben also in der Graceland-Kapelle geheiratet?«, fragte Roscoe die jungen Leute.

»Ja, und wir wurden von einem Elvis-Imitator getraut. Es war so cool!«, antwortete Jake.

»So was von cool!«, ergänzte Kimberly. »Love Me Tender, das ist unser Lied.«

»War es eine spontane Idee von Ihnen, zu heiraten?«, fragte Kitty mit gerunzelter Stirn.
»So was in der Art«, kicherte Kimberly. »Wir haben die Papiere gestern Nachmittag bekommen.«
»Woher kommen Sie?«, fragte Roscoe.
»Aus Los Angeles.«
»Und wo haben Sie sich kennen gelernt?«
»Bei einem Casting.«
»Sie sind Schauspieler?«
»Ja. Allerdings hat keiner von uns bisher viel Glück gehabt, auch wenn wir uns super viel Mühe geben«, erklärte Kimberly. »Super viel, nicht wahr, Jake?«
»O ja. Es ist hart, wenn man da unten landet, wissen Sie?«, lachte Jake und deutete hinunter auf die Wüste. »Aber wir zwei werden es gemeinsam schaffen.«
Kitty zog innerlich eine Grimasse. Ich gebe dieser Verbindung ein Jahr, höchstens zwei, dachte sie. Sie atmete tief durch und wagte nicht, über den Korbrand zu blicken. Stattdessen bemühte sie sich, Roscoe einen bewundernden Blick zuzuwerfen.
Roscoe strich sich übers Kinn, dann schlug er mit der unvermeidlichen Reitgerte gegen die Korbwand. »Ich habe gerade über das perfekte Hochzeitsgeschenk für Sie beide nachgedacht.«
»Ein Geschenk?«, wiederholte Kimberly. »Es ist doch schon ein wunderbares Geschenk, dass wir hier mitfahren dürfen, ohne dafür zu bezahlen.«
»Stimmt«, gab Roscoe zu. »Aber ich habe noch etwas Besseres. Es gibt da ein paar Leute, die eine Comedy-Show für mich drehen. Am Freitag wird sie aufgezeichnet. Ich werde denen sagen, dass sie sich zwei schöne Rollen für Sie beide einfallen lassen sollen.«
Kimberly begann auf und ab zu springen, aber Marty brachte sie mit einem schnellen »Stopp!« wieder zum Stehen.

»Tut mir Leid! Oh, danke schön! Danke, danke, danke schön!« Kimberly umarmte Roscoe stürmisch.
»Danke!«, sagte nun auch Jake. »Wir werden eine Unterkunft finden müssen.«
»Haben Sie kein Hotelzimmer?«, fragte Roscoe, indem er sich aus Kimberlys Griff befreite.
»Nein. Wir sind gestern mit meinem alten Auto hierher gefahren und hatten Glück, dass es nicht mitten in der Wüste zusammengebrochen ist. Ich habe gehört, dass es Leute gab, die bei einer Autopanne dort an Sonnenstich und Wassermangel gestorben sind.«
»Ja!«, beendete Kimberly die Geschichte. »Leute, die vergessen hatten, Wasser und einen Hut mit breiter Krempe einzupacken.«
»Ach was, Sie wohnen bei uns!«, lud Roscoe sie begeistert ein. »Kitty und ich wohnen in einem alten Haus außerhalb der Stadt. Wir haben sogar einen Swimmingpool. Und heute Abend geben wir eine Party.«
»Danke! Danke!«, rief Kimberly wieder und ergriff nun Roscoes Hand. »Sie erinnern mich so sehr an meinen lieben Großvater.«
Roscoes Gesicht gefror, und Kitty versuchte, sich das Lachen zu verbeißen.
»Sind Sie verheiratet?«, fragte Kimberly.
»Nein«, antwortete Kitty kurz.
»Mein Großvater hat auch eine Freundin. Meine Mutter sagt immer: ›Die ist doch nur hinter seiner Rente her.‹«
Jetzt kicherte Roscoe, und Kitty hätte das junge Ding am liebsten über Bord geworfen, während der Ballon sanft durch die Morgenluft segelte. Und diese kleine Nervensäge wird nun also die nächsten drei Tage mit mir in einem Haus leben, dachte sie gereizt. Dabei ist doch jetzt schon klar, dass Roscoes Plan nach hinten losgehen wird.
»Roscoe«, bemerkte Jake, »Sie sind ein cooler Typ.«

»Ich gebe mir Mühe«, lächelte Roscoe. »Ich gebe mir wirklich Mühe.«
Es folgte ein friedliches Schweigen, während Marty den Ballon geschickt lenkte. Kimberly und Jake standen Arm in Arm im Korb und dachten an all ihre Zukunftspläne; Roscoe betrachtete den Boden unter dem Ballon und dachte daran, wie es sein würde, wenn er eines Tages Las Vegas regierte. Und Kitty stand mit eingezogenen Schultern in der Mitte und dachte nur daran, wie sehr sie fror.
Schließlich fragte Marty Roscoe: »Sollen wir allmählich wieder landen?«
»Unbedingt«, fiel Kitty ein.
»Ach, ich wünschte, es ginge nie zu Ende«, gurrte Kimberly.
»Es ist absolut voll erstaunlich«, stimmte Jake kopfnickend zu.
Die beiden bringen mich um, dachte Kitty.
»Nun, ich denke, wir müssen wieder zurück in die raue Wirklichkeit«, beschloss Roscoe mit dramatischer Gebärde. Marty löschte das Feuer am Brenner, und der Ballon begann über einer freien Fläche seinen Sinkflug.
»Knie beugen für die Landung«, kommandierte Marty. »Und auf keinen Fall aussteigen, bevor ich es sage.«
Sekunden später, als der Korb den Boden berührte, zog Marty die Leine, und schließlich blieb der Ballon stehen.
»Wow!«, jubelte Kimberly anerkennend.
Roscoes Cowboyhut flog davon.
Die Bodenmannschaft kam angerannt, um die Leinen festzuhalten. Einer von ihnen griff nach der Leine, die oben am Ballon befestigt war, sodass er den Ballon auf die Seite ziehen konnte. Sie hielten den Korb, während die Passagiere und der Pilot ausstiegen.

»Zeit für die Champagner-Zeremonie«, kündigte Marty an.
»Cool!«, rief Kimberly, als sie endlich wieder festen Boden unter den Füßen hatte. »In unseren kühnsten Träumen hätten wir uns nicht vorgestellt, dass wir eine Ballonfahrt erleben und Rollen in einer Show bekommen würden. Und jetzt gibt es auch noch Champagner! Wir haben so viel zu feiern!«
»Roscoe, Sie haben uns einen unvergesslichen Tag beschert«, sagte Jake feierlich.
Na, wartet nur ab, dachte Kitty. Mal sehen, wie ihr Ende der Woche darüber denkt.

42

Als Regan erwachte, brauchte sie einen Moment, um zu begreifen, wo sie war. Aber sie hatte sich zum Schreibtisch hin gedreht, und der Anblick des Würfelmusters auf ihrer Tagesdecke grüßte schon herüber zu ihr. »Oh«, seufzte sie und schloss schnell wieder die Augen. »Wir sind nicht mehr in Kansas, oder, Toto?«
Dann stand sie rasch auf und zog sich Jeans und ein ärmelloses schwarzes Top an. Es war noch früh, erst zehn Minuten nach acht, und sie beschloss, sich unten eine Tasse Kaffee zu holen, die sie in ihrem Zimmer in Ruhe genießen wollte. Die große, bunte Welt der Reality-Shows würde sie erst gegen zehn Uhr einholen, wenn sich Dannys Mannschaft traf, um ins Studio zu fahren. Aber sie wollte Danny um neun Uhr in seiner Suite aufsuchen und vorher noch Jack anrufen. Dannys Eltern würden um neun Uhr ebenfalls telefonieren, nämlich mit ihrer Bank, um die Überweisung von vierzigtausend Dollar auf Uncle Heartburns Konto zu veranlassen.
Ich glaube, ich bin hier vor allen Dingen dafür zuständig, Danny moralisch zu unterstützen, dachte Regan, als man sie in das Nebenzimmer schickte, in dem am Abend zuvor die Cocktailparty stattgefunden hatte. Ein einfaches Frühstück war hier auf einem Büfetttisch an der Wand angerichtet, und überall im Raum verteilt standen kleine Plastiktische.
Regan schenkte sich einen großen Pappbecher voll Kaffee ein, gab entrahmte Milch dazu, und als sie sich zum Gehen wandte, um wieder in ihr Zimmer zu kommen, stand Barney in der Tür, und die Tränen liefen ihm

übers Gesicht. Regan wusste nicht genau, ob sie ihn fragen sollte, was los war, denn er schien ja eigentlich ständig zu weinen. Aber dann trug ihre natürliche Neugier doch den Sieg davon.

»Barney, was ist los?«

Er wischte sich über die Augen. »Ich habe solche Angst!«

»Aber wovor?«

»Ich weiß nicht, wo Elsa ist.«

Regan machte große Augen. »Oh«, sagte sie zögernd. »Schlafen Sie nicht im selben Zimmer?«

»Wir sind Mann und Frau«, erwiderte Barney empört. »Wir lieben uns sehr und ...«

»Ist ja gut! Sie sprechen jetzt nicht mit Aunt Agony. Wann haben Sie Elsa zum letzten Mal gesehen?«

»Gestern Abend im Bett. Wir gingen gegen Mitternacht schlafen, eng umschlungen ...«

Offenbar nicht eng genug, dachte Regan.

»Und ich wachte um vier Uhr früh auf, und meine Arme waren leer.«

»Und was haben Sie getan?«, fragte Regan.

»Ich habe sie gerufen. Ich habe gesagt: ›Elsa, Liebes, bist du im Bad?‹ Aber ich bekam keine Antwort. Also machte ich das Licht an und musste feststellen, dass sie weg war.«

»Sind ihre Kleider auch weg?«

Barney nickte und putzte sich mit einem Taschentuch die Nase. »Sie hatte ihre Kleider gestern Abend nicht aufgehängt, weil sie so müde war, sondern sie einfach neben dem Bett liegen lassen. Aber jetzt ist alles fort. Sie hat sich angezogen und ist gegangen.«

»Haben Sie schon den Mann an der Rezeption gefragt, ob irgendjemand sie gesehen hat?«, fragte Regan.

»Ja, aber sie sagen, niemand hat sie gesehen.«

»Leidet sie unter Schlaflosigkeit?«

»Hm?«

»Schlaflosigkeit, kann sie manchmal nicht schlafen?«
Barneys Augen wurden heller. »Ja, sie hat tatsächlich den ganzen Abend davon gesprochen, wie aufgeregt sie ist, weil sie so viel Geld gewonnen hat.«
»Da wäre ich auch aufgeregt, wenn ich mehr als vierhunderttausend Dollar gewinnen würde«, bemerkte Regan. »Vielleicht ist sie losgegangen, um den Gewinn noch ein bisschen zu vergrößern. Diese Stadt ist ja rund um die Uhr geöffnet. In den Casinos pumpen sie Sauerstoff in die Räume und lassen das Licht an, sodass man nie wirklich weiß, ob es Tag oder Nacht ist.« Während Regan Barney das alles erklärte, betete sie darum, dass ihre Vermutung richtig war. Aber plötzlich kam ihr ein verstörender Gedanke: Was, wenn Barney Elsa etwas angetan hatte, um selbst an das Geld zu kommen?
»Sie könnte in ein anderes Casino gegangen sein«, stimmte Barney zu. »Sie meinte, an den Spielautomaten hier im Hotel wären wohl in nächster Zeit keine größeren Gewinne zu holen. Aber sie weiß doch, dass wir um zehn Uhr hier aufbrechen müssen. Und warum hat sie mir keinen Zettel hinterlassen? Wenn sie nicht bald zurück ist, bekommen wir wirklich Schwierigkeiten.«
»Hat sie so etwas schon mal getan?«, fragte Regan nach.
»Nein! Sie ist so klar, so kontrolliert. Der Wilde war immer ich. Teilweise war das unser Problem, dass sie nie einfach mal fünfe gerade sein lassen und ihren spontanen Neigungen folgen konnte.«
Sieht so aus, als wäre zumindest dieses Problem gelöst, lieber Barney, dachte Regan, aber sie nickte nur. »Vielleicht sollten wir zusammen zu Danny gehen und ihm mitteilen, was geschehen ist. So schnell nimmt ja nicht einmal die Polizei eine Vermisstenanzeige auf. Elsa ist erwachsen und hat alles Recht der Welt, mitten in der Nacht aufzustehen und das Hotel zu verlassen. Natür-

lich können wir bei der Polizei anrufen und uns erkundigen, ob es Meldungen von irgendwelchen Unfällen gibt.«
»Erst einmal würde ich gern eine Tasse Kaffee trinken«, schniefte Barney.
»Aber sicher.« Regan wollte wirklich gern mit Jack sprechen, aber das hier hatte jetzt Vorrang.
Barney ging hinüber zum Frühstücksbüfett und versorgte sich mit einem Bagel mit einem riesigen Berg Sahnekäse und mit einer Tasse Kaffee. Er stellte alles auf ein Tablett, zusammen mit einem Glas Orangensaft und einer Banane, und drehte sich fröhlich lächelnd zu Regan um. »Welchen Tisch möchten Sie?«
Regan starrte ihn verwirrt an. »Suchen Sie sich einen aus.«
Sie setzten sich auf zwei kleine Plastikstühle, und Regan staunte über seine Fähigkeit, so herzhaft zuzugreifen, obwohl seine Frau verschwunden war. Sein Appetit hatte jedenfalls nicht im Mindesten unter dieser Situation gelitten.
Wenn Jack etwas passiert wäre, käme ich überhaupt nicht auf die Idee, zu essen. Regan seufzte und beschloss, dass sie ihrerseits ebenso gut auch ein Bagel essen konnte. Sie suchte sich eines ohne Belag aus. Es fühlte sich feucht und matschig an. Mit ein paar Päckchen Himbeermarmelade kehrte sie an den Tisch zurück. Barneys Bagel war bereits verschwunden, und solange er aß, flossen auch keine Tränen.
»Ich glaube, ich hole mir noch ein paar Getreideflocken zu meiner Banane«, kündigte er an und kehrte wenig später mit einer Schüssel Flocken zurück, in die er mit hoch konzentriertem Gesicht die Banane schnitt. Dann streute er Zucker darüber, goss Milch dazu, stieß mit einem großen Löffel hinein und mampfte dann fröhlich weiter.

»Fertig?«, fragte Regan, als er die Schüssel geleert hatte.
»Ja. Jetzt geht es mir schon viel besser.«
»Gut. Dann sollten wir jetzt wirklich Danny informieren. Wer weiß? Vielleicht überrascht uns Elsa und kommt mit noch mehr Geld in den Taschen zurück.«
»Ich hoffe es, Regan.«
Als sie den Frühstücksraum verließen, wurde Barney von einem unkontrollierbaren Schluckauf überfallen.
»Ich habe zu schnell gegessen«, klagte er.
Was du brauchst, ist jemand, der dich ordentlich erschreckt, dachte Regan. Und ich finde, du hättest längst einen ordentlichen Schrecken bekommen sollen. Nun, wir werden sehen, wie es dir geht, wenn Elsa um zehn Uhr immer noch nicht wieder aufgetaucht ist.

43

Noel und Neil hatten bis drei Uhr früh an ihrem Drehbuch gearbeitet und trafen sich um acht Uhr wieder in Neils Zimmer, um alles noch einmal durchzugehen. Sie waren beide vollkommen erschöpft.

»Aber ich glaube, jetzt haben wir's, Brüderchen«, verkündete Noel mit müder, aber triumphierender Stimme.

»Es ist richtig witzig«, stimmte Neil ihm zu. »Das kriegt nicht mal James kaputt.«

Sie lachten beide.

»Der Mann hat mein vollständiges Mitleid.« Noel stellte seinen Teebecher ab und griff nach dem Telefon neben dem Bett. »Ich werde jetzt Bubbles anrufen und ihr sagen, dass das Drehbuch fertig ist.«

Aber als Bubbles ans Telefon ging und er sich meldete, begann eine solche Schimpfkanonade, dass er sich fürchterlich erschreckte. »Ich halte es nicht mehr aus!«, kreischte Bubbles.

»Was hältst du nicht mehr aus?«

»Roscoe!«

»Roscoe? Es ist noch nicht mal neun Uhr. Was hat er denn angestellt?«

»Ich habe vor ein paar Minuten mit ihm telefoniert, um ihn zu fragen, ob wir morgen früh seinen Ballon benutzen dürfen, damit wir die Eröffnungsszene drehen können, und da sagte er mir, er habe heute früh ein junges Pärchen getroffen, das wir noch im Drehbuch unterbringen müssen. Ich kriege keine Luft mehr! Ich halte es nicht mehr aus! Das ist absolut unfair!«

»Wie bitte?«, fragte Noel, der das Gefühl hatte, als liefen Stromstöße durch seinen Körper.
»Du hast es doch gehört!«
»Wir haben bis in die tiefe Nacht daran gearbeitet. Es ist perfekt!« Noel warf seinen Kugelschreiber quer durch den Raum.
Neil sackte in seinem Sessel zusammen. Er nahm das Messer, mit dem er gerade seinen Blaubeermuffin mit Butter bestrichen hatte, und hielt sich die Klinge an die Kehle.
»Erzähl mir besser nicht, dass es perfekt ist, sonst rege ich mich nur noch mehr auf«, rief Bubbles. »Ich bin sicher, Roscoe will uns nur wieder ein paar Schwierigkeiten machen.«
»Willkommen in Hollywood. Du findest das hier schlimm? Neil und ich haben einmal ein Drehbuch überarbeitet, wo sie von uns verlangten, einen fünfunddreißigjährigen Herzchirurgen in einen zwanzigjährigen Surfer zu verwandeln, der gern Medizin studieren möchte. Und das war drei Tage vor dem Drehtermin.«
»Na, dann habt ihr ja schon Erfahrung. Die beiden sind nämlich noch ziemlich jung.«
»Kommen sie heute ins Studio?«
»Aber sicher! Im Moment genießen sie bei Roscoe ihr Hochzeitsfrühstück.«
»Was für ein Frühstück?«
»Sie haben gestern Abend in der Graceland-Kapelle geheiratet, und heute früh sind sie mit Roscoe zu einer Ballonfahrt gestartet. So hat er sie kennen gelernt.«
»Sind sie Schauspieler?«
»Angeblich.«
»So schlimm wie James können sie ja kaum sein. Und ich muss sagen, Neil und ich sind ziemlich stolz auf uns und unser Drehbuch. Es ist jetzt wirklich so, dass nicht mal James es verderben kann.«

»Wartet nur, bis Pete von der ganzen Sache erfährt. Er wird nicht gerade glücklich sein«, unkte Bubbles.
»Welche Rolle können wir denn zusammenstreichen, um Platz für die beiden zu schaffen?«, fragte Noel und fuhr sich mit den Fingern durchs Haar.
»Na, meine bestimmt nicht! Wenn es sein muss, streicht bei der Großmutter und ihrem Freund ein bisschen. Und ich denke, auch Pilot Pete wird nicht gerade erbaut sein, wenn ihr seine Sendezeit kürzt.«
»Hm, okay. Wir denken drüber nach. Bleibt es bei unserem Treffen um halb zehn unten?«
»Ja.« Und schon hatte sie aufgelegt.
Noel hielt den Telefonhörer von sich weg, verzog das Gesicht und legte auf. »Weiter geht's mit den Änderungen. Wir müssen ein junges Paar hineinschreiben.«
»Was sollen wir denn mit denen machen?«
»Keine Ahnung. Kommt darauf an, was Roscoe will.«
Neil machte eine wegwerfende Handbewegung. »Wir schreiben ihnen eine schöne Zeile und schicken sie dann mit dem Ballon auf Tour.«
Noel lachte. »Vielleicht könnten wir es hinkriegen, dass sie James entführen. Das würde den anderen bestimmt gefallen.«
»O ja! Wir machen ganz finstere Gestalten aus ihnen. Spione von einer anderen Ballonfirma.«
Neil stöhnte und ließ sich auf sein Bett fallen. »Was hat Mom immer gesagt?«
»Wir sollten mal zur Berufsberatung gehen. Irgendwo müsste es doch noch einen anderen Beruf geben, der uns glücklich macht.«
Neil lachte müde. »Wahrscheinlich hat sie Recht. Irgendwie habe ich das Gefühl, die Sache wird immer nur noch schlimmer.«

44

Ich werde Danny anrufen und ihm sagen, dass wir kommen. Er erwartet vor neun Uhr niemanden«, erklärte Regan dem verwirrten Barney, der brav nickte und die Hand vor den Mund schlug, um ein weiteres Hicksen zu unterdrücken.

In der Hotelhalle war es ziemlich ruhig. Regan nahm das Telefon auf dem Tisch bei der Rezeption und wählte Dannys Zimmernummer. Nach dreimaligem Klingeln nahm er ab.

»Danny, ich bin's, Regan. Ich bin mit Barney unten in der Halle. Wir müssen mit dir sprechen, bevor deine Eltern sich mit Agony und Heartburn bei dir treffen.«

»Barney will mit mir reden?«, fragte Danny ungläubig. »Jetzt?«

»Ja. Können wir raufkommen?«

»Regan, wie schlimm ist es?«

»Könnte besser sein«, antwortete sie ehrlich.

»Na, dann kommt rauf. Es geht doch nichts über einen guten Start in den Tag.«

Regan legte den Hörer auf. Danny tat ihr von Herzen Leid. Warum muss gerade ich ihm die erste schlechte Nachricht des Tages überbringen?, fragte sie sich, als sie zum Aufzug gingen.

Danny hatte die Tür zu seiner Suite schon geöffnet. Regan klopfte und rief ihm zu: »Wir sind da!«

»Kommt rein, ich bin am Telefon.«

Barney folgte Regan in den Wohnteil der Suite. »Das ist ja nett hier. Schade, dass die Kandidaten nicht auch so eine Suite bekommen.«

»Ja, wirklich schade«, stimmte Regan ihm trocken zu. »Nimm doch Platz.«

»Gut, Mom, wir treffen uns in ein paar Minuten.« Danny hängte auf. »Guten Morgen, ihr zwei. Ich muss zugeben, ich fürchte mich ein wenig vor der Frage, aber: Was ist los?«

»Elsa ist weg«, klagte Barney mit bebender Unterlippe.

»Weg?« Danny riss die Augen auf. Seine blonden Haare waren noch nass vom Duschen, und der Duft seiner Zitronenseife durchwehte das Zimmer, ein belebender Duft, der einen guten Start in den Tag verhieß.

Regan erzählte ihm schnell das Wichtigste und schloss: »Sie könnte natürlich einfach noch mal losgegangen sein, um zu spielen. Wir werden es um zehn Uhr wissen, denn wenn sie dann nicht auftaucht, haben wir wirklich Grund zur Sorge. Ich werde jetzt gleich die Polizei anrufen. Sie werden zwar so schnell noch keine Vermisstenanzeige aufnehmen, aber sie können ja schon mal die Augen offen halten ...« Sie wollte den Gedanken in Barneys Gegenwart nicht zu Ende führen.

Danny fühlte sich schrecklich. Das alles war schrecklich – schrecklich für ihn und natürlich auch für Barney. Aber hauptsächlich für ihn selbst. Er hatte sechs Kandidaten, und einer von ihnen war verschwunden. Und dabei war es erst Dienstag. »Sie hat gestern Abend eine Menge Geld gewonnen«, sagte er zu Barney, als könnte er ihn damit trösten. »Vielleicht brauchte sie nur ein bisschen frische Luft.«

»Warum hat sie mich denn dann nicht geweckt?«, klagte Barney, und die Tränen kullerten ihm schon wieder über die Wangen. »Wir gehen so gern zusammen spazieren.«

»Mitten in der Nacht?« Danny erhob seine Stimme.

»Vierundzwanzig Stunden am Tag, sieben Tage die Woche. Wir lieben uns mehr, als man mit Worten beschreiben kann.«

Regan stand auf. »Ich rufe jetzt die Polizei an.« Während sie noch wählte, kam Victor an, frisch wie der junge Morgen in seinen khakifarbenen Shorts und einem leuchtend grünen Polohemd. Er hatte Gel im Haar, duftete nach Eau de Toilette und trug ein Klemmbrett unter dem Arm.

»Du siehst so richtig glücklich aus«, bemerkte Danny.

»Ich bin fertig zum Abmarsch. Es geht doch nichts über eine durchschlafene Nacht.« Er unterbrach sich und warf einen scharfen Blick auf Barney, der zwischen Schluckauf und Schluchzen hin- und hergerissen war. »Irgendwas nicht in Ordnung?«

Säuerlich informierte Danny ihn über Elsas Verschwinden, während Regan mit einem Beamten der Polizeiwache sprach. Als sie aufgelegt hatte, sagte sie zu Barney: »Sie haben die Personenbeschreibung aufgenommen und werden uns informieren, wenn sie irgendetwas hören.«

»Ich glaube, ich lege mich lieber noch etwas hin«, sagte Barney leise. »Danny, was passiert, wenn sie um zehn Uhr nicht hier ist?«

Danny schüttelte den Kopf, als wollte er etwas loswerden. »Ich muss mit den anderen ins Studio. Wir werden mit den Teilen der Show anfangen, die wir für heute geplant haben. Sobald Elsa da ist«, fuhr er optimistisch fort, »lassen wir euch holen. Regan, würdest du hier mit Barney warten?«

»Aber klar. Barney, gehen Sie ruhig, und legen Sie sich noch ein bisschen hin. Vielleicht kommt Elsa ja inzwischen zurück. Ich werde bis zur Abfahrtszeit hier in Dannys Zimmer bleiben.«

Barney ließ ein Hicksen hören und ging zur Tür. »Gute

Zeiten, schlechte Zeiten«, rezitierte er und verließ das Zimmer.

Victor schüttelte den Kopf. »Ich wette einen Tageslohn, dass Elsa irgendwo an einem einarmigen Banditen sitzt und jede Menge Geld verliert.«

»Wie kommen Sie darauf?«, fragte Regan.

»Ich lebe schon ziemlich lange in dieser Stadt. Menschen wie Elsa gewinnen irgendwann viel Geld, aber sie wollen mehr davon. Und dann fangen sie wie verrückt zu spielen an. Sie verlieren die ganze Zeit, aber sie können nicht mehr aufhören. Sie denken, sie gewinnen das Geld zurück. Und bevor sie es selbst merken, haben sie alles verloren, was sie besitzen. Diese Stadt ist durch Menschen groß geworden, die Geld verlieren, nicht mit den paar Gewinnern, wissen Sie.«

»Aber sie hat über vierhunderttausend Dollar gewonnen«, gab Regan zu bedenken. »Das sind eins Komma sechs Millionen Vierteldollarstücke für den Spielautomaten. So viel kann sie doch unmöglich in einer Nacht verspielen.«

»Sie muss doch irgendwann Muskelkater im Arm kriegen«, bemerkte Danny.

»Es gibt auch einarmige Banditen für Fünfdollarstücke, und man glaubt gar nicht, wie schnell das Geld in diesen Dingern verschwindet«, erinnerte Victor sie.

»Vielleicht schämt sich Elsa auch, zurückzukommen, wenn sie einen großen Teil ihres Geldes verloren hat«, vermutete Regan.

»Ein echter Liebestest!«, rief Danny aus. »Wäre das nicht super für unsere Show? Kann Barney damit fertig werden, dass sie das eben gewonnene Vermögen einfach so verschleudert hat?«

»Danny!«, rief Regan bestürzt.

»Ich weiß, ich weiß, aber ich versuche doch nur, die Dinge positiv zu sehen.«

»Themawechsel: Deine Eltern werden in ein paar Minuten hier sein«, erinnerte Regan ihn.
»Stimmt. Victor, ich muss ein paar Dinge mit meinen Eltern besprechen. Geh doch so lange zum Frühstücken, und komm ein paar Minuten vor zehn wieder, ja?«
Victor zog ein verletztes Gesicht. »Regan, wollen Sie mit mir frühstücken gehen?«
»Danke, aber ich muss mit Dannys Eltern reden.«
»Es ist eine Sache, die mit New Jersey zu tun hat«, sagte Danny ein wenig peinlich berührt.
»Was ist los in New Jersey?«, fragte Victor.
»Es gab da einen kleinen Zwischenfall, von dem ich dir noch nichts erzählt habe«, bemerkte Danny, und Regan hielt erschrocken die Luft an, als sie es hörte. »Meine Eltern sollten einen Postsack für Aunt Agony und Uncle Heartburn hier abliefern, und der Sack wurde ihnen aus ihrem Hotelzimmer im *Seven's Heaven* gestohlen.«
»Das muss jemand von der Comedy gewesen sein!«, rief Victor aufgebracht. »Die wohnen dort, und ich wette, sie haben ihre Finger da drin.«
»Meinst du?«, fragte Danny.
»Klar! Um die wichtigsten Leute in unserer Show zu verunsichern. Sicher!«
Ist das echt?, fragte sich Regan. Oder spielt er uns etwas vor?
Es klopfte an der Tür. Danny öffnete und sah Sam draußen stehen.
»Ach, Sam, komm rein.«
»Halloooo«, grüßte Sam nach allen Seiten, als er die Suite betrat. Er schien noch halb zu schlafen, hatte aber frische Shorts und ein kariertes Hemd an, und seine blonden Haare trockneten allmählich.
Männer sind wirklich gut dran, dachte Regan. Sie steigen aus der Dusche und sind zwei Minuten später unterwegs. Die meisten Frauen würden grauenhaft aus-

sehen, wenn sie nicht ein bisschen mit dem Föhn nachhelfen würden.
»Ich habe gerade Barney auf dem Gang getroffen. Er sah ziemlich genervt aus und sagte, ihr seid alle hier.«
»Elsa ist heute Nacht aus dem Bett aufgestanden und verschwunden«, berichtete Danny.
»Das ist ja ein Hammer!«
»So könnte man sagen«, bestätigte Danny.
»Sie hat doch so viel Kohle gewonnen. Vielleicht ist sie einfach ausgegangen und macht sich eine schöne Zeit.«
»So weit sind wir uns alle einig«, seufzte Danny. »Auf die eine oder andere Weise.«
»Was machen wir, wenn sie nicht zurückkommt?«, fragte Sam. »Dann können wir einpacken.«
»Entweder das, oder wir könnten den Wettbewerb zwischen den beiden verbleibenden Paaren ein bisschen hochfahren«, sagte Victor aufgeregt und mit ernsthaftem Gesicht. »Weißt du, Chef, das könnte auch funktionieren.«
»Jungs«, ging Regan dazwischen. »Eine von unseren Kandidatinnen ist verschwunden. Wir wollen hoffen, dass es ihr gut geht. Das sollte doch wohl unsere erste Sorge sein.«
Wieder klopfte es an der Tür. Diesmal waren es Aunt Agony und Uncle Heartburn, die von Danny ins Zimmer begleitet wurden. Als sie Regan, Victor und Sam sahen, erschraken sie.
»Victor und Sam wollten gerade gehen«, erklärte Danny.
»Ist das so?«, konterte Sam. »Mann, ich bin doch gerade erst gekommen!«
»Wir müssen noch ein paar Sachen besprechen«, beschied Danny ihn.
»Hallo, ihr zwei«, sagte Victor und stand von der Couch auf. »Ich weiß schon, wenn ich nicht erwünscht bin.«
»Und offenbar gilt das auch für mich«, stimmte Sam ihm

pikiert zu. »Aber ich könnte auch ein paar Spiegeleier gebrauchen.«

»Na bitte«, stimmte Danny zu. »Wir sehen uns dann ungefähr in einer Stunde. Wir fahren auf jeden Fall um zehn Uhr los, mit oder ohne Elsa.«

»Was ist denn mit Elsa«, fragte Agony.

»Sie ist mitten in der Nacht aufgestanden und verschwunden.«

»Sie hat so viel Geld gewonnen«, erklärte Agony feierlich. »Und wie so oft ist das Geld die Wurzel allen Übels.«

»Na, es ist schon ganz hilfreich, ein wenig Geld zu haben, wenn man seine Rechnungen bezahlen will«, warf Heartburn schwach ein.

»Die zwei stärksten Motivationen in unserem Leben: Liebe und Geld«, fuhr Agony fort. »Menschen haben dafür getötet, ohne auch nur darüber nachzudenken.«

Jetzt dreht sie durch, befürchtete Regan. Na, wahrscheinlich hat sie schlecht geschlafen, denn ihre Karriere als Kummerkastentante könnte schnell zu Ende sein, wenn das hier herauskommt.

Sam und Victor schlurften aus dem Zimmer. Es war schwer zu sagen, wer von den beiden mehr zögerte, zu gehen.

Agony blickte Regan fragend an.

»Regan ist über alles informiert«, erklärte Danny schnell. »Sie ist Privatdetektivin, und ich habe sie engagiert, um die Dinge hier im Griff zu behalten. Und sie ist eine Freundin von mir.«

»Sie planen also keine Reality-Show?«, fragte Aunt Agony nach.

Regan lächelte. »So bald wohl nicht.«

Agony legte den Finger an die Lippen. »Kein Wort zu irgendjemandem über unsere Schwierigkeiten, Regan. Aber ich denke, wir können Ihnen vertrauen. Menschenkenntnis gehört zu meinem Geschäft.«

»Zu meinem auch«, erwiderte Regan. Sie bemerkte, wie Uncle Heartburn sich wand. »Und ich werde schweigen wie ein Grab«, fuhr sie ermutigend fort. »Ich will nur, dass Dannys Show gut über die Bühne geht.«

Heartburn seufzte. »Ich hätte Evelyn nie heiraten dürfen. Mit ihr hatte ich nichts als Scherereien. Wir sind ruiniert, wenn irgendwer herausfindet, dass ich ihr Unterhalt schulde.«

»Pst!«, befahl Agony. »Hör auf damit. Was du in die Welt hinausposaunst, wird irgendwo ein Echo finden.«

»Ich will die ganze Sache nur hinter mich bringen«, erklärte Heartburn.

»Meine Eltern müssen jede Minute hier sein«, versprach Danny. »Möchtet ihr einen Kaffee?«

»Nein, wir sind schon flatterig genug«, lehnte Agony dankend ab. »Und übrigens, ich hatte heute Nacht eine großartige Idee.«

»Nämlich?«

»Wir könnten heute den Rorschach-Test machen.«

»Den Rorschach-Test?« Danny klang sehr skeptisch.

»Ja! Du weißt schon, du tropfst Tinte auf ein Stück Papier, faltest es in der Mitte und bittest die Leute, das Muster, das dadurch entsteht, zu interpretieren. Man kann anhand dieses Tests sehr viel über Menschen herausfinden. Ihre Gefühle, ihre Intelligenz, ob sie mit ihrem Partner übereinstimmen … Man glaubt nicht, wie unterschiedlich zwei Menschen, die angeblich perfekt zueinander passen, denselben Tintenklecks interpretieren.«

»Ja, es ist einfach unglaublich«, ergänzte Heartburn. »Manch einer würde sich wohl sagen, wir blasen die ganze Hochzeit ab.«

»Ich kann es mir aber nicht leisten, dass unsere Paare auf solche Ideen kommen«, stöhnte Danny. »Wir müssen die Sache bis Freitag irgendwie im Griff behalten.«

»Natürlich«, bestätigte Agony. »Aber so etwas macht großen Spaß! Wo der eine Mensch eine Blume sieht, sieht der andere nur Unkraut.«
Ich wette zehn zu eins, dass Elsa einen Spielautomaten sieht und Barney ein Taschentuch, dachte Regan.
Ein paar Minuten darauf kamen Shep und Maddy, die beide nicht so aussahen, als hätten sie viel geschlafen.
»Entschuldigt die Verspätung«, sagte Maddy. »Oh, hallo Regan. Sie erzählen doch niemandem im guten alten New Jersey von dieser Sache?«
»Darum habe ich sie auch schon gebeten«, flötete Agony.
»Regan ist nur hier, um mir zu helfen«, sagte Danny noch einmal.
»Wir haben uns ein bisschen verspätet, weil wir heute früh noch mit unserem Finanzberater sprechen mussten«, erklärte Maddy. »Er ist schon dabei, das Geld auf Ihr Konto zu überweisen.«
Heartburn ging auf die beiden zu und umarmte Shep. »Danke!«
»Oh, bitte!«
Auch Agony und Maddy umarmten sich. »Und immer noch keine Spur von unserer Post, oder?«, fragte Agony.
»Nein«, gab Maddy zu. »Aber wir haben die vierzigtausend Dollar.«
»Das habe ich schon verstanden.«
Regan beobachtete die beiden Paare voller Interesse und sah förmlich das Damoklesschwert, das über beiden hing. Sie konnten sich mit einer kleinen Bewegung gegenseitig ruinieren. Eigentlich eine großartige Idee für eine Reality-Show, ging es ihr durch den Sinn.
»Dann werde ich jetzt meine Rechtsanwältin anrufen und ihr mitteilen, dass alles in Ordnung ist.«
»Haben Sie Ihrer Anwältin gesagt, woher das Geld kommt?«, fragte Maddy nervös.

Uncle Heartburn blieb stehen und sah sie lange an. »Ich habe ihr gesagt, dass die Eltern unseres Produzenten sehr verständnisvolle und hilfsbereite Menschen seien und dass sie mir ein Darlehen geben.«
Zehn Minuten später waren alle Transaktionen beendet. Erstaunlich, wie schnell so viel Geld den Besitzer wechseln kann, wunderte sich Regan. Von Sheps und Maddys Konto auf das von Heartburn und Agony und von dort zu seiner Ex-Frau. Von Elsas einarmigem Banditen irgendwohin, der Himmel weiß, wohin.
»Nun, Danny, Liebelein«, fragte Maddy, »fährst du heute früh ins Studio?«
»Ja, Mom. Aber eine unserer Kandidatinnen ist verschwunden.«
Shep sah aus, als würde er gleich anfangen zu weinen. Ich werde mein Geld niemals wieder sehen, dachte er sich. Diese Show wird niemals auf Sendung gehen.

45

Seit drei Stunden waren Nora und Luke mit dem Flugzeug auf dem Weg nach Santa Fe. Nora las in ihrem Roman, Luke hatte ein wenig gedöst, dann aber die Augen wieder aufgemacht, und schmökerte in dem Flugmagazin, das in der Sitztasche vor ihm gesteckt hatte. Beim Durchblättern kam er zu einem Artikel über das Ballonfestival in Albuquerque.

»Sieh dir das an!« Luke lehnte sich hinüber zu Nora, die aufgeschlagene Zeitschrift in der Hand.

Nora blickte über den Rand ihrer Brille. »Was denn?«

»Ein Bild von den Spezialballons im letzten Jahr.«

Nora lächelte. »Sieht aus wie die Thanksgiving-Parade bei *Macy's.*«

»Stimmt. Aber *Macy's* hat keinen ›Hamlet‹.«

»Hamlet? Den von Shakespeare?«

»Nein!« Luke deutete auf das Bild. »Ham gleich Schinken. Ein fliegendes rosa Schweinchen.«

Nora kicherte, als sie auf die Doppelseite mit den ungewöhnlichen Ballons blickte. »Lass mal sehen. Eine Bierdose, die Arche Noah, ein Fußball, ein Kartoffelkopf, ein Krake, ein Hotdog, ein Hamburger, eine Hexe und ein Schloss.«

»Und so weiter«, lachte Luke. Er blätterte um und las den Artikel weiter. Albuquerque war das größte Ballonfestival des Landes; mehr als siebenhundertfünfzig Ballons waren diesmal angemeldet. Vor ein paar Jahren war es noch beliebter geworden, als man eine Abendshow ins Leben gerufen hatte, die ›Balloon Glow‹ oder ›Glowdeo‹ genannt wurde und bei der die Ballons tatsächlich glühten. Sie wurden am Boden festgemacht, und die Piloten ließen die Brenner laufen, bis die Ballons von innen leuchteten wie riesige Laternen. Die Zuschauer hatten jede Menge Spaß daran, zwischen den Ballons herumzulaufen und mit den Piloten zu plaudern. Zahlreiche Verkäufer boten Erfrischungen an, und am Ende gab es als Höhepunkt noch ein großartiges Feuerwerk.

Nicht schlecht, dachte Luke. Und man muss dafür nicht in aller Herrgottsfrühe aufstehen. Er blätterte wieder um und riss die Augen auf, als er die Überschrift las:

JUNGFERNFAHRT DES HOCHZEITSTORTEN-BALLONS

Dann las er den Artikel über das Paar, das den Ballon hatte bauen lassen. Er war geformt wie eine Hochzeitstorte, hatte ein Volumen von hunderttausend Kubikmeter und war der größte Spezialballon aller Zeiten. Beide Ehepartner waren Ballonfahrer und bauten gerade eine neue Firma auf. Sie wollten mit dem Ballon herumreisen und ihn für Hochzeiten vermieten, entweder für die eigentliche Trauungszeremonie oder um Braut und Bräutigam nach dem Fest auf den Weg in die Flitterwochen zu befördern.

»Nora, hier!«

»Ja, mein Schatz.« Nora blickte wieder auf. Luke war immer so unruhig, wenn er im Flugzeug saß. Selbst hier, in der ersten Klasse, fand sein langer, eins zweiundneunzig großer Körper keine bequeme Position.

»Hier ist eine Geschichte über das Paar mit dem Hochzeitstorten-Ballon. Er wird in Albuquerque zum ersten Mal starten, der größte Spezialballon aller Zeiten.«

»Wirklich?«, fragte Nora nervös.

»Ja.«

»Mir gefällt der Gedanke gar nicht, dass Regan mit einem solchen Ballon herumfährt, zumal wenn er so neu und so groß ist.«

»Ich bin überrascht, dass Dannys Show hier gar nicht erwähnt wird«, bemerkte Luke.
»Ach, diese Artikel werden ja lange im Voraus produziert. Und so weit ich die Sache verstanden habe, ist Dannys Show eine ziemlich neue Idee.« Nora beugte sich herüber und sah sich das Foto des lächelnden Paares an. Sie bewegte die Lippen beim Lesen.
»Randy Jupiter und Alice Mars Jupiter lernten sich bei einem Treffen von Menschen mit Planetennamen kennen. Sie haben eine besondere Neigung zum ganzen Universum und entschlossen sich damals, sich dem Ballonfahren zu verschreiben. Gemeinsam wurden sie Piloten und sind seitdem so viel wie möglich mit dem Ballon unterwegs. Als Alice' Tante Venus Mars auf die andere Seite hinüberging und ihrer Nichte ein hübsches kleines Vermögen hinterließ, standen Randy und Alice vor der Frage, was sie mit dem Rest ihres Lebens anfangen wollten. Schließlich ließen sie sich von ihrer Leidenschaft fürs Ballonfahren leiten, kündigten ihre Arbeitsstellen und verbringen seitdem ihre Zeit hoch in den Lüften. Jetzt haben die Jupiters sich diesen Ballon als Spezialanfertigung bauen lassen und freuen sich darauf, an Festivals und Hochzeiten im ganzen Land teilzunehmen. Sie träumen davon, mit dem Ballon nach Hawaii zu kommen, weil auf der tropischen Insel sicher viele Flitterwöchner nur darauf warten, mit diesem Ballon zu fahren und sich in einer achtstöckigen Hochzeitstorte fotografieren zu lassen.«
Nora blickte zu Luke auf. »Tantchen Venus muss den beiden ganz schön viel Geld hinterlassen haben.«
»Muss wohl.«
»Trotzdem gefällt es mir nicht, dass Regan ...«
Luke klopfte seiner Frau auf die Schulter. »Wir rufen sie nach der Landung an. Ich bin sicher, es geht ihr prima.«
»Ach, ich weiß nicht. Es gibt so viele Schwierigkeiten

mit Dannys Show ...« Sie zögerte, weil das Flugzeug in diesem Augenblick in Turbulenzen geriet. Die Stimme der Stewardess war im Lautsprecher zu hören. »Wir erfahren soeben aus dem Cockpit, dass wir eine raue Wegstrecke zu erwarten haben. Bitte schnallen Sie sich wieder an.«

»Raue Wegstrecke«, murmelte Nora. »Erinnert mich an die Landung mit dem Ballon.«

»Mach dir keine Sorgen, Regan geht es sicher gut. Dieses Paar klingt interessant, ich würde die beiden gern treffen.«

»Aber nur, solange das Treffen auf festem Boden stattfindet«, sagte Nora. »Und zwar auf dem Planeten Erde.«

46

Wir lassen dich jetzt in Ruhe, Liebelein«, sagte Maddy zu Danny. »Wir werden uns ein bisschen an den Pool in unserem Hotel legen. Ist zwar nicht gerade luxuriös dort, aber uns genügt er.«

»Seid vorsichtig, ja? Es ist heute sehr heiß«, warnte Danny.

»Ich werde mein Bestes tun, um dafür zu sorgen, dass wir einen ruhigen Tag haben«, versicherte Shep seinem Sohn.

»Ich rufe dich später wieder an«, kündigte Maddy schon auf dem Weg zur Tür an. »Regan, wie schön, dich zu sehen. Wie geht es deinen Eltern?«

»Gut, danke.«

»Sind sie jetzt in New Jersey?«

»Nein, im Augenblick sind sie auf dem Weg nach Santa Fe.«

»Ach, wirklich?«

»Ja, vielleicht treffen wir sie am Freitag auf dem Festival in Albuquerque.«

»Shep, da müssen wir auch hin.«

»Kommst du jetzt, Maddy?«, ging Shep dazwischen.

»Bis später!«, rief Maddy und verschwand durch die Tür.

Aunt Agony sah Danny mitleidig an. »Bist du ein Einzelkind?«

»Nein, ich habe noch eine Schwester in Maine.«

»Gott sei Dank«, flüsterte Agony.

»Agony, ich brauche jetzt wirklich mein Frühstück«, fiel Uncle Heartburn ungeduldig ein.

»Ja, ich auch. Glaubst du, mir knurrt nicht der Magen?

Ich war viel zu nervös, um etwas zu essen, aber jetzt, wo alles erledigt ist, freue ich mich auf ein nahrhaftes Frühstück. Wir haben heute schließlich viel Arbeit mit den Kandidaten.« Agony ging zur Tür. »Bis später, um zehn Uhr unten.«

Als sich die Tür hinter ihnen schloss, ließ sich Danny auf die Couch fallen. »Ich bin total fertig, noch bevor wir auch nur einen Meter gedreht haben.«

»Du hast aber heute auch schon eine Menge hinter dir. Jetzt wollen wir nur hoffen, dass auch Elsa noch auftaucht.«

»Warum geht denn hier bloß alles schief?«, stöhnte Danny.

Regan sah ihn nachdenklich an. »Danny, irgendetwas stimmt hier nicht. Gut, dass wir heute Abend bei Roscoe sind. Ich bin sehr neugierig auf ihn und auch auf das Comedy-Team.«

»Bubbles ist ein echter Kracher«, bemerkte Danny. »Sie hat wirklich jede Menge Sportsgeist.«

Regan warf einen Blick auf ihre Armbanduhr. »Ich gehe noch mal in mein Zimmer, um zu telefonieren.«

»Mr Reilly?«

»Ja, in der Tat. Ich wollte ihn eigentlich gleich heute früh anrufen, aber dann traf ich Barney, und das war's dann ja. Jack wollte sehen, ob er etwas über Roscoe herausfinden kann.«

»Okay, wir treffen uns dann in der Halle.«

Regan ging zurück in ihr Zimmer, aber natürlich war dort gerade das Zimmermädchen beim Bettenmachen. Ich werde dieses Telefongespräch niemals führen, dachte Regan mit milder Verzweiflung. Ich habe einfach keine Chance, mit Jack zu reden.

»Hallo«, grüßte das Zimmermädchen mit starkem Akzent. Sie zog gerade das Bettlaken fest.

»Hallo.« Regan sah, dass das Badezimmer noch nicht ge-

putzt war. »Ob Sie wohl in ein paar Minuten wiederkommen könnten? Ich muss telefonieren.«
Das Zimmermädchen sah sie ratlos an. Regan machte die Geste des Telefonierens.
»Ah, okay.« Das Zimmermädchen zog einen Lippenpflegestift mit Kirschgeschmack aus der Tasche und versorgte ihre Lippen damit. »Komme wieder«, sagte sie und fuhr noch einmal mit dem Stift über ihre Lippen.
Regan dachte an den Stift, den sie auf dem Fußboden in Maddys und Sheps Zimmer gefunden hatte. Na gut, die Luft ist hier sehr trocken, dachte sie, hier hat wohl jeder ziemlich bald raue Lippen.
Als sie sich aufs Bett setzte und nach dem Telefonhörer griff, hielt sie plötzlich inne. Ich werde das Handy benutzen, dachte sie. Im Festnetz ist die Verbindung zwar besser, aber trotzdem ... Schnell wählte sie Jacks Nummer.
Er ging sofort ran. »Regan!«, rief er. »Wie geht es dir?«
»O Jack, du glaubst es nicht.«
»Nein, sicher nicht.« Er lachte. »Erzähl mir lieber nichts. Hast du das große Geld gewonnen und brennst jetzt mit einem anderen Mann durch?«
Regan kicherte. »Nein, ich habe nichts gewonnen, aber dafür wird jetzt die Kandidatin vermisst, die gestern den Spielautomaten geknackt hat.« Sie berichtete ihm von der Geschichte mit Elsa und von der Tragödie mit dem Postsack.
»Klingt so, als ob du wirklich schwer für dein Geld arbeitest. Und du bist sicher, dass du Freitagabend Zeit für mich hast?«
»Absolut«, erklärte Regan kategorisch. »Freitagabend bin ich für niemanden zu sprechen außer für dich.«
»Freut mich zu hören.«
»Hast du irgendetwas über die Kandidaten herausgefunden?«, fragte Regan.

»Ohne Sozialversicherungsnummern ist das schwierig. Aber dieser Roscoe, das ist vielleicht eine Type!«

»Lass hören.«

»Drei Mal verheiratet. Hatte mal ein Kohlebergwerk, eine Bar, eine Kette mit chemischen Reinigungen und so einige andere Firmen. Nichts Illegales. Er ist schlau und reich, aber ein Hansdampf in allen Gassen. Erfindet sich sozusagen immer wieder selbst und genießt den Ruf, unmöglich zu sein. Spielt sehr gern und ist in mehreren Städten an Casinos beteiligt. Irgendwann hat er mal Katamarane in einer Segelstation bei Atlantic City vermietet, dann Ski am Lake Tahoe. Schließlich ist er nach Las Vegas gezogen und ins Heißluftballon-Geschäft eingestiegen. Dort hat er auch mit dem Kabelsender angefangen und jede Menge Land für seine Studios aufgekauft. Angeblich will er sich mit dieser Fernseh-Geschichte wirklich einen Namen machen.«

»Wie hast du das alles rausgefunden?«

»Einer von meinen Jungs hat gute Kontakte nach Las Vegas.«

»Na, ich denke jedenfalls, Roscoe dreht diese Woche hier das ganz große Rad. Morgen sind wir bei ihm zum Abendessen eingeladen, das wird sicher interessant.«

»Ach, Regan, ich finde es schrecklich, so viel Zeit ohne dich verbringen zu müssen.«

»Ich finde es auch schrecklich, Jack«, sagte Regan leise. »Gestern Abend habe ich zwei Stück Pizza gegessen, und dann bin ich ins Bett gegangen.«

»Pizza gab es hier auch, an der Bar von *Carlotta's*, einem zweitklassigen italienischen Restaurant, wo zwei unserer Kandidaten ihr so genanntes Traumdate absolvierten.«

»Das wäre auch was für uns, ein paar Traumdates«, lachte Jack.

»Aber nicht bei *Carlotta's*«, versicherte Regan ihm.

»Ich denke mir fürs Wochenende etwas Schönes aus.«
Sie beendete das Gespräch, lächelte und seufzte. Dreitausend Meilen sind einfach zu viel, dachte sie. Dann stand sie auf, putzte sich die Zähne und brachte ihr Make-up in Ordnung. Es war schon fast zehn Uhr, und sie beeilte sich, hinunterzukommen, wo die anderen schon alle versammelt waren. Barney saß auf einer Couch in der Halle, die anderen hatten sich um ihn geschart.
»Ich konnte einfach nicht mehr allein sein«, erklärte er Regan.
Sam war da und filmte jede Bewegung der Kandidaten. Jetzt richtete er gerade die Kamera auf Barney, der verzweifelt auf der Couch saß. Victor und Danny standen ein wenig abseits und gingen die Notizen auf Victors Klemmbrett durch. Chip und Vicky, Bill und Suzette flüsterten untereinander über die vermisste Elsa und versuchten dabei gleichzeitig, sehr verliebt auszusehen. Agony und Heartburn kamen wenig später Hand in Hand aus dem Aufzug.
»Sieht so aus, als wären wir bereit zum Abmarsch«, ermunterte Danny die Gruppe. »Barney, es tut mir Leid. Wir bleiben in Verbindung. Hoffentlich taucht Elsa bald auf.«
Barney nickte grimmig. Er sah aus wie die vielen traurigen Gestalten in anderen Reality-Shows, die irgendwann rausgewählt wurden. »Ich warte hier auf sie«, erklärte er mit stoischer Ruhe.
Da kannst du lange warten, dachte Regan.
In diesem Augenblick flog die Eingangstür des Hotels auf. Eine benommene, verwirrte Elsa betrat die Halle; Hundertdollarnoten ragten aus ihren Taschen. Barney sprang auf und rannte mit ausgestreckten Armen auf sie zu. Ihr Wiedersehen stellte Lassie und ihr Herrchen Timmy bei weitem in den Schatten.

»Da bist du ja!«, rief Barney. »Und du bist heil und ganz!«
»Ich habe keine Ahnung, was eigentlich passiert ist«, bekannte Elsa verwirrt. »Alles, was ich weiß, ist, ich musste hierher zurück, zu dir, zu euch, bis um zehn Uhr musste ich wieder hier sein.«
Sam drehte wie wild. Suzette sah aus, als wollte sie jemandem an die Kehle gehen. »Ich bin es so leid!«, murmelte sie Bill leise zu. »Das ist alles so unfair! Die beiden tun wirklich alles, um Aufmerksamkeit zu erregen.«
Stimmt, dachte Regan. Ich bin voll und ganz ihrer Meinung.

47

Das Team von *Heiße Luft und coole Sprüche* hatte sich im Büro des Studios um den Tisch versammelt. Zurück an den Ort des Verbrechens, dachte Bubbles. Sie hatte am Morgen ihren Freund angerufen, um sich über die neuesten Veränderungen in ihrem Team zu beschweren.

»Kopf hoch«, hatte er sie getröstet. »Danny dreht gerade vollkommen durch, weil eine seiner Kandidatinnen vermisst wird.«

Bubbles war über diese Neuigkeit mehr als glücklich gewesen. »Vielleicht können wir ja einfach so gewinnen, indem wir als Einzige übrig bleiben!«, hatte sie aufgeregt gerufen.

»So weit würde ich nicht gehen. Danny denkt schon darüber nach, wie er weitermachen kann, wenn sie tatsächlich in das große Casino da oben eingegangen sein sollte.«

»Also wirklich!«, rief Bubbles entrüstet.

»Ich mache doch bloß Spaß. Ich bin sicher, der Frau geht es prima. Sie hat gestern Abend viel Geld gewonnen und macht wahrscheinlich einfach einen Zug um die Häuser.«

»Ich hoffe ja auch nur, dass sie lange genug wegbleibt, um die Show zu ruinieren.«

Während Bubbles mit dem Kleinbus vom Hotel zum Studio fuhr, spürte sie, wie das Handy in ihrer Tasche vibrierte. Sie sah nach der Nummer des Anrufers, nahm das Gespräch aber nicht an. Erst als alle zum Studio gingen, las sie die SMS, die sie bekommen hatte.

SIE IST WIEDER DA. Jetzt hatte sie wirklich schlechte Laune.

»Nun, da sind wir ja alle wieder«, verkündete James fröhlich, während alle ihre Plätze einnahmen. »Heute Morgen bin ich aufgewacht und habe mir gedacht, wie viel Glück ich doch habe. Ich werde heute als Schauspieler arbeiten und bekomme sogar Geld dafür.«

»Ja, das ist wirklich ein erstaunliches Glück«, stimmte Pilot Pete zu. »Absolut erstaunlich.«

»Bemerkenswert«, ergänzte Loretta. »Und ich möchte, dass ihr mich von jetzt an mit meinem Bühnennamen anredet: Großmutter. Ich will die Rolle perfekt spielen und mich bis Freitag vollkommen in sie einleben.«

Großmutters Freund Hal verzog das Gesicht. »Ich möchte dich aber nicht Großmutter nennen, das klingt nicht besonders romantisch, finde ich.«

»Du darfst mich Loretta nennen. Aber nur du.«

»Ich bin wirklich froh, dass ihr euch alle so schön in eure Rollen einlebt«, unterbrach Bubbles. »Aber eines solltet ihr alle wissen: Roscoe hat mich heute Morgen angerufen. Er wird uns noch ein paar Darsteller schicken.«

Pilot Pete lief dunkelrot an. »Was?«

Bubbles starrte ihn an. Ich wusste schon, warum ich es ihm erst jetzt erzähle, dachte sie. Hier sind genügend Leute. Der Mann war einfach furchterregend. Sie bemühte sich, ruhig zu bleiben, es half ja nichts, wenn die anderen merkten, wie nervös sie war. »Ja. Ein junges Paar aus Los Angeles, die gestern hier in Las Vegas geheiratet haben. Noel und Neil arbeiten schon daran, sie mit ein paar Zeilen reinzuquetschen.«

»Noel und ich geben uns alle Mühe, damit sich an euren Rollen möglichst wenig ändert«, versicherte Neil.

»Wir wollen, dass Roscoe mit uns zufrieden ist«, erinnerte Bubbles ihre Leute. »Wir sollten also alle ein fröhliches Gesicht machen und unser Bestes tun.« Sie verteilte die Kopien des überarbeiteten Drehbuchs. »Natürlich wird sich noch einiges verändern, aber wir sollten es trotzdem zusammen lesen. Roscoe sagte, er bringt die beiden Neuen im Laufe des Vormittags hierher.«

»Ich will doch sehr hoffen, dass sie spielen können«, sagte James und blickte beifallheischend von einem zum anderen.

»Ja, wirklich.« Pete gab den Blick zurück. »Es gibt nichts Schlimmeres, als mit einem schlechten Schauspieler zusammenarbeiten zu müssen.«

James warf die Hände in die Luft. »Da sagst du was!«

»Wollen wir jetzt vielleicht anfangen?«, fragte Bubbles mit zusammengebissenen Zähnen und dachte dabei: Wenn Pete James bis Ende der Woche nicht umgebracht hat, werde ich es vermutlich selbst tun.

Oben in seinem Büro starrte Roscoe auf die Bildschirme an der Wand, ein breites Grinsen im Gesicht. »Ich wusste, wenn ich jetzt noch das Pärchen hineinbringe, drehen sie richtig durch«, rief er Erene und Leo zu, die ihm am Schreibtisch gegenübersaßen. Kitty war noch zu Hause im Whirlpool, wo sie versuchte, sich aufzuwärmen.

»Ich bin froh, dass Sie den Wahnsinn einigermaßen gerecht verteilen«, bemerkte Leo. »Danny hat weiß Gott schon genug abgekriegt.«

»Und ich habe euch schon hundert Mal gesagt, wenn dich das Leben mit Zitronen bewirft, mach Limonade draus und verkauf sie. Wettbewerb bringt unsere besten Seiten zum Vorschein. Und im Übrigen waren nicht alle Missgeschicke bei Danny meine Schuld. Habt ihr die Fackeln für heute Abend?«

»Ja«, erwiderte Erene. »Der Hof wird aussehen wie bei einer echten Reality-Show.«

»Gut, so mag ich das. Und wir werden Marshmallows am Lagerfeuer grillen.«
»Aber sicher.«
»Erene, sind Kimberly und Jake unten?«
»Ja, sie sind im VIP-Raum und warten darauf, dass Sie sie zu Bubbles und ihrer Truppe bringen.«
Der VIP-Raum hatte noch nicht viele echte Stars gesehen; genauer gesagt, die echten Stars standen noch aus. Roscoe begann gerade erst mit seinen Shows, und seine Zuschauergemeinde war noch klein. Aber er glaubte fest daran, dass es aufwärts ging. Es war nur eine Frage der Zeit, wann die ersten Oscar-Preisträger sich bei ihm drängeln und sich, wie er gern sagte, »um den Käse und die Cracker schlagen« würden.
»Wir sehen uns heute Abend«, befahl er. »Wenn ich die beiden im Studio vorgestellt habe, fahre ich nach Hause und ruhe mich aus, damit ich für die Party frisch bin.«
Erene und Leo konnten ihre Erleichterung kaum verbergen. »Wir halten hier die Stellung«, versicherte Leo seinem Chef. »Bis später.«
Roscoe fand Kimberly ausgestreckt auf der Couch, fest schlafend. Jake saß im Sessel neben ihr und tippte leise mit einem Kugelschreiber gegen den Couchtisch.
»Hallo, Roscoe«, flüsterte er.
»Seh' sich einer dieses schlafende Dornröschen an.«
»Sie ist wunderschön, oder?«, fragte Jake voller Ehrfurcht.
»Sie ist atemberaubend.«
Jake weckte Kimberly sanft, und zu dritt gingen sie hinüber ins Büro der Comedy-Show. Roscoe klopfte an die Tür, und Bubbles öffnete schnell. Beim ersten Blick auf Kimberly hätte sie am liebsten laut geschrien. Das Schätzchen in dieser Show bin ich!, dachte sie wütend. Am liebsten hätte sie ihr die Tür vor der Nase zugeschlagen.

48

Regan begriff schnell, dass Elsa mehr als nur einen kleinen Schwips hatte. Die lang Vermisste sprach undeutlich und schwankte ein wenig. Sie war ungekämmt, ihre Kleidung war verknittert, mehr als man erwarten sollte, selbst wenn sie sie am Abend zuvor auf einem Haufen auf dem Fußboden hätte liegen lassen. Danny wies Sam an, mit dem Filmen aufzuhören, und sprach dann zu der ganzen Gruppe: »Chip, Vicky, Suzette und Bill, steigt doch bitte mit Agony und Heartburn in den Kleinbus. Sam und Victor bringen euch schon mal ins Studio. Regan und ich werden hier mit Barney warten, bis Elsa abfahrbereit ist.«

Und wer weiß, wie lange das dauern mag, ergänzte Regan im Stillen.

»Was ist denn eigentlich passiert?«, platzte Suzette heraus. Die anderen warteten wie versteinert auf Elsas Antwort.

Elsa sah Suzette an und klimperte dabei ein paar Mal mit ihren blutunterlaufenen Augen. »Ich hatte letzte Nacht einen schrecklichen Albtraum«, begann sie.

Barney sah sie erschrocken an. »Ehrlich, Liebes?«

Elsa nickte. »Ich habe geträumt, jemand nimmt mir all das Geld weg, das ich gewonnen habe.«

»Aber du hast doch noch gar nicht gewonnen«, erwiderte Suzette herausfordernd.

Langsam wird das hier dem Dschungelcamp immer ähnlicher, dachte Regan. Suzette ist ganz offensichtlich stocksauer und will, dass Elsa gehen muss.

»Ja, aber du weißt ja, wie Träume sind! In diesem Traum jedenfalls hatte ich das Geld schon, und Barney und ich wollten uns damit zur Ruhe setzen. Und auf einmal war es weg. Ich wachte schweißgebadet auf und wollte mit Barney sprechen, aber er hatte eine Tablette gegen die Schmerzen in seinem Arm genommen und schlief tief und fest.« Sie ahmte sein Schnarchen nach, was ihm sichtlich peinlich war. »Normalerweise ist Barney immer für mich da, wenn ich schlecht geträumt habe, aber letzte Nacht schlief er wie ein Bär, und ich wollte ihn nicht stören.«
»Mein Arm tat so weh, als ich schlafen ging«, erklärte Barney, als müsste er sich verteidigen. »Und Medikamente wirken bei mir immer sehr stark.«
Wieso hat ihm der Arzt für diese kleine Verstauchung ein Schmerzmittel gegeben?, fragte sich Regan.
»Ja, und so lag ich da und war so unruhig«, fuhr Elsa in ihrem leicht lallenden Tonfall fort. »Irgendwie war ich nach dem Gewinn an dem Spielautomaten immer noch sehr aufgeregt. Es war ein so großartiges Gefühl! Und als ich so wach lag, kam ich auf die Idee, noch mehr zu gewinnen, für Barney, damit er in seinem ganzen Leben nie wieder arbeiten muss.«
Hm, dachte Regan. Viele Frauen würden wahnsinnig, wenn ihr Mann in so jungen Jahren aufhören würde zu arbeiten. Wie heißt es doch so schön? Als ich dich geheiratet habe, war von guten und schlechten Zeiten die Rede, nicht von der Mittagszeit. Oder wie meine Großmutter zu sagen pflegte: Ein Ehemann in Rente ist wie ein Klavier in der Küche.
»Aber Arbeit ist gut für unsere Seele«, fiel Agony leidenschaftlich ein. »Das müssen wir alle bedenken. Müßiggang ist aller Laster Anfang.«
Aber sie war ja nicht müßig, dachte Regan. Das ist ja das Problem. Sie ist geradewegs auf den nächsten Spielau-

tomaten losgegangen. Regan bemerkte, wie Danny Sam ein Zeichen gab, weiterzudrehen.
»Ich wollte den Geldgewinn verdoppeln!«, rief Elsa.
»Und hast du?«, fragte Barney schnell.
Traurig schüttelte Elsa den Kopf und zog ein paar Hundertdollarnoten aus ihren Hosentaschen. »Ein bisschen ist noch da, glaube ich.«
O Gott, dachte Regan. Na, herzlich willkommen in Las Vegas.
»Wohin bist du gegangen?«, fragte Suzette weiter.
Elsa atmete tief durch. »Ich glaube, ich habe erst mal ein Taxi zum Strip genommen. Dort bin ich in das erstbeste Casino gegangen und habe mich an einen Spielautomaten gesetzt. Eine freundliche Bedienung brachte mir etwas Süßes zu trinken. Ich habe ihr gesagt, ich hätte gern einen Shirley Temple, aber sie meinte, sie hätte da etwas, was mir noch besser schmecken würde. Und, Junge, Junge, es schmeckte wirklich. Ich habe ihr von meinem dicken Gewinn erzählt.«
Keine gute Idee, dachte Regan.
»Dann bin ich ein wenig herumgegangen und habe an Automaten gespielt, wo eine Kugel immer so im Kreis herumläuft und dann irgendwann, plopp, verschwindet. Da kam wieder jemand und brachte mir einen Drink, und ich habe gespielt, bis mir von der Kugel ganz schwindelig wurde und ich beinahe umgefallen wäre. Dann hat mir jemand einen Gutschein fürs Frühstücksbüfett gegeben, und ich habe Kaffee getrunken und Blaubeermuffins gegessen und muss dort wohl eingedöst sein. Jedenfalls kam dann die Bedienung und hat mich geweckt und gesagt, ich müsste gehen. Und hier bin ich also.«
»Sie haben dich ausgenommen!«, rief Barney. »Sie haben dich betrunken gemacht, um an dein Geld zu kommen. Geködert und in die Falle gelockt, jawohl!«

»In welchem Casino waren Sie?«, fragte Regan. Elsa verzog das Gesicht. »In einem kleineren, den Namen habe ich vergessen. Aber ich glaube, auf dem Rückweg bin ich durchs *Bellagio* gegangen. Und die ganze Zeit habe ich mir immer gesagt, zehn Uhr, zehn Uhr, um zehn Uhr muss ich zurück sein. Und das habe ich geschafft, oder?«

»Ja, das hast du, Liebes.« Barney würgte die Worte förmlich heraus.

Agony ging hinüber zu Elsa und Barney und griff nach ihren Händen. »Es kommt nicht so sehr darauf an, wie wir als Paar agieren, sondern darauf, wie wir reagieren. Und ich freue mich sehr, zu sehen, wie besorgt Barney um das Wohlergehen seiner Frau ist. Er ist ein außerordentlich verständnisvoller Ehemann. Die meisten wären an seiner Stelle verärgert, weil Elsa mitten in der Nacht verschwunden ist, ohne auch nur eine kleine Nachricht zu hinterlassen. Sein Verhalten zeigt, dass eure Liebe stark und gut ist und vielen Belastungen standhalten wird.«

»Ich habe Kopfweh, und mir ist auch ein klein wenig übel«, klagte Elsa.

»Schnitt!«, rief Danny.

Sam schaltete die Kamera aus.

»Los, Leute!«, drängte Victor die Gruppe. »Der Bus wartet!«

Aunt Agony drückte immer noch heftig Elsas und Barneys Hände. »Elsa, nehmen Sie eine schöne heiße Dusche, essen Sie etwas zum Frühstück, und wir treffen uns später im Studio. Wir werden heute Rorschach-Tests machen, die werden Ihnen gefallen.«

»Rorschach-Tests?«, wiederholte Barney.

»Ja. Sie sehen sich einen großen Tintenfleck auf einem Stück Papier an und erzählen uns, was Sie sehen, und dann kommt Elsa aus der schalldichten Kabine und sagt uns, was sie sieht.«

»Haben wir eine schalldichte Kabine?«, fragte Barney.
»Nein, Elsa wird im Nebenzimmer warten«, antwortete Danny schnell.
»Klingt super«, sagte Elsa und tat einen wackligen Schritt nach vorn. »Ich bin gespannt, was da herauskommt, du auch, Barn?«
»Aber sicher.«
»Aunt Agony«, unterbrach Victor, »die anderen warten.«
»Ich komme schon!«, flötete sie.
»Wir gehen mit euch nach oben«, sagte Danny zu Elsa und Barney.
»Nicht nötig, ich kümmere mich schon um meine Frau.«
»Ich muss sowieso noch mal rauf«, erwiderte Danny.
»Und ich will noch mal in mein Zimmer«, ergänzte Regan.
Gemeinsam nahmen sie den Aufzug in den dritten Stock, wo Danny nach links abbog, um zu seiner Suite zu gehen. Die anderen drei gingen nach rechts. Barney hatte den Arm um Elsas Schulter gelegt und führte sie, bis sie vor ihrem Zimmer stehen blieben. Regans Zimmer war drei Türen weiter hinten. »Trinken Sie viel Wasser«, riet sie Elsa. »Und nehmen Sie ein paar Aspirin.«
»Ich werde sie gut versorgen«, versicherte Barney.
»Gut, wir treffen uns dann später.« Regan ging weiter zu ihrem Zimmer, überlegte es sich dann aber anders und drehte noch einmal um, um zum Aufzug zurückzugehen und sich unten noch eine Tasse Kaffee zu holen. Barney hatte inzwischen die Zimmertür geöffnet; jetzt drehte er sich erschrocken zu Regan um, die gerade an ihnen vorbeiging, und zog die Tür wieder zu. Aber Regan hatte das Feldbett schon gesehen, das drinnen neben dem Bett stand.
»Da drin ist es so unordentlich«, sagte Barney schnell.
»Ja, und das ist hauptsächlich meine Schuld«, ergänzte Elsa, die sich an Barney lehnte.

»Die Zimmer sind aber auch klein«, sagte Regan voller Mitgefühl. »Und Sie sind ja zu zweit. Wir sehen uns dann.«

Sie drückte auf den Knopf des Aufzugs und wunderte sich. Wenn die zwei so verliebt sind, was tun sie dann mit einem Feldbett?, fragte sie sich. Barney hat doch erzählt, dass er Elsa heute Nacht in seinen Armen hielt. Die zwei sind Betrüger, dachte sie. Sie sind überhaupt nicht verliebt ineinander, und Suzette hat Recht: Die beiden nutzen jede Gelegenheit, Aufmerksamkeit auf sich zu ziehen, um die Million zu gewinnen. Und danach werden sie sich den Gewinn teilen und getrennte Wege gehen.

Oder übernachtet noch jemand in diesem Zimmer? Aber wer sollte das sein?

Ich werde mehr über die beiden herausfinden müssen, dachte sie.

49

Honey und Lucille hatten einen aufregenden Abend verlebt. Honey war nervös wie ein Rennpferd, weil sie für Danny arbeiten würde. Sie hielt es kaum noch aus.

»Ein Traum wird wahr!«, sagte sie mehr als einmal zu Lucille.

»Ja, ja«, entgegnete Lucille. »Wenn du diesen Bus verpasst, nimmst du halt den nächsten.«

»Aber ich will keinen anderen«, maulte Honey.

Sie waren ins *Caesar's Palace* gegangen, hatten etwas getrunken und sich die Spätvorstellung angesehen. Danach hatten sie sich mit ein paar Freundinnen getroffen, die gerade Feierabend gemacht hatten. Sie waren von einem Casino zum anderen gezogen und dann frühstücken gegangen. Es war eine lange Nacht gewesen, aber Honey fühlte sich so voller Energie wie seit Monaten nicht mehr.

Bei Sonnenaufgang war sie wieder zu Hause. Sie schlief ein paar Stunden und wachte um zehn Uhr auf, früh für ihre Verhältnisse. Ihr Kopf schwirrte viel zu sehr, als dass sie lange hätte schlafen können. Sie brühte sich ihren Tee und setzte sich ans Telefon; schließlich war der Donnerstag nur zwei Tage entfernt, und sie musste so viel organisieren.

Sie rief ihren Lieblingsfrisör an, Alex, der einen kleinen Salon mit Namen *Snippy Clips* sein Eigen nannte, irgendwo in einer kleinen Einkaufspassage in der Stadt. Die Geschäfte liefen gut, aber die großen Hotels mit ihren tollen Bädern und Schönheitssalons waren eine

harte Konkurrenz für ihn. Alex trug immer schwarze Lederhosen und einen leicht angewiderten Gesichtsausdruck. Sein schwarzes Haar trug er als Irokesenschnitt.
»Alex!«, rief Honey ins Telefon, als er sich mit seinem Handy meldete. »Alex, hier ist Honey.«
»Hallo, Püppi«, sagte er. »Was ist los? Ich habe dir die Haare doch erst gerade gemacht. Erzähl mir nicht, dass es dir nicht gefällt, sonst schreie ich.«
Honey hörte die Haartrockner im Hintergrund. »Nein, nein, mein Haar ist wunderbar! Ich rufe nur an, weil ich eine unglaubliche Sache für dich aufgetan habe«, rief sie.
»Nämlich?« Alex klang wie immer ein klein wenig gelangweilt.
»Was würdest du davon halten, die Kandidaten einer Reality-Show zu frisieren? Fürs Fernsehen?«
»Welcher Sender?«
»*Balloon Channel.*«
»Vergiss es.«
»Das könnte eine Riesenchance sein!« Honey klang jetzt schon sehr schrill. »Sie haben einen Preis von einer Million für das Siegerpaar ausgesetzt.«
»Das ist doch Roscoe Parkers Sender, oder?«
»Ja, genau.«
»Dem habe ich ein Mal die Haare geschnitten. Der Kerl ist kreuzgeizig; das Trinkgeld, das er mir gegeben hat, war eigentlich eine Beleidigung.«
»Dein Salon könnte so bekannt werden!«
»Was zahlen sie?«
»Nun«, Honey zögerte. »Erst einmal gar nichts.«
»Das ist die Show, die Danny produziert, oder?«
»Ja.«
Am anderen Ende der Leitung verdrehte Alex die Augen. Meine Kunden und ihre Beziehungsprobleme, dachte er. Ich sollte als Therapeut arbeiten. »Wann soll das Ganze stattfinden?«

»Am Donnerstag.« Endlich, dachte Honey, jetzt beißt er doch noch an. »Und ich dachte, wir könnten Ellen Kaiden wegen des Make-ups fragen.« Ellen arbeitete bei Alex im Salon und konnte mit Gesichtern wahre Wunder vollbringen. Sie hatte schon manche Maus für eine wilde Nacht in Las Vegas in eine brüllende Löwin verwandelt.

»Vermutlich soll sie auch ohne Bezahlung arbeiten«, seufzte Alex.

»Ja. Aber es gibt ja schließlich jede Menge Werbung für euch beide.«

»Wann wird die Show gesendet?«, fragte er.

»Vermutlich Freitagabend.«

»Vermutlich?«

»Sie sind noch im Wettbewerb mit einer Comedy-Show um die Sendezeit. Roscoe wird eine von beiden auswählen.«

»Das heißt, vielleicht kommen wir gar nicht ins Fernsehen? Honey, ich bitte dich! Kannst du mir das nicht ersparen?«

»Dannys Show ist echt gut, er braucht bloß noch ein bisschen Hilfe. Bitte, Alex, bitte! Ich revanchiere mich irgendwann. Überall erzähle ich ja jetzt schon, wie gut du bist und dass die Leute einen Termin bei dir machen sollen.«

»Apropos, was ist zum Beispiel aus deiner lieben Freundin Lucille geworden? Ein Mal war sie hier, dann habe ich sie nie wieder gesehen.«

»Sie schneidet sich ihre Haare selbst.«

»Ah! Es macht mich krank!«

»Ihr Großvater war Frisör und hat ihr einige Tricks beigebracht.«

»Erwähn es bitte nie wieder«, schimpfte Alex. »Geschichten wie diese bereiten mir nichts als Stress. Wie viel Uhr am Donnerstag?«

»Um Punkt zwölf Uhr mittags auf dem Studiogelände.«
»Wie viele Leute?«
»Drei Männer, drei Frauen.«
Alex seufzte wieder. »Gut, Honey, weil du es bist. Aber wenn du jemals den Frisör wechselst, mache ich dich zur Schnecke.«
»Und wenn ich nach Alaska ziehen sollte«, versprach Honey dramatisch, »würde ich doch immer wieder zu dir kommen, um mir die Haare schneiden zu lassen.«
»Plus Strähnchen?«
»Plus Strähnchen.«
»Wird Roscoe Parker dort sein?«
»Keine Ahnung.«
»Ich werde versuchen, nicht zu unhöflich zu sein, wenn ich ihm begegne.«
»Das wäre mir sehr recht.«
Honey legte auf und seufzte. Noch zwei Tage. Im Stillen betete sie, es möge nichts passieren, was Dannys Show zum Platzen brachte, bevor sie dabei war. Irgendwie hatte sie kein gutes Gefühl, was *Zurück auf Wolke sieben* anging. Honey hatte ihre hellseherischen Gaben von ihrer Großmutter geerbt, und gerade jetzt befürchtete sie, Danny könnte in Gefahr sein. Lass ihn in Sicherheit sein, betete sie. Lass ihn zu mir zurückkommen. Und mach, dass diese Comedy vollkommen danebengeht. Danke, lieber Gott, Amen.
Sie rief ihre Großmutter an. »Hallo, Mimi, ich bin's.« Sie erzählte ihrer Großmutter von den letzten Schwierigkeiten. »Was hältst du davon?«
»Ich sehe Wolken um Danny«, erwiderte Mimi.
»Er startet am Freitag mit einem Heißluftballon.«
»Das könnte es sein, aber die Wolken sind dunkel. Bei so dunklen Wolken sollten Ballons nicht starten.«
»Da hast du Recht, Mimi«, sagte Honey, jetzt wirklich der Verzweiflung nahe. »Da hast du vollkommen Recht.«

50

Maddy und Shep lagen am Pool ihres Hotels, obwohl Shep angesichts seines Kontostandes viel lieber zu Hause gewesen wäre. Die Überweisung von vierzigtausend Dollar, die er am Morgen getätigt hatte, machte ihn mehr als nervös.

Maddy neben ihm duftete wie eine ganze Kokosnuss. Sie hatte sich rundum eingecremt und lag nun mit geschlossenen Augen auf ihrer Liege. Niemand außer ihnen schien den Pool zu benutzen, was bei diesen drittklassigen Hotels oft der Fall war. Er schien irgendwie nur da zu sein, weil manche Gäste sonst nicht gebucht hätten. So kann man bei der Buchung immer darauf hinweisen, dass es einen Pool gibt, dachte Shep.

Er beobachtete eines der Zimmermädchen, das herauskam, um eine Zigarette zu rauchen. Sie stellte einen großen Karton auf den Boden neben sich, zündete sich eine Zigarette an, schaltete ihr Handy ein und machte einen Anruf. Ein paar Minuten später fuhr ein großer Lieferwagen in die Auffahrt, und die Frau übergab das Paket an den Fahrer. Komisch, dachte Shep. Er sah genau hin, konnte den Fahrer aber nicht erkennen. Das Auto trug Kennzeichen aus Nevada. Shep stand auf und ging lässig ans andere Ende des Pools, um den Wagen genauer anzusehen. Als das Auto wegfuhr, merkte er sich die Nummer.

Er beschloss, Regan anzurufen. Vielleicht hatte das alles gar nichts zu bedeuten, aber für ihn sah es verdächtig aus. Er eilte zurück zu seiner Liege.

»Maddy, hast du einen Stift hier?« – »Hm?«

»Ich brauche einen Stift.« Er wiederholte die Autonummer im Geiste. Maddy setzte sich auf und holte blitzschnell einen Kugelschreiber des Hotels aus ihrer Badetasche.
Shep schrieb die Nummer auf den Rand seiner Zeitung.
»Was machst du?«, fragte Maddy.
»Vielleicht ist es Blödsinn, aber man soll verdächtige Beobachtungen doch melden, oder?«
»Na, im Umkreis dieser Absteige hier ganz bestimmt!« Maddy nickte nachdrücklich. »Die Post haben sie ja schon gestohlen. Was ist jetzt los?«
»Sch!«, machte Shep warnend. »Ich gehe jetzt rauf in unser Zimmer und rufe Danny und Regan an.«
»Na, sag mal!« Maddy hielt inne. »Aber warum?«
»Ich möchte, dass Regan für uns ein Autokennzeichen überprüft.«
»Na, sie ist ja ein kluges Mädchen, ich bin sicher, sie kann da ein paar Leute anrufen. Wenn sie nur nicht diesen Freund …«
Aber Shep eilte schon zur Hintertür des Hotels. Maddy schlüpfte in ihre Flip-Flops und eilte ihm hinterher, so schnell sie konnte.

51

Mit der Kaffeetasse in der Hand ging Regan in ihr Zimmer und rief die Polizei an, um zu melden, dass Elsa wieder aufgetaucht war. Sie plauderte ein paar Minuten mit dem Beamten und erzählte ihm, dass sie Privatdetektivin sei und für Dannys Show arbeite.

»Sie sind für die Sicherheit einer Reality-Show zuständig?«, fragte er. »Ich habe ein paar von den Dingern im Fernsehen gesehen und muss sagen, manche Kandidaten sind ja wirklich gemeingefährliche Irre. Wenn Sie irgendwelche Hilfe brauchen: Anruf genügt«, bot er an.

»Danke.« Regan beendete das Gespräch und ging dann zurück zu Danny, um ihm von dem Feldbett in Elsas und Barneys Zimmer zu erzählen.

Unwillkürlich musste Danny lachen.

»Sie haben was in ihrem Zimmer?«

»Ein Feldbett!«

»Das ist aber wirklich reichlich seltsam.«

»Finde ich auch. Und dabei hat Barney mir doch ausdrücklich erzählt, dass er Elsa gestern Abend fest im Arm gehalten hat und gar nicht versteht, wie sie ihn verlassen konnte, ohne dass er etwas gemerkt hat. Aber ich glaube ihm nicht. Ich denke inzwischen, dass die beiden uns allen etwas vorspielen.«

»Ein Feldbett ...«, wiederholte Danny.

»Ja. Meine Freundin Bernadette Castro wird untröstlich sein, dass es sich nicht um eines ihrer Schlafsofas handelt.«

Danny kicherte. »Regan, ich muss hier nur irgendwie

bis Freitag durchhalten. Du weißt, wie viele Kandidatenpaare in Reality-Shows nach zehn Minuten schon wieder auseinander rennen. Der Mann sucht sich eine der Frauen aus oder umgekehrt, und dann heißt es, sie sollen heiraten und den Rest ihres Lebens glücklich miteinander verbringen. Aber das ist fast nie der Fall. Wenn Barney und Elsa hier wirklich gewinnen und ihr Eheversprechen erneuern und dann getrennte Wege gehen, was kümmert's mich? Ich will nur, dass Roscoe unsere Show auswählt und dass die Show wirklich gut ist. Wenn einer der Kandidaten gern auf einem Feldbett schläft, bitte sehr, von mir aus.«

»Ich sage dir, hier gehen noch andere seltsame Dinge vor, Danny. Wenn er mir das mit der Umarmung nicht erzählt hätte, würde ich die Sache mit dem Feldbett zwar immer noch etwas seltsam finden, aber ich könnte damit vermutlich so umgehen wie du.«

»Lucy und Rick Ricardo schliefen schließlich auch in getrennten Betten«, erinnerte Danny sie.

Regan lächelte. »Damals durfte man im Fernsehen noch kein Paar im Ehebett zeigen, erinnerst du dich? Und zwischen den Betten musste ein Teppich liegen. So waren damals die Hollywood-Regeln.«

»Wie sich die Zeiten doch ändern.«

»Kann man wohl sagen.«

»Wenn ich nur die Sozialversicherungsnummern hätte!«

»Vergiss es Regan. Roscoe will nicht, dass wir mehr über die Kandidaten wissen. Das hier sind meine Kandidaten, und mit ihnen muss ich arbeiten. Und bitte, kein Wort zu Agony und Heartburn über die Sache mit dem Feldbett, ja? Wenn die zwei aus irgendeinem Grund nicht bis zum Ende der Woche dabei sind, dann möchte ich vermeiden, dass sie draußen irgendwelche Geschichten über Barney und Elsa erzählen.«

»Warum sollten sie nicht mehr dabei sein?«

»Wir können nur hoffen, dass Heartburns Ex jetzt munter und fidel das Geld meiner Eltern ausgibt und den Mund hält, was diese Unterhaltsschulden angeht.«
Regan setzte sich auf die Couch. »Ich frage mich, wie lange es wohl dauern wird, bis Elsa wieder einigermaßen nüchtern ist.«
Danny blickte auf seine Uhr. »Sie kann im Studio ein Nickerchen machen, aber wir müssen jetzt bald los.«
Das Telefon klingelte, und Danny meldete sich. »Hallo ... ach, hallo, Dad ... Was? Bist du sicher? Nein, ich will keinen Wirbel machen ... Okay, hier kommt Regan.« Danny reichte ihr den Telefonhörer. »Mein Vater möchte, dass du für ihn ein Autokennzeichen überprüfst.«
Regan nahm den Hörer ans Ohr. »Hallo, Mr Madley ... oh, okay, Shep ... Ja. Oha!« Sie griff nach dem Notizblock und dem Stift neben dem Telefon. »Ja, ich rufe an. Danke. Ja, ich halte Sie auf dem Laufenden. Bis später.«
»Es ist doch nicht zu glauben«, schimpfte Danny los, als Regan aufgehängt hatte. »Meine Eltern können es einfach nicht lassen. Sie können die Nase nicht aus den Angelegenheiten ...«
»Nein, Danny, das hier könnte wirklich wichtig sein.« Regan rief ihren neuen Bekannten auf der Polizeistation an und bat ihn, die Nummer zu überprüfen.
Ein paar Minuten später klingelte das Telefon wieder. Der Sergeant teilte Regan mit, dass der Wagen auf die Unternehmensgruppe Parker zugelassen sei.
Regan machte große Augen. »Unternehmensgruppe Parker? Das heißt, die Firmengruppe, die Roscoe Parker gehört?«
»Genau. Er besitzt eine ganze Anzahl von kleineren Unternehmen hier in der Stadt.«
»Gehört ihm zufällig auch das *Seven's Heaven*-Hotel?«
»Das glaube ich schon. Soweit ich weiß, gehört ihm das

Seven Heaven und auch das *Fuzzy Dice*. Da sind Sie untergebracht, oder?«

»Ja.«

»Er gibt seinen Firmen immer solche interessanten Namen. *Hot Air Cable, Fuzzy Dice*-Hotel. Wenn irgendetwas einen ungewöhnlichen Namen hat, steckt vermutlich Roscoe dahinter.«

»Danke, Sergeant, Sie haben mir sehr geholfen.« Regan legte auf.

»Und?«, fragte Danny.

»Ihm gehört dieses Hotel und das *Seven Heaven.*«

Danny zuckte die Schultern. »Das wundert mich nicht. Er bringt uns vermutlich hier unter, weil er hier günstige Preise bekommt.«

Regan lächelte. »Aber er hat dir nie erzählt, dass es ihm gehört.«

»Nein. Vielleicht war es ihm ein bisschen peinlich, es ist ja nicht gerade das *Ritz*.«

Regans Handy klingelte. Mit einem Blick aufs Display sagte sie: »Jetzt sind es meine Eltern ... Hallo, Mom!«

»Wir sitzen hier mit Harry und Linda im Auto und fahren zu ihrem Haus. Alles in Ordnung bei dir?«

»Ja.« Regan hatte beschlossen, jetzt keine Details zu berichten.

»Dein Vater hat im Flugzeug einen Artikel über die Leute gelesen, denen der Hochzeitstorten-Ballon gehört.«

»Ach, wirklich?«

»Ja. Wusstest du, dass das am Freitag die Jungfernfahrt sein wird?«

»Nein, das wusste ich nicht.«

»Ist es aber. Ich finde es gar nicht gut, wenn du da dabei bist.«

»Ist schon in Ordnung, Mom. Wir sind vorsichtig«, versprach Regan. »Warte mal einen Moment.« Schnell erzählte sie Danny von dem Artikel.

»Wusste ich auch nicht«, gab Danny zu. – »Woher hast du denn von dem Ballon erfahren?«
»Als ich vorschlug, das Siegerpaar sollte sein Eheversprechen in einem Ballon erneuern, sagte Roscoe, er kenne ein Paar, dem ein neuer Ballon in Form einer Hochzeitstorte gehört. Er hat alles arrangiert, ich kenne nicht mal die Namen.«
»Mom, wie heißen die Leute?«, fragte Regan.
»Oh, das glaubst du nicht«, lachte Nora. »Randy Jupiter und Alice Mars Jupiter.«
»Du willst mich auf den Arm nehmen!«
»Nein, wirklich nicht. Ich wollte mich im Übrigen auch nur kurz melden, du musst jetzt sicher was tun. Wir hören bald wieder voneinander.«
»Gut, bis dann, Mom.« Regan beendete das Gespräch. »Ist ja interessant. Alle Fäden laufen zu Roscoe hin.«
Es klopfte an der Tür. Danny stand auf, ging durch den Wohnbereich und öffnete. Draußen standen Barney und Elsa und lächelten. Elsa hielt sich krampfhaft an einer Wasserflasche fest.
»Elsa fühlt sich jetzt viel besser«, behauptete Barney.
»Ja, wirklich, viel besser.«
Regan fand auch, dass Elsa jetzt etwas erholt aussah, verglichen mit dem Anblick, als sie heimgekommen war. Sie hatte sich offensichtlich die Haare gewaschen, und die Kleider, die sie trug, sahen tatsächlich aus wie frisch aus dem Schrank.
»Na, dann los! Im Studio wartet jede Menge Arbeit auf uns, und dann müssen wir heute Abend ja auch noch zum Essen bei Roscoe«, erinnerte Danny sie.
»Ich kann's kaum erwarten«, kicherte Elsa.
Ich auch nicht, dachte Regan.

52

Erene saß wie gelähmt an ihrem Schreibtisch. Wie hatte sie einen so dämlichen Fehler begehen können? Obwohl ihr Büro mit seiner majestätischen Aussicht auf die Berge natürlich klimatisiert war, schwitzte sie heftig in ihrem khakifarbenen Leinenkostüm. Ihr Herz schlug wie wild, und ihre Gedanken überschlugen sich. Sie hatte eindeutig das Gefühl, dass ihr die Sache außer Kontrolle geriet, und das war ein Gefühl, das sie verabscheute.

Wie war sie nur in diesen Schlamassel geraten? Offensichtlich passt es überhaupt nicht zu meiner Persönlichkeit, für Roscoe zu arbeiten, versuchte sie sich selbst zu überzeugen. Las Vegas passt nicht zu meiner Persönlichkeit. Leo passt nicht zu meiner Persönlichkeit. Und ich kann nichts tun, dachte sie verzweifelt. Nichts. Überhaupt nichts. Nun, vielleicht kann ich doch eine Sache tun, nämlich meinen Lebenslauf auf den neuesten Stand bringen. Sie öffnete ihren persönlichen Arbeitsordner auf dem Computer.

Mit einem tiefen Seufzer versuchte sie, die Situation für sich zu klären. Ich brauche einen Arbeitsplatz, an dem Formulare und Studien geschätzt werden und an dem geschäftsmäßig gearbeitet wird. Einen Arbeitsplatz, wo Forschung noch ernst genommen wird. Ich will mich nicht kritisieren lassen, nur weil ich gelegentlich Forschungsarbeiten zitiere.

Erene blickte in ihrem Büro umher und sah, dass es auch eine ganze Menge Dinge gab, die ihr an ihrer Arbeit für Roscoe gefielen. Ich mag mein Eckbüro mit

dem beigefarbenen Teppich und den Kunstgegenständen aus dem Südwesten und dem beruhigenden sandfarbenen Mobiliar. Ich mag das Privatflugzeug und die flexiblen Arbeitszeiten und die Abendessen bei Roscoe zu Hause. Eigentlich will ich diesen Arbeitsplatz nicht aufgeben. Aber Roscoe kriegt garantiert einen Anfall, wenn er herausfindet, was ich verbockt habe. Es wäre sinnlos, es ihm jetzt zu sagen. Wer weiß?, dachte sie. Vielleicht geht doch noch alles gut aus.
»Störe ich?« Leo betrat ihr Büro, ohne eine Antwort abzuwarten. Sein Hawaiihemd sah so fröhlich und seine Hose mit dem Gummizug so gemütlich aus! Nicht um alles in der Welt wäre Erene jemals in diesem Aufzug zur Arbeit erschienen. Die einzigen Kleider in ihrem Besitz, die man als einigermaßen lässig bezeichnen konnte, waren ihre Schlafanzüge.
Erene begann auf einem Finger herumzukauen. »Nein, gar nicht. Was gibt's?«
»Was, wenn der ganze Plan ein Schuss in den Ofen ist?«, fragte Leo.
»Was meinst du?«, fragte sie und hätte sich beinahe die Fingerspitze abgebissen.
»Du weißt schon, was ich meine. Glaubst du, es wird alles so laufen, wie wir es uns erhoffen?«
Erene zuckte die Schultern. Sie fühlte sich entsetzlich allein.
»Vielleicht sind wir zu ehrgeizig geworden.« Leo fuhr sich mit den Fingern durchs Haar. »Am Ende wird Roscoe uns die Schuld geben, wenn alles schief geht. Ich habe schon darüber nachgedacht, meinen Lebenslauf auf den neuesten Stand zu bringen. Du auch?«
»Leo ...«, begann Erene, während sie das Gefühl niederkämpfte, als ob ihr Magen ihr auf die guten Büropumps fiele. »Wir haben uns verpflichtet, diese Sache mit Roscoe durchzuziehen. Jetzt müssen wir mit aller

Kraft dafür sorgen, dass sie auch funktioniert. Nächste Woche werden wir darüber nachdenken, ob wir hier bleiben wollen.«

»Wenn er uns dann noch will.«

»Wenn er uns dann noch will. Wer weiß?«, fügte sie in leichtem Ton hinzu. »Vielleicht sind wir nächste Woche ja schon berühmt?«

»Hoffentlich aus den richtigen Gründen«, bemerkte Leo. »Ich fürchte, unsere Publicity wird nicht besonders gut sein.«

»Die ganze Zeit rufen irgendwelche Reporter an«, bestätigte Erene in dem vergeblichen Versuch, fröhlich zu klingen. »Sie wollen Roscoe interviewen und mehr über diesen Wettbewerb erfahren. Offenbar hat er inzwischen doch das Interesse der örtlichen Medien auf sich gezogen.«

»Aber er will mit niemandem reden, bevor die Sache am Freitag entschieden ist.«

»Einer von diesen Zeitungsleuten hat mich gestern Abend sogar schon zu Hause angerufen«, klagte Erene.

»Ist ja ekelhaft. Hast du den Anruf zurückverfolgen lassen?«

»Ich war gerade in einem Gespräch mit meiner besten Freundin, und als der Anklopfton zu hören war, dachte ich, es müsste Roscoe sein, und bin rangegangen.« Sie lachte. »Ich bin den Typen aber ziemlich schnell losgeworden.«

»Dann ist es ja gut. Denn am Freitagabend wird es hier von Presseleuten nur so wimmeln, verlass dich drauf.«

»Das macht mir die meisten Sorgen«, gab Erene ruhig zu.

53

Dienstag war ein wilder Tag für die beiden rivalisierenden Teams.

Roscoe hatte darauf bestanden, dass die Drehbuchschreiber von *Heiße Luft und coole Sprüche* seinen »netten jungen Leuten« ordentliche Rollen schreiben sollten. So hatte es mehrere Pausen gegeben, in denen Noel und Neil mit Bubbles' Hilfe daran arbeiteten, zwei zusätzliche Personen in die Geschichte einzubauen.

Großmutter, ihr Freund Hal, James und Pilot Pete verbrachten einen Großteil des Tages damit, draußen in den Liegestühlen herumzulungern und Eistee zu trinken. Pete checkte ständig seine SMS aus Los Angeles in der Hoffnung, dass es irgendwo ein neues Casting geben würde.

In der übrigen Zeit kam immer wieder der Kostümbildner vorbei und ließ sie verschiedene Outfits anprobieren, einschließlich der schweren Kostüme aus dem achtzehnten Jahrhundert, die sie bei der Eröffnungsszene mit den Bauern auf dem Feld tragen würden.

Kimberly und Jake, immer noch in ihren Hochzeitskleidern, zogen hoch interessiert über das Gelände von *Balloon Channel* und sahen sich alles an. Sie hatten schnell gelernt, dass einige Gebäude verbotenes Gelände waren.

»Da dürft ihr nicht hingehen«, hatte James sie gewarnt, als sie zu dem Studiogebäude von *Zurück auf Wolke sieben* marschiert waren.

»Feindesland.«

»Feindesland?«, fragte Kimberly überrascht zurück.

»Ja, genau«, antwortete James.
»Sie oder wir, das ist ganz genau das Spiel, das wir hier alle spielen.«
»Weißt du etwas über diese Show, die sie da drehen?«, fragte Jake.
»Reality«, schnaubte James. »Irgendwas mit Paaren, die ihre Hochzeitsversprechen erneuern.«
»Toll!«, rief Jake. »Vielleicht könnten wir da auch mitmachen!«
»Wir könnten unser Hochzeitsversprechen leicht erneuern, oder? Ein paar Tage nach der Hochzeit ...«, kicherte Kimberly. »Das wäre doch eine starke Idee.«
Und sie küssten sich, als wären sie immer noch in der Kapelle.
Pilot Pete und James starrten die beiden an.
»Ist doch bloß Spaß«, versicherte Kimberly ihnen. »Wir sind Schauspieler. Wir wissen doch aus erster Hand, wie unglücklich alle Schauspieler über diese Reality-Shows sind. Wir wollen auf keinen Fall bei so was mitmachen.«
Ich brauche jetzt auf der Stelle eine Pause, dachte Pilot Pete. Die beiden waren noch so jung. Sie würden noch bei vielen Castings mitmachen.
Wenn aus dieser Sache hier nichts würde, na und? Sie würden sich ins Auto setzen und zurück nach Los Angeles fahren, und sie hätten überdies auch noch eine gute Geschichte zu erzählen.
Inzwischen zeitigten die Rorschach-Tests drüben bei den Dreharbeiten zu *Zurück auf Wolke sieben* katastrophale Ergebnisse, die Schlimmes für die zukünftige eheliche Harmonie erwarten ließen.
Wo Suzette Puschel für Cheerleader sah, erkannte Bill struppiges Gebüsch.
Wo Chip einen Orientteppich erkannte, sah Vicky eine Tagesdecke fürs Bett.

Wo Elsa ein Rouletterad sah, fand Barney bestenfalls eine Pizza.

Regan war ins Nebenzimmer gegangen, um in Ruhe mit Dannys Eltern zu telefonieren und ihnen über den Eigentümer des geheimnisvollen Autos zu berichten.

»Das Hotel gehört Roscoe Parker?«, rief Shep aus, der seine Überraschung kaum verbergen konnte.

»Roscoe Parker?«, wiederholte Maddy. Sie lehnte sich an Shep, um seiner Unterhaltung mit Regan folgen zu können. »Das ist ja höchst seltsam.«

»Ja, in der Tat«, stimmte Regan zu. »Und das Hotel, in dem wir untergebracht sind, gehört ihm auch.«

»Weißt du was, Regan«, fuhr Shep eindringlich fort. »Die Art und Weise, wie das Zimmermädchen diese Kiste übergab, war schon sehr geheimnisvoll. Sie wollte offensichtlich nicht, dass jemand sie dabei beobachtete.«

Regan dachte an das Zimmermädchen, das sie morgens gesehen hatte, die kleine, blonde Frau mit dem Lippenpflegestift. »Wie sah die Frau aus?«

»Sie hatte eine Uniform an, grau, würde ich sagen.«

»Und?«, fragte Regan eilig, in der Hoffnung auf mehr Informationen.

»Ich würde sagen, sie war eher klein und rundlich. Blond. Ich war nicht so nah dran.«

Klingt nach derselben Frau wie bei mir, dachte Regan. Könnte diese Frau jemanden angerufen haben, damit er die Kiste mitnahm?, fragte sie sich.

Und wenn es so war, was war dann mit Agonys Postsack passiert?

Das Zimmermädchen arbeitete für Roscoe Parker. Die Kamera und der Postsack waren jeweils auf einem Gelände gestohlen worden, das Roscoe Parker gehörte.

»Regan«, rief Maddy aufgeregt. »Vielleicht ist dieses Zimmermädchen schuldig, das denkst du doch auch gerade, oder?«

»Das habe ich nicht gesagt, Maddy. Und im Übrigen, schuldig an was?«
»Aber du hast gefragt, wie sie aussah.«
»Ich habe nur gefragt, weil ich an das Zimmermädchen dachte, das heute früh in meinem Zimmer war. Sie war ebenfalls eher untersetzt und blond, wobei das Blond sicher nicht echt war. Es klingt jetzt blöd, aber sie benutzte einen Lippenpflegestift mit Kirschgeschmack, und so ein Stift lag auch auf dem Fußboden in Ihrem Zimmer, als ich mit dem Hausdetektiv gestern Abend einen Blick hineinwarf.«
»Der Stift lag ganz sicher nicht da, als wir das Zimmer bezogen haben«, erklärte Maddy. »Das weiß ich ganz bestimmt. Derjenige, der Agonys Postsack genommen hat, hat auch diesen Stift benutzt.«
»Sind Sie sicher, dass er bei Ihrer Ankunft noch nicht da lag?«, fragte Regan noch einmal.
»Unbedingt. Ich habe schon in vielen Hotels übernachtet, und ich sehe mir das Zimmer immer genau an, wenn ich es zum ersten Mal betrete, einfach um sicherzugehen, dass es ordentlich und sauber ist. Das habe ich mir zur Gewohnheit gemacht, seit ich einmal versehentlich in die abgeschnittenen Zehennägel von jemandem getreten bin. Ich kann Ihnen sagen, das war vielleicht eklig! Und ich barfuß! Danach bin ich in dieser Hinsicht ziemlich pingelig geworden. Den Lippenstift jedenfalls hätte ich todsicher entdeckt.«
So genau wollte ich's gar nicht wissen, dachte Regan entnervt.
Shep stöhnte.
Er hatte die Geschichte mit den Fußnägeln bestimmt schon tausend Mal gehört.
»Maddy, ich bitte dich«, sagte er nur.
»Ich möchte doch nur, dass Regan weiß, warum ich mir in Bezug auf den Lippenstift so sicher bin.«

»Ich glaube Ihnen ja«, versicherte Regan Maddy. Vor ihrem inneren Auge befand sich Maddy schon im Zeugenstand und erzählte die Geschichte noch ein weiteres Mal.

»Wir halten die Augen offen«, verkündete Maddy mit Nachdruck. »Und wir rufen Sie an, wenn uns etwas Verdächtiges auffällt.«

»Ja, bitte.« Regan hängte auf und dachte über die seltsamen Vorgänge nach.

Was hatte das nur alles zu bedeuten?

Ein Feldbett in einem Hotelzimmer, ein geheimnisvoller Lippenstift, ein Zimmermädchen, das Waren übergibt, und ein verschwundener Postsack. Ganz zu schweigen von der gestohlenen Kamera und dem Drohbrief.

Sie seufzte und ging zurück ins Studio, wo man eine kleine Kochnische eingebaut hatte und wo jetzt der Duft gebratener Zwiebeln den Raum füllte. Uncle Heartburn erklärte gerade den Paaren, wie er sein berühmtes Chili zubereitete.

»Ein Paar, das zusammen kocht, isst normalerweise auch zusammen«, verkündete er gerade.

Ach, sieh an, dachte Regan.

»Und ein Paar, das zusammen isst, hat eine Gelegenheit zur Kommunikation«, fuhr Heartburn fort, während er die Gewürze in die Pfanne streute.

Er sah dabei sehr entspannt aus, offenbar war er hier wirklich in seinem Element, viel mehr als bei den Gelegenheiten, wenn er sich als Berater versuchte, dachte Regan.

Wirklich sehr überraschend.

»Manchmal sieht Barney beim Essen gerne fern, ist das in Ordnung?«, fragte Elsa.

Das Fernsehen?, fragte sich Regan. Offenbar steht Elsa immer noch ganz schön massiv unter dem Einfluss des Alkohols.

»Solange es sich um ein Programm handelt, das ihr beide gern seht, spricht nichts dagegen. Wenn ihr nun also die Zwiebeln geröstet habt, bratet ihr das Hackfleisch an …«

Regan blickte ungeduldig auf ihre Armbanduhr und stellte fest, dass sie noch ein paar Stunden hatten, bis der grausige Pfeifton wieder erschallen würde und sie zurück zum Hotel fahren konnten, um sich für Roscoes Abendessen frisch zu machen.

Sie war so gespannt darauf, mit Roscoe Parker zu sprechen, ganz nah, Auge in Auge. Und dasselbe galt für jeden anderen, der an diesem Wettbewerb beteiligt war.

54

Jetzt sieht wirklich alles perfekt aus«, versicherte Kitty Roscoe.

»Findest du, mein Herz?«

»Aber unbedingt.«

Sie saßen im Gartenhaus und nippten gelegentlich an ihrem Aperitif, während sie die Blicke schweifen ließen. Der Hof sah wirklich festlich aus. Die Fackeln standen bereit und warteten darauf, angezündet zu werden. Der große Grill wartete auf Hotdogs und Hamburger, die bald über den glühenden Kohlen brutzeln würden. Die Tische waren mit rot und weiß karierten Tischdecken und buntem Geschirr gedeckt, ein Barmann war damit beschäftigt, Krüge voller Piña Colada vorzubereiten. An der einen Seite war Holz für ein Lagerfeuer zu sehen, umgeben von einem großen Kreis von Felsblöcken. Roscoe wollte am Ende des Abends alle um das Lagerfeuer versammeln, wo alle ihre Marshmallows rösten konnten und dabei Geschichten hören sollten, vor allem Geschichten, die er erzählen würde.

Roscoe trank einen Schluck von seinem Single Malt Scotch und betrachtete bewundernd sein Grundstück. Er fühlte sich, als wäre er schon der König von Las Vegas. Zur Feier des Abends trug er seine besten Jeans, eine Westernkrawatte und seinen Lieblings-Cowboyhut. Sein Eau de Toilette kam aus einer teuren Flasche, auf der ein Cowboy abgebildet war und die mit einem geprägten silbernen Deckel verschlossen wurde. Roscoe zündete sich eine kubanische Zigarre an und ließ den Rauch genießerisch ausströmen. Nichts gefiel ihm besser als dieses Gefühl von Macht. Heute Abend würde er unglaublich viel Macht haben, über alle Menschen, die hier in seinem Haus zusammenkamen. Sie alle hatten nichts anderes im Sinn, als ihm zu gefallen. Alle, außer dieser Regan Reilly.

Kitty hatte den größten Teil des Vormittags damit verbracht, auszuruhen und zu lesen, und den Rest des Tages hatte sie darauf verwendet, sich schick zu machen. Jetzt war sie fertig, trug das lange, lockige Haar in einer fließenden, exotischen Frisur, einen bunt gemusterten langen Rock und eine weiße, edel knitternde Bluse. »Dies ist für mich die schönste Zeit des Tages«, sagte sie zu Roscoe.

»Meine Lieblingszeit ist der frühe Morgen, wenn ich mit meinem Ballon starten kann.«

Die so genannte Herrgottsfrühe, dachte Kitty. Sie verabscheute diese Zeit von ganzem Herzen.

Roscoes Handy klingelte. »Roscoe Parker«, antwortete er bedeutungsvoll. »Erene, wo sind Sie? ... Nun, gut zu hören, dass sie unterwegs sind. ... Was? ... Ja, ich weiß, dass die Presse hinter mir her ist. Sie werden Freitagabend ihre Interviews bekommen. ... Vorher darf nichts durchsickern. Bis gleich!« Er ließ sein Telefon zuklappen. »Erene ist eine entsetzliche Bedenkenträgerin«, lachte er.

Kimberly und Jake waren aus dem Haus getreten und standen nun in der Nähe des Gartenhauses, blickten sich staunend um und tranken den ersten Piña Colada des Abends.

»Setzt euch zu uns«, drängte Roscoe. »Lasst uns hören, wie eure heutige Probe war.«

»Aber gern«, antwortete Jake mit einem Lachen in der Stimme, als sie an dem großen runden Tisch Platz nahmen. Er sah aus wie aus dem Ei gepellt, und seine großen braunen Augen lächelten vergnügt.

»Wissen eure Eltern eigentlich, dass ihr hier hängen geblieben seid?«, fragte Roscoe.
Kimberly und Jake warfen sich einen schnellen Blick zu.
»Nein«, antworteten sie dann wie aus einem Munde.
»Noch nicht!«, kicherte Kimberly.
Roscoe schob ihr sein Handy hinüber und nahm die Zigarre aus dem Mund. »Ruft sie doch mal an. Ich würde zu gern hören, was sie sagen, wenn ihr von eurer Hochzeit und von eurem Schauspiel-Job hier erzählt. Das würde mir wirklich viel Freude bereiten.«
Kimberly zog eine Grimasse. »Oh, ich weiß nicht. Ich hätte ein bisschen Bedenken, ausgerechnet jetzt meine Eltern anzurufen. Wir hatten eigentlich die Absicht, es ihnen persönlich zu erzählen.«
»Wo wohnen deine Eltern?«, fragte Roscoe.
»In Iowa.«
»Und wann wollt ihr es ihnen erzählen?«
»Sie kommen wohl zu Thanksgiving zu uns.«
»Da ist ja noch eine Weile hin. Und du, Jake? Hast du auch Angst, deine Eltern anzurufen?«
»Mein Vater würde sofort sagen, dass ich dafür noch zu jung bin. Und außerdem ist heute der Geburtstag meiner Mutter, den möchte ich ihr nicht verderben.«
»Dann ruf sie doch einfach an und gratulier ihr.«
»Ach wirklich, danke, Roscoe, aber sie sind wohl weggefahren, soweit ich weiß.«
»Wohin?«
»Es sollte eine Überraschung sein, mein Vater wollte es niemandem verraten.«
»Wo wohnen sie?«
»In Baltimore.«
»Da gibt es gute Taschenkrebse, die kriegt man hier fast gar nicht.«
»Wohl wahr«, stimmte Jake zu, froh über den Themen-

wechsel. »Ich denke übrigens, Noel und Neil schreiben gute Rollen für uns.«

»Das will ich ihnen auch geraten haben«, rief Roscoe aus.

»Bubbles ist soooo ehrgeizig«, sagte Kimberly mit weit aufgerissenen Augen. »Es ist eine Art Wettbewerb, oder?«

Roscoe lächelte. »Es geht ums Überleben, und nur der Beste kann gewinnen.«

»Wie beim Dschungelcamp, hm?«, bemerkte Jake.

Roscoe nahm einen Schluck von seinem Scotch. »So etwa.«

55

Nachdem sie in ihr Hotel zurückgekehrt waren, ging Regan hinauf in ihr Zimmer, um sich für den Abend frisch zu machen. Sie hatte etwa eineinhalb Stunden zur Verfügung und beschloss, ein Bad zu nehmen. Eine schöne, gut und heiß gefüllte Wanne war der beste Ort, um zu entspannen und nachzudenken.

Die Wanne in ihrem Bad war nichts Besonderes, aber immerhin groß genug, dass man ganz eintauchen konnte. Regan füllte sie so hoch wie möglich und stieg dann vorsichtig hinein. Genau die richtige Temperatur! Mit dem Kopf auf einem zusammengelegten Handtuch schloss sie die Augen. Es fühlte sich ein bisschen so an, als würde sie dahintreiben. Wie in einem Heißluftballon, dachte sie.

Sie ließ die Ereignisse des Tages noch einmal Revue passieren und war dankbar, dass kein Diebstahl, kein Drohbrief und kein gefährlicher Sturz den Tag verdorben hatte. Auch dass Elsa unversehrt wieder aufgetaucht war, machte sie froh. Das einzig Irritierende war die Meldung von Maddy und Shep über die seltsamen Vorgänge im *Seven's Heaven* gewesen.

Regan rief sich die drei Kandidatenpaare ins Gedächtnis. Sie traute keinem von ihnen. Barney und Elsa holten sich derzeit offensichtlich den Löwenanteil an Aufmerksamkeit, aber waren sie in Ordnung? Der dramatische Auftritt von Elsa am Vormittag und der Zustand, in dem sie sich befunden hatte ... Barney war so begeistert gewesen, sie wieder zu sehen! Und warum war ihr Akzent so seltsam? Manchmal klang sie, als käme sie aus

Europa. Sie hatte heute etwas Komisches gesagt, aber was? Regan konnte sich nicht mehr erinnern.
Chip und Vicky wirkten eher wie Bruder und Schwester als wie ein Ehepaar. Sie waren beide groß und dunkelhaarig, und auch ihre Gesichter wirkten erstaunlich ähnlich. Er war allerdings ein echter Charaktertyp mit seiner Begeisterung fürs Outdoor-Leben. Als heute die Teller mit Heartburns berühmtem Chili verteilt worden waren, hatte Chip seine Portion in eine ruhige Ecke des Studios getragen, wo er sich gemütlich auf den Boden setzen wollte. Aber ein böser Blick von Vicky hatte ihn dazu gebracht, sein Vorhaben aufzugeben. Ich glaube, er kann wirklich nicht anders, dachte Regan. Wahrscheinlich würde er auch hier lieber in einem Zelt leben.
Und dann Suzette und Bill! Suzette hatte heute einen etwas verwirrten Eindruck gemacht; sie war offensichtlich unglücklich über die Konkurrenten Barney und Elsa. Als die Gruppe sich vor dem Studio getroffen hatte, um zum Hotel zurückzufahren, war Suzette ein Stück aufs offene Gelände gelaufen, um ein paar Mal Rad zu schlagen. »Damit kann ich Stress abbauen«, hatte sie erklärt. »Es gibt kaum etwas, was mich so begeistern kann wie der Anblick einer großen Rasenfläche. Das ist für mich wie ein riesiges Fitnessstudio.«
Der magere Bill hatte versucht, glücklich auszusehen, als seine Frau noch drei Flickflacks anhängte. »Könnt ihr euch vorstellen, wie viel Glück ich habe«, stotterte er. »Ich habe eine Frau in den Vierzigern, die turnen kann wie ein Teenager!«
Und Sam stand die ganze Zeit dabei und ließ die Kamera laufen.
Vielleicht würden Suzette und Chip viel besser zueinander passen«, dachte Regan. Sie brauchen beide viel frische Luft und festen Erdboden.
Dann dachte sie über Aunt Agony und Uncle Heartburn

nach. Die beiden hatten den ganzen Tag nur gelächelt und die Kandidaten angefeuert. Würde jemand versuchen, die beiden zu bestechen? Wohl kaum. Agony und Heartburn hatten genug zu verbergen, sie brauchten nichts weniger als einen Skandal, weil sie von einem der Kandidaten Geld angenommen hatten.

Alle sind hinter dem gleichen Preisgeld her, und das verursacht natürlich jede Menge Stress. Und heute Abend treffen wir den großen Konkurrenten, das Team von der Comedy-Show. Ich bin gespannt, wie das Ganze abläuft. Roscoe wird es vermutlich lieben.

Das Telefon neben dem Bett klingelte. Regan stöhnte leise, es gab nichts Schlimmeres, als aus der Wanne steigen zu müssen, wenn man dazu innerlich noch nicht bereit war. Und natürlich gab es in diesem Hotel kein Telefon im Badezimmer. Sie stand auf, nahm schnell ein Handtuch, wickelte sich hinein, eilte ins Zimmer und griff nach dem Hörer. »Hallo?«

»Regan, ich bin's, Ihre Aunt Agony.«

Meine Tante, dachte Regan. Der Witz ist gut. »Hallo«, erwiderte sie, während sich um ihre Füße kleine Pfützen bildeten.

»Ich habe schlechte Neuigkeiten«, verkündete Agony ernst. »Heartburn und ich werden aus der Show aussteigen müssen.«

»Wovon reden Sie überhaupt?«

»Jemand hat einen Drohbrief unter unserer Zimmertür durchgeschoben.«

Geht das schon wieder los, dachte Regan verzweifelt.

»Darin steht, wenn wir weitermachen, wird etwas Schreckliches passieren.«

»Was denn?«

»Das steht nicht da.«

»Der Brief sagt aber nichts von Heartburns Schwierigkeiten?«

»Nein.« – »Agony, wenn Sie mit der Show nicht weitermachen, dann wird etwas Schreckliches passieren.«
»Warum?«
»Weil Sie sich viel verdächtiger machen, wenn sie jetzt aussteigen. Weil Sie eine Verpflichtung Danny gegenüber haben. Weil der Medienrummel um diese Show Ihnen und Heartburn helfen wird, viel mehr öffentliche Auftritte zu bekommen. Und weil Sie dann möglicherweise in der Lage sein werden, Dannys Eltern ihr Geld zurückzuzahlen. Darf ich Sie etwas fragen?«
»Was?«
»Würden Sie mit Ihrer Kolumne in der Zeitung aufhören, nur weil jemand sagt, es passiert etwas Schreckliches, wenn Sie den Menschen weiterhin Lebenshilfe geben?«
»Du lieber Himmel, nein, natürlich nicht.«
»Sehen Sie, und hier geht es um nichts anderes. Sie können jetzt nicht aussteigen. Diese Sache ist enorm wichtig für Danny. Er wollte niemandem etwas davon sagen, aber auch er hat gestern einen Drohbrief erhalten. Irgendjemand will einfach nicht, dass *Zurück auf Wolke sieben* Erfolg hat. Und wer immer das ist, versucht, Ihnen Angst zu machen.«
»Danny hat auch einen Drohbrief bekommen?«, fragte Agony nach.
»Ja, allerdings.«
»Oh, gut. Dann geht es mir damit schon viel besser.«
Und das sagt eine Frau, die es sich zum Beruf gemacht hat, andere Menschen zu beraten, dachte Regan. »Ich komme in ein paar Minuten vorbei und hole mir den Brief. Ich würde ihn nämlich gern mit dem vergleichen, den Danny bekommen hat«, erklärte sie. »Haben Sie schon mit ihm gesprochen?«
»Bei ihm ist die ganze Zeit besetzt.«
»Ich werde ihn informieren.«

»Danke, Regan. Sie sind eine gute Beraterin, vielleicht sollten wir Sie bitten, uns bei der Auswahl des Siegerpaares zu helfen.«

»Ist schon in Ordnung, das überlasse ich lieber Ihnen beiden. Schließlich sind Sie die Experten.« Bei den letzten Worten klang Regans Stimme verdächtig wackelig, weil sie sich ein Lachen verbeißen musste.

Als sie aufgehängt hatte, blieb sie noch einen Augenblick stehen. Wer schickt diese Briefe?, fragte sie sich. Ihr Instinkt sagte ihr, dass Roscoe mit dieser Sache nichts zu tun hatte. Er würde nichts unternehmen, was eine der Shows wirklich zum vorzeitigen Scheitern bringen könnte.

Konnte es der treu ergebene Victor sein, oder Surfer Sam mit der Kamera? Die beiden würde sie heute Abend besonders genau beobachten. Und natürlich die ganze Comedy-Mannschaft – wer wusste schon, was diese Leute im Schilde führten?

56

Bubbles warf einen prüfenden Blick in den Spiegel. Ich sehe wirklich gut aus, dachte sie. Sie trug schwarze Lederhosen und ein rostrotes Top, das zu ihrem roten Haar umwerfend aussah. Die harte, etwas säuerliche Gestalt, die sie auf der Bühne zu verkörpern pflegte, kam manchmal auch im wirklichen Leben ein bisschen zu sehr zum Vorschein, und sie tat ihr Bestes, um den Eindruck abzumildern. Was derzeit nicht ganz einfach war. Sie hatte gerade das Telefongespräch mit ihrem Freund beendet, der einen weiteren Brief deponiert hatte.

»Ob es viel nützt, weiß ich allerdings nicht«, hatte er sie gleich vorgewarnt.

»Ich wünschte nur, du wüsstest, was sie heute früh in Dannys Zimmer zu besprechen hatten.«

»Ich sage dir doch, sie haben uns rauskomplimentiert. Ich habe keine Ahnung.«

Als Bubbles ihr Zimmer verließ, um zu den anderen in die Hotelhalle zu gehen, kam auch James gerade den Gang hinunter. Er sah fröhlicher aus als sonst. Seine Kleidung war zwar immer noch von der traurigen, depressiven Art wie sonst auch, aber irgendetwas war mit seinem Gesicht passiert.

»Du siehst ja so richtig glücklich aus«, bemerkte Bubbles.

»Ich liebe Partys.«

»Ich auch«, murmelte Bubbles.

Unten traf die ganze Truppe allmählich zusammen.

»Irgendwie machen wir heute den Eindruck einer Reisegruppe«, bemerkte Pilot Pete. »Ich bin einmal bei so etwas dabei gewesen, und ich muss sagen, es war grauenhaft.«

»Du bist Schauspieler«, tadelte Großmutter ihn milde. »Du hättest die Gelegenheit nutzen sollen, die menschliche Natur zu studieren.«

»Ich habe die menschliche Natur genug studiert«, erwiderte Pete. »Und ich habe einige Preise gewonnen, ich glaube, ich verstehe mein Handwerk.«

»Du hast Preise gewonnen?«, fragte James staunend. »Was für welche?«

»Das war damals im College«, antwortete Pete kurz angebunden. »Hast du welche?«

»Nein, bisher nicht«, erwiderte James. »Aber ich drücke mir die Daumen.« Er hielt eine Hand hoch, um zu zeigen, dass er es tatsächlich tat. »Meine Lehrerin sagt, ich habe das gewisse Etwas.«

»Bitte, jetzt keinen Streit«, flehte Bubbles. »Wir müssen vor Roscoe einen geschlossenen Eindruck machen. Wir müssen ihm zeigen, dass wir diejenigen sind, die eine richtig gute Show abliefern werden, und zwar Woche für Woche. Er muss den Eindruck gewinnen, dass man mit uns gut und unkompliziert zusammenarbeiten kann.«

Grandma winkte ab. »Ich habe mit einigen der schlimmsten Typen in Hollywood gearbeitet, und ich sage euch, das kann einem wirklich auf die Nerven gehen. Diese Gruppe macht, alles in allem, einen wirklich ziemlich geschlossenen Eindruck.«

»Danke, Großmutter«, antwortete Bubbles trocken. »Und jetzt los.«

Als sie zu dem Kleinbus hinübergingen, beugte sich Pete zu ihr hinüber und flüsterte ihr ins Ohr: »Wenn wir dort sind, sagst du mir dann, welcher von ihnen dein Freund ist?«

Bubbles schauderte. Petes Atem war heiß, und seine Stimme klang absolut unheimlich. Sie sah ihn an. Er machte den Eindruck, als wäre er vollkommen durchgedreht.
»Er wird nicht dort sein«, schwindelte sie.
»Das glaube ich dir nicht«, gab Pete zurück, und dann begann er zu lachen, ein Gelächter wie in einem Horrorfilm. »Hahahaha! Ich glaube dir kein Wort. Hahaha!«
Wenn diese Show nicht funktioniert, suche ich mir einen anderen Beruf, versprach Bubbles sich selbst, sonst werde ich wahnsinnig.
»Hahaha!«, fuhr Pete mit seinem Horror-Lachen fort, während er im Bus Platz nahm.
»Was ist denn so lustig?«, fragte Großmutter endlich.
»Bubbles. Sie ist unglaublich komisch, ich könnte mich totlachen.«
»So klingt es auch«, bemerkte Großmutter.
Aber nicht vor Freitag, betete Bubbles. Bitte, nicht vor Freitag.

57

Regan klopfte an der Tür zu Dannys Suite. Als er öffnete, konnte er schon an ihrem Gesicht erkennen, dass etwas nicht stimmte.

»Was ist?«, fragte er müde.

»Du siehst aus wie ein junger Produzent aus Hollywood auf dem Weg zum Edel-Italiener«, erwiderte Regan, die seine Frage zunächst ignorierte und nur auf seine Khaki-Hosen und seinen blauen Blazer blickte.

»Wenn diese Sache hier überstanden ist, kann ich froh sein, wenn ich mir noch den Hotdog-Stand an der Straßenecke leisten kann«, antwortete Danny. »Du sollst mir sagen, was los ist.«

»Unsere Lieblingstante und ihr unterhaltssäumiger Partner haben einen Drohbrief erhalten. Jemand hat ihn unter ihrer Tür durchgeschoben.«

Danny verdrehte die Augen. »Was?«

»Agony wollte die Show schmeißen, aber ich habe sie überredet, weiterzumachen.« Sie zog den Brief aus ihrer Handtasche.

»Ich wusste doch, dass es eine gute Idee war, dich hierher zu holen«, sagte Danny voller Hochachtung, nahm ihr den Brief aus der Hand und faltete ihn auseinander »Die Handschrift ist anders als bei meinem Brief.«

»Ich weiß, aber es gibt doch ein paar Ähnlichkeiten. Beide Briefe sind auf einfachem weißem Papier geschrieben. Dieser hier hat große schwarze Druckbuchstaben, bei dir waren es große rote Druckbuchstaben. Und beide haben diese vielen Ausrufezeichen.«

Danny las laut:

Liebe Aunt Agony, lieber Uncle Heartburn,
es wird etwas Schreckliches passieren, wenn ihr mit dieser Show weitermacht!!! Hört auf!!!

»Nun«, bemerkte Danny, »jedenfalls kommt er schnell zum Wesentlichen.«
»Ich muss dir was sagen, Danny. Ich habe den Verdacht, dass entweder Victor oder Sam dahinter steckt.«
»Wie kommst du darauf?«
»Du hast mich hierher gerufen, weil du gedacht hast, jemand aus deinem Team sabotiert die Show. Diese beiden haben am ehesten die Möglichkeit dazu. Beide wollten eigentlich nicht das Zimmer verlassen, als wir uns heute früh mit Agony, Heartburn und deinen Eltern bei dir trafen. Beide hatten begriffen, dass irgendetwas los war. Und wer auch immer diesen Brief geschrieben hat, er konnte sich an den fünf Fingern abzählen, dass unsere beiden Kummerkasten-Schätzchen irgendwelche Probleme haben. Und er wusste außerdem, in welchem Zimmer die beiden wohnen.«
»Roscoe ist der Besitzer dieses Hotels«, erinnerte Danny.
»Ich glaube aber nicht, dass er es darauf anlegt, deine Show vollkommen zu ruinieren. Denn was würdest du tun, wenn Agony und Heartburn aufgeben? Dann kannst du einpacken, dann geht hier gar nichts mehr.«
»Also, was tun wir?«
»Wir sind einfach vorsichtig. Wir werden jetzt zu Roscoe fahren, uns unters Volk mischen und die Augen offen halten.«
»Na, jedenfalls hat sich meine Mutter heute Nachmittag nicht mit irgendwelchen Neuigkeiten gemeldet«, seufzte Danny, faltete den Brief und gab ihn zurück.
»Sie hat ja noch den ganzen Abend Zeit.«
Danny lachte. »Danke, Regan. Das ist wirklich sehr beruhigend.«

58

Die zwei Kleinbusse von *Balloon Channel* fuhren nacheinander in Roscoes Auffahrt vor. Der Fahrer des ersten Wagens, in dem Bubbles und ihre Leute saßen, drückte einen Zahlencode, und das Tor schwang auf. Die Busse fuhren weiter die lange Auffahrt hinauf und blieben dann stehen.

Beide Gruppen stiegen aus, und die einzigen Beiden, die sich schon kannten, gingen aufeinander zu, um sich zu begrüßen.

»Hallo, Bubbles.« Danny streckte die Hand aus.

»Hallo, Danny.«

Vorsichtiges Händeschütteln. Es gab keine weiteren Vorstellungen, und man begab sich langsam in den Hof, wo aus mehreren Lautsprechern leise Country-Musik erklang. Die zwei Gruppen hielten einen gewissen Sicherheitsabstand ein, wie zwei rivalisierende Mafiafamilien.

»Seid gegrüßt!«, rief Roscoe, sprang von seinem Platz im Gartenhaus auf und lief auf seine Gäste zu. »Team A und Team B sind also angekommen!«

»Wer ist Team A und wer ist Team B?«, fragte Bubbles.

»Das habe ich noch nicht entschieden«, sagte er jovial. »Aber ich möchte, dass ihr euch kennen lernt. Wir müssen endlich das Eis brechen. Holt euch was zu trinken, und kommt zum Lagerfeuer. Ich möchte, dass sich jeder kurz vorstellt.«

Danny holte Regan ein Glas Wein, und sie gingen gemeinsam zum Platz für das Lagerfeuer. Als sie sich alle auf den Felsblöcken niedergelassen hatten, blickte Regan in die Runde. Chip sah absolut begeistert aus. Endlich saß er auf dem Boden, und es wurde sogar ausdrücklich von ihm verlangt! Er sollte sich nach diesem Wettbewerb um einen Job bei Roscoe bewerben, dachte Regan.

Es war ein wunderbarer Abend in der Wüste. Der Himmel war rot gefärbt, die Luft frisch und klar. Wenn die Umstände nicht so sehr dagegen sprächen, könnte es eine richtig gute Party werden, dachte Regan. Sie wünschte sich, Jack wäre hier – aus verschiedenen Gründen. Er hätte ihr sicher sehr viel helfen können.

»Nun«, begann Roscoe und stellte sich in die Mitte des Kreises nahe ans Lagerfeuer. »Wir werden uns der Reihe nach vorstellen, wobei ich denke, die Vornamen genügen, und dann seid so nett und sagt den anderen, was um Himmels willen ihr hier macht.« Er lachte. »Ich bin Roscoe, und ich freue mich auf eine großartige Show am Freitagabend.«

»Ich bin Kitty, eine Freundin von Roscoe.«

»Ich bin Kimberly, und ich habe gemeinsam mit meinem frisch gebackenen Ehemann Jake heute früh bei einer Ballonfahrt Roscoe und Kitty kennen gelernt, und er hat uns eingeladen, in seiner Comedy mitzuspielen. Es ist alles so aufregend!«

»Und ich bin Jake.«

Zwei neue Mitspieler bei der Comedy, dachte Regan. Ist ja interessant.

»Ich bin Erene, und ich arbeite für Roscoe.«

»Ich bin Leo, und ich arbeite ebenfalls für Roscoe.«

Ein bisschen erinnert mich das an die Karikatur einer Gruppentherapie, dachte Regan. Niemand erzählt viel von sich. Als sie an die Reihe kam, blieb sie entsprechend wortkarg. »Ich heiße Regan, und ich bin eine Freundin von Danny.«

»Eine Freundin?«, wiederholte Roscoe fragend und zog die Augenbrauen hoch.
»Ja, ganz recht, eine Freundin.«
»Es ist doch immer gut, Freunde zu haben«, kommentierte Roscoe.
Regan interessierte sich besonders für die Mitspieler der Comedy. Bubbles und Peter hatte sie am Abend zuvor schon an der Hotelbar gesehen. Was hatten die beiden geplant?, fragte sie sich. Könnte Bubbles am Ende gemeinsame Sache mit jemandem aus unserem Team machen? Zum Beispiel mit Victor oder Sam?
Als die Vorstellungsrunde beendet war, räusperte sich Roscoe und blickte um sich. »Nun, seht ihr, das hat doch gar nicht wehgetan. Ich wollte nur einen Anfang machen. Und nun genießt die Party.« Er wandte sich an Regan und Danny. »Kommen Sie doch für ein paar Minuten herüber zu Kitty und mir.«
»Aber gern«, erwiderte Danny und nahm die Einladung willig an. Sie gingen hinüber zum Gartenhaus, und das junge Paar schloss sich ihnen an. »Dürfen wir mitkommen?«, fragte Kimberly.
»Klar«, antwortete Roscoe.
»Sie haben heute Ihren Glückstag, hm?«, fragte Regan.
»Kann man wohl sagen.«
»Woher sind Sie?«
»Aus Los Angeles«, antwortete Jake schnell.
»Ist es nicht unglaublich, dass die beiden erst einundzwanzig sind?«, fragte Roscoe.
Allerdings, dachte Regan. Sie sehen eindeutig älter aus. Ich weiß schon, dass Schauspieler gern ein Geheimnis aus ihrem Alter machen, aber diese beiden sind mindestens Mitte zwanzig. Wenn man sie von weitem sieht, wirken sie vielleicht ein bisschen jünger, aber trotzdem.
»Sie haben gestern Abend in der Graceland-Kapelle geheiratet.«

»Ehrlich?«, fragte Regan. »Na dann, herzlichen Glückwunsch.«
Die beiden murmelten ihren Dank.
»Und jetzt haben Sie auch noch einen Job als Schauspieler.«
»Ja.«
»Da fängt das Eheleben ja gleich gut an.«
»Ja«, stimmte Kimberly zu. »Und was machen Sie so, Regan?«
Irgendwas stimmt nicht an der Art, wie sie das fragt, dachte Regan. Es sollte ganz beiläufig klingen, aber das ist ihr nicht gelungen.
»Ach, ich habe schon viele verschiedene Sachen gemacht«, antwortete sie ehrlich. »Und jetzt interessiere ich mich sehr für die Möglichkeiten, die Reality-Shows bieten.«
»Sie hilft mir an allen Ecken und Enden«, sprang Danny ihr bei.
»Roscoe, bei Ihnen ist doch sicher auch so einiges los«, ging Regan auf ihn zu.
»Ich bin vielseitig interessiert. Das Problem ist nur, ich langweile mich immer sehr schnell, und dann brauche ich wieder etwas Neues.«
»Was sind denn so die Dinge, die Sie interessieren?«
»Was Sie wollen.«
Es war klar, dass er überhaupt nicht daran interessiert war, Informationen über sich herauszulassen. Stattdessen drehte er sich zu Kitty um. »Ich denke, wir sollten wohl unsere anderen Gäste begrüßen.«
»Ja, lass uns gehen und uns unter die Gäste mischen«, stimmte Kitty ihm zu. Und sie standen auf und gingen. Einfach so. Sie gingen hinüber zu Erene und Leo, die zusammen am Lagerfeuerplatz standen.
»Wie geht es mit Ihrer Show?«, fragte Jake Danny.
»Danke, ganz prima.«

»Wir haben gehört, Sie suchen ein Paar, das am Ende sein Eheversprechen erneuern soll. Das finde ich wirklich toll.«

Regan wollte einen Blick ins Haus werfen. »Wenn ihr mich einen Moment entschuldigen wollt, ich bin gleich wieder da.«

»Aber klar.«

Regan fragte einen der Mitarbeiter vom Partyservice, wo die Damentoilette war, und ging durch die große Küche und den Gang hinunter. Als sie an einem holzvertäfelten Arbeitszimmer mit roter Ledergarnitur vorbeikam, in dem viele Bilder hingen, blieb sie stehen und machte einen Schritt hinein. Das Zimmer war ruhig und schwach beleuchtet. Als sie genauer hinsah, bemerkte Regan, dass Roscoe auf allen Bildern mit irgendeinem Prominenten posierte: Liberace, Merv Griffin, Wayne Newton, Alan Funt, Desi Arnaz, Dean Martin, Chevy Chase, Rita Rudner, Jerry Seinfeld, Céline Dion ... Die einzigen Bilder, auf denen kein Prominenter neben Roscoe zu sehen war, waren die, auf denen er aus einem Ballon winkte.

»Gefällt Ihnen meine Fotosammlung?«, fragte eine Stimme hinter Regan. Sie fuhr herum und sah Roscoe in der Tür stehen.

»Witzig. Sie kommen ganz schön was herum.«

»Und Sie sind ganz schön neugierig.«

Regan lächelte. »Ich bin vielseitig interessiert, genau wie Sie.«

»Eine gute Lebenseinstellung.«

»Finde ich auch«, nickte Regan.

»Und ich liebe Überraschungen«, fuhr Roscoe fort.

»Überraschungen?«

»Ja.« Er nahm einen Schluck von seinem Scotch. »Ich liebe es, andere zu überraschen. Es gibt nichts Schlimmeres als Langeweile.«

»Da haben Sie Recht.« Regan nickte wieder.
»Ich habe gehört, Sie suchten die Toilette?«
»Stimmt.«
»Den Gang hinunter und dann gleich um die Ecke.«
»Danke.«
Er blieb in der Türöffnung stehen.
Er versucht, mir Angst einzujagen, dachte Regan. Aber das wird ihm nicht gelingen.
»Es ist so nett von Ihnen, uns alle hierher einzuladen«, sagte sie mit ihrer freundlichsten Stimme. »Könnte ich jetzt bitte vorbei?«
»Aber sicher. Wir sehen uns dann draußen.« Er drehte sich um und verschwand.
Regan seufzte. Auf dem Weg zum Badezimmer betrachtete sie die goldgestreifte Tapete mit dem aufwändigen Muster. Ein bisschen übertrieben, fand sie. Als sie um die Ecke kam, stand Victor dort.
»Hallo, Regan«, sagte er.
»Hallo. Warten Sie, dass die Toilette frei wird?«
»Ja. Ich vermute zwar, es gibt noch jede Menge davon hier, aber der Barmann sagte, ich solle diese hier benutzen.«
Die Badezimmertür ging auf, und Bubbles kam heraus. »Hallo«, sagte sie im Vorbeigehen schnell zu Regan. Victor ging als Nächster ins Bad und schloss die Tür hinter sich. Regan lehnte sich an die Wand, und zwei Sekunden später tauchte Sam auf. Ist ja interessant, dachte sie. Victor und Sam und Bubbles.
»Tolles Haus, oder?«, fragte Sam.
»Allerdings.« Regan warf einen Blick auf das Bücherregal an der Wand vor dem Badezimmer. Sechs Bücher standen darauf, alle von ihrer Mutter. Unwillkürlich bekam Regan eine Gänsehaut.

***

Draußen brutzelten die Hotdogs und Hamburger auf dem Grill. »Holen Sie sich was zu essen!«, rief Roscoe. Auf einem großen Büfett gab es alle möglichen Salate. Jeder bediente sich, und man nahm an den kleinen Tischen im Innenhof Platz, wobei es kaum überraschen konnte, dass sich Team A und Team B kaum vermischten. Danny und Regan saßen allerdings an einem Tisch mit Erene, Leo, Bubbles und James.

»Macht Spaß, nicht wahr?«, fragte Bubbles, als sie sich mit ihrem Teller zu ihnen setzte.

Du bist wirklich eine großartige Schauspielerin, dachte Regan. Niemand hier ist in der Lage, den Abend wirklich zu genießen. Vor allem Erene schien extrem nervös zu sein. Was wohl ihr Problem war? Sie versuchte, irgendetwas über ihre und Leos Arbeit zu erfahren, aber das erwies sich als vollkommen fruchtlos. Die beiden verweigerten einfach jede Aussage über *Hot Air Cable*.

Als das Essen dem Ende zuging, reichte Roscoe geschnitzte Stöcke herum. »Die sind für die Marshmallows«, erklärte er und lud wieder alle ein, sich um das Lagerfeuer zu versammeln, das immer noch nicht angezündet war. Erst musste man noch eine Rede von Roscoe anhören. James kam eilig aus dem Haus. »Wartet auf mich!«, rief er laut und suchte nach einem freien Platz.

»Setzen Sie sich hierher«, befahl Roscoe. »Zwischen Suzette und Elsa.«

»Okay.« James quetschte sich auf den schmalen Platz zwischen den beiden Frauen. »Entschuldigung«, sagte er, als er Suzette mit dem Ellbogen berührte. »Pardon.« Er fiel Elsa beinahe auf den Schoß.

»Ich liebe das Ballonfahren«, begann Roscoe. »Und ich liebe die Freiheit. Ich hasse es, eingesperrt zu sein, und ich liebe das Abenteuer. Ich wollte, dass beide Teams, die heute Abend hier versammelt sind, das Ballonfahren in ihre Shows einbauen, damit sie diese Freiheit und das Abenteuer unseren Zuschauern näher bringen können. Und ich möchte sagen, ich weiß, Sie alle haben das auf sehr kreative Weise getan.« Er erhob sein Glas. »Auf beide Teams.«

Sie alle hoben ihre Gläser.

»Und egal, wie der Wettbewerb ausgeht«, fuhr Roscoe fort, »hoffe ich, Sie alle werden voller Freude an diese Woche zurückdenken.«

Ja, ganz bestimmt, dachte Regan. Das Leben der meisten Menschen hier wird ganz enorm davon beeinflusst werden, wie die Sache am Freitag ausgeht. Was hier geschieht, ist nicht nur Spaß und Spiel. Kann sein, dass du mir auf die Schliche gekommen bist, Roscoe Parker, aber ich bin dir auch auf der Spur, keine Sorge. Ich brauche nur noch ein paar kleine Informationen.

59

Luke und Nora genossen ihren Cocktail mit Harry und Linda auf der geräumigen Terrasse mit dem wunderbaren Blick auf die schneebedeckten Berge. Das Haus mit seinen Pastelltönen und den dicken Sofas und Sesseln war Südwesten pur. Die riesigen Fenster, die vom Boden bis zur Decke reichten, brachten die Wüste und die Berge geradezu ins Haus. Hier hatte Linda gelebt, bis sie vor zehn Jahren Harry kennen gelernt hatte. Jetzt lebten sie die meiste Zeit in New York, kamen aber immer noch so oft wie möglich nach Santa Fe.

»Es ist so wunderschön hier!«, seufzte Nora.

Linda war klein, blond und Ende vierzig. Sie schnitt gerade ein Stück Käse ab, legte es auf einen Cracker und reichte es Nora. »Ich male gern hier«, sagte sie. »Es ist so friedlich.«

Harry mit dem grau melierten Haar war Mitte fünfzig. »Ein großartiger Ort, um Manuskripte zu lesen«, ergänzte er.

»Regan und Jack sollten mal nach Santa Fe fahren, findest du nicht, Luke?«, fragte Nora ihren Mann.

Luke lachte. »Du findest eigentlich an jedem Ort, dass Regan und Jack mal hinfahren sollten.«

»Ist doch auch wahr. Die beiden passen so wunderbar zusammen, und Regan hat wirklich schon genug Frösche geküsst, bevor endlich einmal ein Prinz dabei war.«

»Als Harry und ich uns trafen, war ich eigentlich schon der Meinung, dass ich für den Rest meines Lebens un-

verheiratet bleiben würde«, sagte Linda nachdenklich.
»Hast du ein Glück gehabt«, warf Harry lächelnd ein, griff hinüber und nahm sich ein Stück Käse.
Linda schüttelte lachend den Kopf. »Du aber auch, alter Freund.«
»Das weiß ich sehr gut.«
»Nora würde so gern endlich eine Hochzeit planen«, bemerkte Luke.
»Luke!«
»Ist doch wahr, oder? Ich sage euch, wenn Regan endlich ihren Jack heiratet, lädt Nora meine beiden Entführer als Ehrengäste ein.«
»Sind die beiden nicht noch im Gefängnis?«, fragte Harry.
»Für den einen Tag kriegen sie sicher Freigang«, lachte Luke.
Nora lächelte nur sehr verhalten. »Sehr witzig. Alles, was ich will, ist, dass meine Tochter glücklich und in Sicherheit ist.«
»Hoffentlich sehen wir sie am Freitag«, antwortete Linda.
»Nun, so ist es geplant. Sie werden Freitag früh hier sein.«
»In einem Ballon mit Mars und Jupiter«, brummelte Luke.
»Ich bin schon so gespannt auf diesen Ballon«, sagte Linda begeistert. »Ich sage euch, das ist wirklich ein Erlebnis, wenn alle diese speziell geformten Ballons in den Morgenhimmel aufsteigen. Die Leute bringen ihre Kinder mit, ganz Albuquerque ist an diesem Morgen eine Art Irrenhaus. Es macht ungeheuer viel Spaß.« Sie sprang auf. »Soll ich euch nachschenken?«
Harry warf einen Blick auf seine Uhr. »Wir sollten wohl los, der Tisch fürs Abendessen ist für acht Uhr bestellt, und die Restaurants sind in dieser Woche ziemlich

überfüllt wegen der Schriftstellertagung und des Ballonfestivals.«
Sie fuhren in die Stadt zu Lindas und Harrys Lieblingsitaliener, einem einfachen, aber eleganten Restaurant mit weißen Stuckwänden, Kerzen auf den Tischen und einem auf Hochglanz gebohnerten Holzfußboden. Es war voll, aber nicht übermäßig laut. Man hatte ihnen einen Ecktisch reserviert.
Als sie sich hinsetzten, drehte sich die stets wachsame Nora zu ihrem Mann um. »Sind das nicht die Jupiters?«
»Wer?«
»Die Ballon-Leute aus der Zeitschrift, am Nebentisch.«
Luke drehte sich um und sah sich das Paar mittleren Alters an, das dort saß. »Doch, könnte sein.«
Alice Jupiter erwiderte seinen Blick.
»Wir haben heute im Flugzeug einen Artikel über Sie gelesen«, rief Nora hinüber. »Unsere Tochter wird am Freitag bei dem Reality-Show-Team sein, das mit Ihrem Ballon startet.«
»Oh!«, sagten die beiden, lächelten und nickten. »Ist sie eine der Kandidatinnen?«, fragte Randy Jupiter.
Bei dem bloßen Gedanken wäre Nora am liebsten in Ohnmacht gefallen. »Um Himmels willen, nein. Sie arbeitet für den Producer.«
»Roscoe Parker?«
»Danny Madley.«
»Umso besser. Denn ehrlich gesagt, dieser Roscoe Parker ist ein ziemlich unangenehmer Typ«, sagte Alice und schüttelte ihre Hand aus.
»Unangenehm?«, wiederholte Nora misstrauisch.
»Er hat von uns verlangt, dass wir versuchen, die Passagiere zu erschrecken.«
»Zu erschrecken?«
»Ja. Er wollte, dass wir so tun, als geriete der Ballon außer Kontrolle. Eine Videokamera wird alles aufneh-

men, und er wollte die Reaktionen der Passagiere gern im Bild einfangen.«

»Du lieber Himmel!« Nora legte ihre Hand auf Lukes Arm.

»Aber machen Sie sich keine Sorgen«, beruhigte Alice Mars Jupiter sie fröhlich. »Wir haben ihm gesagt, dass das auf keinen Fall in Frage kommt. Mein Mann und ich, wir sind wirklich sehr verantwortungsbewusste Ballonfahrer. Wir werden beide bei der Fahrt dabei sein und dafür sorgen, dass nichts passiert.«

»Ich danke Ihnen, wirklich.« Nora lehnte sich zurück. Irgendwie war ihr ein bisschen der Appetit vergangen.

»Wir werden Freitag früh dort sein«, erzählte Linda Alice.

»Wunderbar. Kommen Sie vorbei, wenn wir den Start vorbereiten. Wir werden genau in der Mitte des Geländes sein, weil die Organisatoren des Festivals der Ansicht sind, unser Ballon wird sehr viel Aufmerksamkeit erregen.«

Das fürchte ich auch, dachte Nora. Genau das fürchte ich auch.

60

Gute Nacht zusammen!«, schrie Roscoe und winkte gemeinsam mit Kitty den abfahrenden Kleinbussen zu. »Bis morgen!« Dann drehten sie sich um und gingen ins Haus zurück. Roscoe hatte seinen Arm um Kittys Schultern gelegt, eine herzerwärmende Szene wie in einem alten Film.

Die Busse fuhren hinaus auf die dunkle, verlassene Straße und auf die hellen Lichter der Stadt zu.

Regan saß in der zweiten Reihe neben Aunt Agony und Uncle Heartburn.

»Schien doch alles ziemlich normal zu sein«, kommentierte Agony.

Regan sah sie fragend an. »Finden Sie?«

Agony hob die Schultern. »Was ist heutzutage schon normal? Ein weites Feld ...«

»Wohl wahr«, stimmte Regan zu. Ein wenig frustriert blickte sie aus dem Fenster. Sie war sicher, dass Roscoe längst schon wieder etwas im Schilde führte, aber wie sollte sie herausfinden, um was es sich handelte? Er hatte zu ihr gesagt, dass er es liebe, andere Leute zu überraschen. Was würde er als Nächstes anstellen? Sie wusste, die Sammlung mit den Büchern ihrer Mutter auf dem Bücherregal war kein Zufall gewesen. Und irgendetwas stimmte auch mit dem jungen Paar nicht, das angeblich gerade geheiratet hatte. Dann die Sache mit Bubbles, Sam und Victor vor der Toilette ... Konnte einer von ihnen für den Drohbrief verantwortlich sein? Ein Gedanke stieg langsam in ihr auf. Hatte eigentlich irgendwer heute schon einen Blick auf diese seltsame

Internetseite geworfen? Sie war neugierig, ob es dort etwas Neues gab. Danach würde sie Danny morgen früh gleich als Erstes fragen. Jetzt sah er müde und abgespannt aus, und sie wollte ihn nicht behelligen. Erst einmal würde sie ihm einen ordentlichen Nachtschlaf gönnen.

Die Hauptsache war, die Produktion von *Zurück auf Wolke sieben* lief bis Freitag weiter. Alles, was ich tun muss, ist Danny helfen, diese Show zusammenzubringen, und dann will ich nach Hause, dachte sie. Aber solange ich hier bin, werde ich nicht zulassen, dass irgendwer diese Show ruiniert, so sehr sie es auch versuchen mögen.

Mittwoch, 8. Oktober

61

Früh am Mittwochmorgen betrat Regan mit einer Tasse Kaffee in der Hand Dannys Suite. Er hatte den Computer eingeschaltet, und sie machten sich auf, die Internetseite über ihre Show zu erkunden. Es gab eine kurze Beschreibung des Wettbewerbs zwischen den beiden Shows und Fotos ihrer Kandidaten. Und es gab eine Art Gästebuch, dessen Einträge man durchsehen konnte.

»Einer der Kandidaten wird aussteigen, wartet ab.«
»Alle vollkommen unbekannt.«
»Elsa braucht einen neuen Haarschnitt.«
»Eigentlich sind sie alle ein bisschen seltsam.«
»Ich habe Chip und Vicky mal in einem Einkaufszentrum gesehen. Damals hatten sie einen Riesenstreit.«
»Ich war in derselben Cheerleader-Truppe wie Suzette. Sie hat kräftige Beine, das muss man sagen.«
»Ich hoffe, die Show schafft es. Ich würde alles dafür geben, zu sehen, wie Bill verliert, denn er hat mich wegen Suzette sitzen lassen. Wundert mich überhaupt nicht, dass diese Ehe schief gegangen ist.«
»Chip und Vicky waren meine Nachbarn, kurz nachdem sie geheiratet hatten. Er saß immer im Garten und betete die Natur an. Seltsamer Typ!«
»Barney sieht ziemlich bescheuert aus. Elsa auch.«

Regan las den letzten Eintrag noch einmal. »Reizende Kommentare, wirklich.«

Danny lachte. »Ich weiß schon, eigentlich ist es unglaublich. Aber wenigstens ist nichts dabei, was uns irgendwie beunruhigen müsste.«

»Außer, dass einer der Kandidaten aussteigen wird«, bemerkte Regan.

Danny sah müde aus. »Was willst du machen?«, fragte er. »Manche Leute haben eben nichts Besseres zu tun, als gehässige Bemerkungen abzusondern. Sie sitzen an ihrem Computer, möglicherweise hunderte von Meilen entfernt, und fühlen sich in ihrer Anonymität wunderbar sicher.«

»Hoffentlich hast du Recht, Danny. Aber ich habe noch etwas anderes auf dem Herzen.«

Danny schloss die Augen. »Nämlich?«

»Ich habe heute früh mit meiner Mutter telefoniert.«

»Und?«

»Meine Eltern haben gestern zufällig das Paar getroffen, dem der Hochzeitstorten-Ballon gehört. Sie haben erzählt, dass Roscoe von ihnen verlangt hat, uns einen ordentlichen Schrecken einzujagen, wenn wir am Freitag mit dem Ballon starten. Er wollte, dass sie so tun, als wäre der Ballon außer Kontrolle, und er wollte das alles filmen lassen.«

»Du willst mich auf den Arm nehmen, oder?«, fragte Danny ungläubig.

»Ich wünschte, es wäre so.«

Danny seufzte. »Allmählich habe ich das Gefühl, Roscoe ist selbst komplett voll heißer Luft. Das ist doch nicht normal! Er kommt mir vor wie ein großes, betrunkenes Kind.«

Regan nickte.

»Na, wie auch immer, jedenfalls ist es Zeit, mit dem dritten Tag unserer wunderbaren Show zu beginnen«, wechselte Danny das Thema und legte beträchtlich mehr Optimismus in seine Worte, als er empfand.

Sie sammelten die Mannschaft ein und fuhren zum Hoover Dam, diesem Wunder moderner Ingenieurkunst, das die Lichter von Las Vegas mit der nötigen Energie versorgte. Der Stausee lag dreißig Meilen von der Stadt entfernt. Sie hatten sich ein Picknick vorbereiten lassen, spazierten durch den strahlenden Sonnenschein, ließen sich durch das Besucherzentrum führen und aßen auf einem Parkplatz zu Mittag, der ihnen einen guten Blick über die riesige, gebogene Staumauer erlaubte. Ein höchst beeindruckender Anblick, zumal wenn man sich vorstellte, welche ungeheuren Wassermassen hier aufgestaut wurden. Die drei Kandidatenpaare überquerten Hand in Hand die Straße, die oben auf der Dammkrone entlangführt. Sam filmte sie alle, als sie die Grenze nach Arizona überschritten und unter der großen Uhr standen, die schon die nächste Zeitzone anzeigte, eine Stunde später als in Nevada.

»Ein gemeinsames Naturerlebnis ist doch etwas Wunderbares«, bemerkte Aunt Agony, griff nach Heartburns Hand und atmete tief die klare frische Luft ein.

Nach ein paar Stunden kehrten sie für eine weitere Gesprächsrunde ins Studio zurück, bei der die Ehepartner getrennt voneinander befragt wurden. Heute ging es um ein stets kontroverses Thema: das liebe Geld.

»Was würden Sie mit der Million tun, wenn Sie sie gewinnen würden?«, fragte Aunt Agony freundlich.

Jeder der Kandidaten schien überrascht von der Frage.

Suzette wollte ein Cheerleader-Camp errichten.

Bill wollte aufhören zu arbeiten.

Chip wollte ein großes Naturgrundstück kaufen.

Vicky sagte, sie hätte da ein paar nette neue Eigentumswohnungen gesehen, die sie gern kaufen würde.

Elsa wollte ein neues Haus für ihre Mutter kaufen.

Und Barney meinte, er würde erst einmal ein paar Monate ordentlich feiern und dann darüber nachdenken.

Als Aunt Agony die Paare wieder zusammenrief, hatte sie feuchte Augen. »Ich bin sehr enttäuscht«, sagte sie tadelnd. »Niemand von euch ist auf die Idee gekommen, etwas von dem Geld an Freunde weiterzugeben, die es brauchen könnten. Aber nur ein Freund in der Not ist doch ein wahrer Freund! Habt ihr denn alle keine Freunde?«

Beim Anblick der Gesichter hätte Regan am liebsten laut losgelacht. Sie war sicher, alle drei Paare würden die freie Zeit heute Abend dazu nutzen, alle möglichen Fragen durchzugehen, die die gute Agony ihnen morgen stellen könnte. Wie die Kandidatinnen in der Endausscheidung eines Schönheitswettbewerbs würden sie darauf vorbereitet sein, an irgendeiner Stelle etwas darüber loszuwerden, wie gern sie anderen Gutes tun wollten. Die Frage spielte dabei eigentlich kaum eine Rolle.

Als Suzettes und Bills Namen für das Traumdate am heutigen Abend aus dem Hut gezogen wurden, war Regan sehr erleichtert. Suzette wäre absolut nicht glücklich gewesen, wenn sie und Bill noch einmal hätten warten müssen. So ging es auch an diesem Abend wieder zu *Carlotta's*, wo Suzette förmlich in der ungeteilten Aufmerksamkeit badete, die sie und Bill nun endlich von Agony und Heartburn erhielten.

»Bill und ich haben uns bei einer Party auf der Highschool kennen gelernt«, sagte sie mit einem liebevollen Blick auf ihren Krabbencocktail. »Die Band spielte ›Bridge Over Troubled Water‹, und Bill forderte mich zum Tanzen auf. Ich war so nervös, denn es war ja ein langsamer Tanz. Aber als Bill mich in die Arme nahm, fühlte ich mich sofort vollkommen sicher. Und so ist das immer unser Lied geblieben.« Sie schloss träumerisch die Augen. »Und ich fühle mich sicher bis heute.«

Bill bestrich eine Scheibe Brot mit Butter und nickte zustimmend.
»Und wenn die Zeiten schwierig sind, dann spielen wir dieses Lied und tanzen dazu in unserem Wohnzimmer«, fuhr Suzette fort, Tränen der Rührung in den Augen. »Dann denken wir wieder an diesen wunderbaren Abend.«
»Geht es Ihnen auch so?«, fragte Aunt Agony Bill, aber der hatte den Mund voll von dem warmen, köstlichen italienischen Brot.
»Absolut!«, versuchte er zu sagen.
Suzette war die Sache sichtlich peinlich. »Liebling«, tadelte sie ihren Mann sanft. »Nicht mit vollem Mund ...«
»Sehr gut!«, kommentierte Agony und nickte beifällig. »Du korrigierst deinen Mann vor anderen Leuten, und er wird nicht wütend. Als Heartburn und ich uns kennen gelernt hatten, musste ich ihm ständig sagen, dass er nicht mit vollem Mund sprechen soll. Das Problem war nur, er war ja ständig in der Küche und kochte, und er musste doch das Essen abschmecken.« Sie lachte. »Eigentlich kannte ich ihn zu der Zeit nur mit vollem Mund, nicht wahr, mein Schatz?«
Regan saß an einem Seitentisch und sehnte sich nach ihrer Wohnung.

62

Im Morgengrauen hatte die Comedy-Truppe ihre Eröffnungsszene mit dem Ballon abgedreht, mit Hahn, Schafen und Lamm. Es fehlte nur noch eine einzige Einstellung. Bubbles, Pete und James standen in dem landenden Ballon, Großmutter, Hal, Kimberly und Jake verkörperten die zu Tode erschrockenen französischen Bauern vor zweihundert Jahren, rannten mit ihren Heugabeln los und wollten die rätselhaften Angreifer aus der Luft daran hindern, ihren Hof zu überfallen.

Zu Bubbles' großer Erleichterung verlief alles bestens. Der Hahn hörte gar nicht mehr auf zu krähen, was die Wirkung umso komischer machte. Diese Eröffnungsszene würde der Show den letzten Pfiff geben.

Glücklich kehrten sie ins Studio zurück, um das endgültige Drehbuch durchzugehen, in dem Kimberly und Jake ein junges Paar spielten, das gerade geheiratet hat und nun bei der Ballonfirma vorspricht, um eine Fahrt in den Sonnenuntergang zu buchen. Noel und Neil hatten mit viel Zähneknirschen diese Szene eingebaut.

»Das Leben erzählt doch die besten Geschichten«, hatte Noel zu Neil gesagt. »Wir können es doch im Prinzip so lassen, wie es wirklich war.«

James spielte immer noch grauenvoll schlecht, aber wenn er seinen Text las, konnte man manchmal ganz unvermutet einen Funken Humor erkennen. Eine Zeile war sogar richtig witzig. Noch fünfzig Jahre, und er lernt es, dachte Bubbles. Als sie am Mittwochabend zu Bett ging, fühlte sie sich zum ersten Mal in dieser Woche einigermaßen gut.

***

Maddy und Shep verbrachten den Tag in ihrem Hotel und warteten darauf, dass etwas passierte. Aber zu Maddys großem Missfallen blieb alles ruhig. Keine geheimnisvollen Treffen, kein Diebstahl, nichts. Irgendwann ging sie mit Shep zum Strip, um ein bisschen Abwechslung zu finden. Sie aßen zu Abend, machten einen Spaziergang und kehrten in ihr Hotel zurück.

»Findest du nicht, dass wir morgen nach Hause fahren könnten?«, flehte Shep seine Frau an.

»Nein, Danny braucht uns hier.«

***

Honey musste am Mittwochabend arbeiten. Den Tag hatte sie größtenteils in Alex' Salon verbracht

»Zum hundertsten Mal, ich habe alles vorbereitet«, hatte Alex ihr immer wieder versichert. »Mach dir keine Gedanken.«

Als Honey um ein Uhr nachts nach Hause kam, stellte sie ihren Wecker für den nächsten Tag und versuchte zu schlafen. Mittags um zwölf mussten sie im Studio sein. Aber sie konnte kaum schlafen. Sie hatte die schreckliche Vorahnung, dass irgendetwas schief gehen würde.

Donnerstag, 9. Oktober

63

Am Donnerstag um Viertel vor zwölf machte Danny im Studio eine schnelle Ankündigung für seine ganze Truppe. »Wir werden heute Nachmittag etwas ganz Besonderes tun.«

»Nämlich was?«, fragte Vicky aufgeregt.

»Schönheitssalon.«

»Schönheitssalon?«, murmelten alle fragend.

»Findest du, wir haben das nötig?« Elsa war tatsächlich ein wenig pikiert.

»Nun«, sagte Danny und suchte nach den richtigen Worten, »es ist nicht wirklich ein Schönheitssalon. Wir haben einen Frisör hier und eine Visagistin, die euch alle ein wenig in Form bringen sollen. Sie werden euch auch Tipps geben, was ihr selbst für euch tun könnt – nur wenn ihr das wollt, selbstverständlich.«

»Aber mein Schnurrbart bleibt dran«, grollte Barney warnend.

»Ist schon in Ordnung, jeder so, wie es ihm gefällt.«

Regan versuchte, Danny ein wenig zu helfen. »Es soll Ihnen Spaß machen. Schließlich müssen Sie ja alle morgen früh in das Flugzeug nach Albuquerque. Wenn Sie noch nie in einem Schönheitssalon waren, werden Sie es sicher genießen. Und die meisten Frauen gehen doch gern zum Frisör.«

»Ich nicht!«, erklärte Elsa kategorisch. »Niemand darf mein Haar anfassen.«

Hör auf!, dachte Regan. Du machst Witze!

»Barney findet mein Haar schön, so wie es ist. Nicht wahr, Barney?« – »Ich liebe es!«

»Ist gut, Elsa. Lassen Sie sich einfach ein wenig schminken, wenn Ihnen das lieber ist.«
»In Ordnung.«
»Ich finde, das klingt wunderbar«, sagte Vicky. »Ich könnte einen neuen Haarschnitt gut gebrauchen.«
»Gut«, antwortete Regan. »Der Frisör und die Visagistin sind in ein paar Minuten hier.«
»Mit meinem Haar ist leider nicht viel zu machen«, klagte Bill und fuhr sich mit der Hand über seine roten Borsten. »Ich habe nicht mehr viel. Und geschminkt habe ich mich noch nie, und ich werde jetzt auch nicht damit anfangen.«
»Vielleicht fällt dem Frisör trotzdem etwas ein«, schlug Regan vor und versuchte, nicht allzu entnervt zu klingen.
»Entspannt euch ein paar Minuten«, sagte Danny. »Wir reden darüber, wenn die Leute hier sind.«
Victor erschien in der Tür. »Sie sind da.«
»Na, dann los«, sagte Danny ruhig zu Regan, und sie gingen gemeinsam hinaus zum Empfang, um das Schönheitsteam zu begrüßen.
»Honey«, sagte Danny angespannt und ging auf seine Ex-Freundin zu.
»Hallo, Danny«, antwortete sie leise, als er ihr einen Kuss auf die Wange gab. Sie trug enge Hosen, ein schulterfreies Top und hochhackige Schuhe. Haar und Make-up waren mehr als perfekt. Als sie Regan sah, erschrak sie furchtbar.
»Ich bin Regan Reilly«, sagte Regan schnell und streckte die Hand aus. »Ich arbeitete mit Danny an dieser Show.«
Honey war sichtlich erleichtert. »Danny und Regan, das hier ist Alex, der beste Frisör der Stadt, und Ellen, unsere Lieblingsvisagistin.«
Alex sah aus wie ein alternder Punk-Rocker; Ellen schien Anfang zwanzig zu sein. Sie war ungeschminkt

und bewegte sich zu einer Musik, die nur sie hören konnte. Zur Begrüßung nahm sie die Kopfhörer ab. »Hallo.«

»Wo sind unsere Opfer?«, fragte Alex.

»Wir bringen Sie hin«, antwortete Danny nervös.

Regan hatte bemerkt, dass er seinen Blick kaum von Honey abwenden konnte, während sie die schwarzen Koffer mit der Ausrüstung der beiden Künstler aufnahmen und hinübertrugen. Er steht immer noch auf sie, dachte sie. Schweigend gingen sie gemeinsam durch den Gang zum Studio.

Honey warf einen Blick auf Elsa und lächelte. »Hallo!«, sagte sie freundlich zu ihr. »Ich erinnere mich an Sie, Sie waren gestern Abend im Casino.«

Barney eilte seiner Frau zu Hilfe. »Bitte«, sagte er leise zu Honey. »Dieser Abend ist meiner Frau in sehr schlechter Erinnerung. Bitte erwähnen Sie nichts mehr davon.«

»Ist ja schon gut!« Honey warf einen unruhigen Blick zu Danny. Sie sah aus, als würde sie gleich anfangen zu weinen. »Ich wollte niemanden beunruhigen.«

»Honey«, unterbrach Regan das Gespräch. »Ich würde Ihnen gern die Garderobe zeigen, wo Sie alles aufbauen können. Dort gibt es große Spiegel und jede Menge Ablageflächen.«

»Großartig«, begeisterte sich Alex.

Honey ging neben Regan her. »Das war doch keine böse Absicht.«

»Ist schon gut. Wo haben Sie sie gesehen?«

»Gestern Abend im *Bellagio*. Es war gegen drei Uhr nachts; sie saß mit einem Buch in der Hotelhalle und unterstrich irgendetwas.«

»Das klingt ja seltsam. Sind Sie sicher?«

»Absolut! Meine Freundin Lucille und ich kamen ein paar Mal an ihr vorbei. Wir fanden es ziemlich seltsam, dass jemand mitten in der Nacht in einer Hotelhalle in Las Vegas sitzt und liest, und dann auch noch mit einem dicken Markerstift in der Hand. Und ehrlich gesagt, diese Frisur ist doch unvergesslich!«

»Das ist wirklich sehr interessant, Honey«, sagte Regan.

»Ja, das habe ich auch gedacht.«

Während der nächsten paar Stunden nahm die Kamera die allmähliche Verwandlung der Kandidaten auf. Suzette und Vicky ließen sich beide die Haare schneiden und elegante Hochsteckfrisuren machen. Ellen verteilte jede Menge Make-up und schaffte es so, beide Frauen interessant und wirklich attraktiv zu machen.

»Ich will nur ein bisschen Rouge«, betonte Elsa, schloss die Augen und stöhnte leise. Alex durfte ihr Haar nicht einmal berühren.

Die Männer ließen sich die Haare schneiden, was bei jedem von ihnen etwa drei Minuten dauerte.

Als sie alle fertig waren, war Aunt Agony grenzenlos begeistert. »Wunderbar!«, rief sie aus. »Besser könnten unsere Kandidaten gar nicht aussehen. Wie sollen wir da nur unsere Wahl treffen, Heartburn?«, fragte sie mit dramatischem Ton. »Alle drei Paare sollten den Preis gewinnen und die Möglichkeit erhalten, ihr Eheversprechen zu erneuern.«

»Es wird eine wirklich schwierige Entscheidung«, stimmte Uncle Heartburn ihr zu.

»Schnitt!«, rief Danny. »Vielen, vielen Dank, Alex, Ellen und Honey. Ich finde, das war ein wunderbarer Beitrag zu unserer Show.«

»Und ich kann sicher sein, dass Sie meinen Salon erwähnen werden?«, fragte Alex.

»Mehr als einmal«, versprach Danny.

Regan sah, wie unglücklich Honey aussah. Sie zog Danny beiseite. »Willst du die drei nicht zu der Präsentation morgen Nachmittag einladen?«

Danny blickte Regan ratlos an und sagte nichts.
»Manchmal kann zu viel Stolz auch idiotisch sein, Danny. Das Mädchen ist absolut verrückt nach dir.«
»Ist ja schon gut«, murmelte er und ging zurück zu der Gruppe, die nun Mengen von Bürsten und Kämmen, Döschen und Tuben und Fläschchen einpackte. »Wenn Sie morgen Nachmittag zu der Präsentation kommen wollen, würde ich mich freuen. Es wird bestimmt eine tolle Sache, denn bei dieser Gelegenheit wird Roscoe entscheiden, ob wir auf Sendung gehen oder die Comedy.«
»O ja, da wäre ich gern dabei«, erwiderte Honey wie aus der Pistole geschossen. »Um wie viel Uhr?«
»Fünf Uhr auf dem Gelände von *Balloon Channel.* Ich hoffe, Sie können alle kommen.« Dann winkte er ihnen zum Abschied zu und verließ die Garderobe.
»Auftrag ausgeführt.« Alex warf Honey eine Kusshand zu, als sie in Tränen ausbrach.

64

Ich bin hübsch heut' ...« Suzette sang vor sich hin und wirbelte durchs Studio.

»Liebling, bitte, jetzt kein Rad schlagen«, flehte Bill seine Frau an. »Dein Haar sieht wirklich toll aus.«

»Ich bin sehr in Versuchung, aber ich werde es lassen.«

»Ihr seht alle großartig aus«, verkündete Aunt Agony noch einmal.

»Drei wirklich gut aussehende Paare«, stimmte Heartburn zu.

Danny kam wieder herein.

»Das war eine wunderbare Idee, Danny«, betonte Agony. »Es war für uns alle ein schönes Erlebnis.«

»Großartig. Dann bin ich froh.« Danny warf einen Blick auf seine Armbanduhr. »Jetzt ist es drei Uhr. Ich denke, wir werden für heute Schluss machen. Ich muss mich noch mit den Cuttern treffen, die heute Nacht die Show zusammenstricken. Wenn wir dann morgen von Albuquerque zurückkommen, werden sie die Schlussszene vom Ballonfestival einbauen.«

Regan konnte förmlich spüren, wie alle vor Aufregung die Luft anhielten.

»Kaum zu glauben, oder?«, fragte Danny in den Raum hinein.

Ja wirklich, dachte Regan.

»Heute Abend werden Elsa und Barney noch ihr Traumdate haben. Alle anderen haben frei bis drei Uhr früh. Um drei Uhr treffen wir uns in der Hotelhalle und fliegen nach Albuquerque.«

»Drei Uhr?«, fragte Heartburn und hob die Brauen.

»Drei Uhr«, bestätigte Danny. »Wir fahren zum Studiogelände und steigen dort in Roscoes Flugzeug. Der Flug dauert etwa eine Stunde. Dort haben wir eine Stretchlimousine, die uns vom Flughafen in Albuquerque zum Ballonfestival bringt. Und wir wollen vor Sonnenaufgang dort sein.«

»Vielleicht gehe ich gar nicht ins Bett«, sagte Vicky. »Ich würde mir doch nur die Haare und das Make-up verderben.«

»Du siehst so hübsch aus, vielleicht sollten wir tanzen gehen«, schlug Chip zärtlich vor. »Die Nacht durchtanzen, bis es Zeit ist, in die Luft zu gehen.«

Ich kriege gleich keine Luft mehr, dachte Regan verzweifelt.

»Macht, was euch gefällt«, sagte Danny. »Nur denkt daran, um drei Uhr früh in der Hotelhalle zu sein, und zieht euch an, was ihr für passend haltet, um euer Hochzeitsversprechen zu erneuern.«

»Allerdings«, fiel Regan ein, »sollten die Frauen keine langen Kleider tragen. Wenn der Ballon landet, purzeln wir nämlich vermutlich alle aus dem Korb.«

»Und die Sieger werden einen Scheck über eine Million Dollar in Händen halten!«, rief Aunt Agony.

Suzette nahm Anlauf zu einem Rad, bremste sich aber im letzten Augenblick. »Jetzt hätte ich mich beinahe vergessen«, lachte sie.

Jetzt beginnt diese seltsame Zwischenzeit, dachte Regan. Jetzt werden sie anfangen, darüber nachzudenken, wie sich ihr Leben innerhalb der nächsten vierundzwanzig Stunden verändern könnte. Sie werden die wildesten Ideen haben, was passieren könnte, wenn sie eine Million Dollar abzüglich der Steuern in Händen halten. Wer wird es sein?, fragte sie sich.

65

Das Abendessen mit Elsa und Barney begann ziemlich früh; jeder wollte ja möglichst früh zurück ins Hotel, nachdem der Weckruf zu wirklich unchristlicher Stunde erfolgen würde. Bei *Carlotta's* herrschte wieder allgemeine Begeisterung, als die Fernsehcrew eintraf.

»Ich habe heute einen ganz besonderen Tisch für euch«, scherzte der Chef, als er sie in das Nebenzimmer im ersten Stock führte.

Elsa schien sehr interessiert an Agonys und Heartburns Leben als Kolumnisten. »Es muss doch ein schönes Gefühl sein«, sagte sie. »Ihr wisst doch, dass ihr vielen Menschen helfen könnt.«

»O ja«, rief Aunt Agony aus. »Ein wunderbares Gefühl.«

»Ist die Kolumne auch im Internet zu lesen?«, fragte Elsa.

»Ja, natürlich«, bestätigte Heartburn und schnupperte genüsslich an seinem Rotwein.

»Dann muss ich sie mir dort einmal ansehen.«

Warum nicht in der Zeitung?, fragte sich Regan. Agony und Heartburn arbeiteten noch kräftig daran, in einem weiteren Umkreis aufzufallen, aber in dieser Gegend waren sie doch mit Sicherheit bekannt. Sie hatte gedacht, Elsa und Barney lebten in Nevada.

Als sie ins Hotel zurückkehrten, war es zehn Uhr abends. Regan ging sofort in ihr Zimmer und freute sich darüber, die verschwitzten Kleider aus- und ein frisches T-Shirt anzuziehen. Sie wusch sich das Gesicht, putzte sich die Zähne und ließ sich aufs Bett fallen. Dann griff sie nach dem Telefonhörer und bestellte den Weckruf. Eine automatische Stimme bestätigte, dass sie um zwei Uhr nachts geweckt werden würde.

Sie klingt nicht einmal überrascht, kicherte Regan in sich hinein. Was muss ich jetzt noch tun, bevor ich das Licht ausmache? Das Handy aufladen?

In diesem Augenblick klingelte es auch schon. Sie beugte sich vor, griff nach ihrer Handtasche und suchte nach dem Telefon. Als sie es endlich gefunden hatte, zog sie es heraus. »Hallo?«

»Du bist nicht unterwegs und lässt die Würfel rollen?«, neckte Jack sie.

Regan lächelte glücklich und ließ sich zurück aufs Bett sinken. »Noch ein Tag! He, es ist schon ziemlich spät in New York, und du bist noch nicht im Bett?«

»Ich konnte nicht schlafen. Und ich habe darüber nachgedacht, wie viel besser der morgige Abend sein wird als der heutige. Immer unter der Voraussetzung natürlich, dass du dich nicht plötzlich in Heartburn verliebst oder in einen der Kandidaten.«

Regan lachte. »Ich glaube, die Chancen dafür stehen ziemlich schlecht. Aber wenn ich daran denke, dass ich bis morgen Abend erst noch nach Albuquerque fliegen muss, dann wieder zurück, und dann auch noch nach Los Angeles ...«

Jack wurde plötzlich ernst. »Du lieber Himmel, wann startet ihr denn nach Albuquerque?«

»Wir treffen uns um drei Uhr früh in der Hotelhalle.«

»Bitte wann?« – »Um drei.«

»Dann sollte ich dir jetzt ein paar Stunden Schlaf gönnen, denke ich, sonst bist du ja morgen Abend vollkommen erledigt.« – »Irgendwie glaube ich das nicht.«

»Irgendwie glaube ich das auch nicht.« Jack lachte. »Irgendwie habe ich noch ein kleines bisschen Hoffnung.«

Freitag, 10. Oktober

66

Das Klingeln des Telefons riss Regan aus dem Tiefschlaf. Sie griff vollkommen benebelt nach dem Hörer.

»Hallo«, sagte die fröhliche automatische Stimme, die sie am Abend zuvor schon gehört hatte. »Sie wollten geweckt werden. Guten Morgen. Es ist jetzt zwei Uhr. Die Außentemperatur beträgt ...«

Das will ich gar nicht wissen, dachte Regan und ließ den Hörer wieder fallen. Es ist ja noch schlimmer, als ich gedacht hatte.

Mit verquollenen Augen wälzte sie sich aus dem Bett und beeilte sich, unter die Dusche zu kommen. Nur so würde sie ihren Körper jemals auf Betriebstemperatur bringen.

Die Dusche fühlte sich nicht halb so gut an, wie sie es, sagen wir, um sieben oder acht Uhr getan hätte, aber sie half ein wenig. Regan wusch sich die Haare, stieg aus der Dusche, trocknete sich ab und schaltete den Föhn ein. Sie war sicher, dass er laut genug war, um Tote aufzuwecken.

Warum klingen diese Dinger bloß so viel lauter, wenn man sie mitten in der Nacht einschaltet?, fragte sie sich nicht zum ersten Mal.

Sie wusste, an einem solchen frühen Oktobermorgen konnte es empfindlich kalt sein, schon gar in einem offenen Ballonkorb. Jedenfalls hatte sie davon mal gehört.

Mit einem Blick auf ihre Kleider entschloss sie sich für Jeans, ein lavendelfarbenes Polohemd und einen langärmeligen Pullover. Sie würde sogar noch ihre Patchwork-Jacke darüber ziehen. Zwiebel-Methode nannten das die Ballonfahrer, hatte man ihr erzählt. Sie würde nicht vor der Kamera stehen, also musste sie sich nicht besonders schick machen.

Die drei Paare freilich, die sie in der Hotelhalle antraf, sahen alle so aus, als wollten sie zu einer Hochzeit. Die drei Frauen trugen Cocktailkleider, die drei Männer Anzüge mit Krawatte. Trotz aller Versuche, festlich gestimmt auszusehen, schien niemand besonders glücklich zu sein. Die Anspannung war mit Händen zu greifen.

»Ich habe mich gestern Abend erst gar nicht abgeschminkt«, berichtete Suzette. »Das Make-up sah so toll aus, ich habe mir gedacht, es wird doch wohl halten, bis die Ballonfahrt zu Ende ist.«

»Das dachte ich auch«, sagte Elsa und griff ein wenig zu fest nach Suzettes Hand.

Aber du hattest doch ohnehin nur dieses bisschen Rouge, dachte Regan. Dann warf sie einen Blick auf Vicky. Auch ihr Gesicht war seit dem Schminken am Mittag zuvor nicht in die Nähe fließenden Wassers gekommen.

Victor, Sam und Danny trugen alle die üblichen Jeans. Gut, dachte Regan, dann bin ich also für diesen besonderen Tag auch passend angezogen.

Victor hatte dafür gesorgt, dass eine große Kanne Kaffee für sie bereitstand. Es gab sogar ein paar Mini-Donuts.

»Du bist ein Held«, sagte Regan begeistert und schenkte sich einen großen Becher ein.

Victor drehte sich zu ihr um und schickte ihr ein ehrliches Lächeln herüber.

»Danke für die Blumen. Ich dachte mir, es wird sicher ein langer Tag, da können wir ein bisschen Koffein wohl gebrauchen.«

Wenige Minuten später kletterten sie alle in den Kleinbus und fuhren den Strip hinunter. Die Neonlichter blinkten noch, und überall waren Menschen unterwegs, als wäre es Mittag. Das ist Las Vegas, dachte Regan. Vierundzwanzig Stunden am Tag geöffnet, sieben Tage in der Woche.

Plötzlich musste sie wieder daran denken, was Honey von Elsa erzählt hatte, die um drei Uhr nachts im *Bellagio* gesessen hatte und ein Buch gelesen hatte.

Kann das eine Verwechslung sein?, dachte sie. Sie warf einen schnellen Blick auf Elsa, die starr geradeaus blickte.

Sie fuhren schweigend weiter, bis sie den Eingang zum Studiogelände von *Balloon Channel* passierten und auf die Privatstraße einbogen, die zum Flugplatz führte. Der Parkplatz lag im Dunkeln, aber einige Autos waren trotzdem da.

Was da wohl vor sich geht?, dachte Regan.

Sie stiegen in Roscoes Flugzeug ein, das Platz für zwanzig Passagiere bot. Regan saß mit Danny in der ersten Reihe. Der Pilot schloss die Türen, verriegelte sie, und schon starteten sie in die Dunkelheit hinein. Ein bisschen fühlte es sich an, als wären sie in geheimer Mission unterwegs.

Aunt Agony und Uncle Heartburn hatten sich nebeneinander nach hinten gesetzt. Regan fragte sich, ob sie ihre Entscheidung über das Siegerpaar wohl schon getroffen hatten.

Als sie landeten, stand bereits eine weiße Stretchlimousine auf dem Rollfeld bereit. Erinnert mich an die Oscarverleihung, dachte Regan, als die drei Paare in ihren feinen Kleidern in den Wagen stiegen. Die anderen folgten.

Es war immer noch dunkel, als die Limousine langsam vom Flughafengelände und auf den Highway rollte, und doch wurde der Verkehr schon merklich dichter, vor allem, als der Fahrer die Ausfahrt Richtung Ballonfestival nahm. Sie hatten einen Passierschein, der ihnen die Zufahrt zu dem Parkplatz gleich am Startfeld sicherte, und als sie an einem der Eingangstore abgesetzt wurden, erschien gerade die Sonne über dem Horizont. Es war windstill, aber die Morgenluft war noch empfindlich kühl.

»Seht euch das an!«, rief Elsa.

Das riesige Startfeld war voller Menschen, die ihre Ballonhüllen ausbreiteten und sie zum Füllen vorbereiteten. Danny zog ein kleines Stück Papier aus seiner Hosentasche und warf einen schnellen Blick darauf. Dann zeigte er die Richtung an: »Dort müssten sie irgendwo sein.«

Das Team von *Zurück auf Wolke sieben* folgte ihm staunend, während Sam die Kamera laufen ließ. All die Spezialballons würden jetzt bald zum Leben erwachen. Auf dem Boden war alles Mögliche zu sehen, von bunten Comicfiguren bis hin zu Ungeheuern und Hexen.

Die Jupiters waren schon dort, und sie waren ungeheuer aufgeregt. Reporter der lokalen Nachrichtenstationen waren mit ihren Kameras gekommen und brannten auf ein Interview mit Danny, Agony und Heartburn. Die riesige Hochzeitstorte lag ausgebreitet auf dem Boden, fertig zum Füllen.

»Wir haben gehört, Sie drehen eine Reality-Show«, sagte einer der Nachrichtenleute zu Danny.

»Ja«, lächelte Danny, der mit freudiger Überraschung feststellte, dass er sein Ziel tatsächlich fast erreicht hatte.

Während Danny den Reportern ihre Fragen beantwortete, sah Regan sich um, bis sie ihre Eltern entdeckte, die sich in Begleitung von Harry und Linda einen Weg zu ihnen bahnten.

Sie eilte ihnen entgegen, glücklich über die vertrauten Gesichter.
»Regan!«, rief Nora. »Da bist du ja!«
»Hallo Mom, hallo Dad!« Regan umarmte ihre Eltern. »Harry, Linda, schön, euch zu sehen.«
»Das wollten wir doch nicht verpassen.«
»Aber die Freude wird ja wohl nicht von langer Dauer sein«, seufzte Nora.
»Ich weiß schon. Ich wünschte, wir könnten nach der Ballonfahrt noch hier bleiben, aber wir müssen zurück nach Las Vegas, damit das Bildmaterial von der Fiesta geschnitten werden kann. Und irgendwie habe ich das Gefühl, dass hier einiges los sein wird, sobald die Sieger bekannt gegeben sind. Vermutlich werden die anderen Kandidaten dann auch keine große Lust haben, noch zu bleiben.«
»Hast du einen Tipp, wer gewinnt?«, fragte Harry.
Regan verdrehte die Augen.
»Keine Ahnung.«
»Kind, du siehst müde aus«, sagte Nora voll mütterlicher Sorge.
»Das würde wohl jedem so gehen, der früh um zwei aufgestanden ist. Aber es geht mir gut«, betonte Regan.
Ein paar Minuten danach kam Danny zu ihnen. »Erinnern Sie sich noch?«, fragte er im Scherz Luke und Nora, als er Harry und Linda vorgestellt wurde.
»O ja, ich erinnere mich gut«, sagte Nora liebevoll. »Wie geht es deinen Eltern?«
»Unverändert«, antwortete Danny mit einem Lächeln.
Luke schüttelte ihm die Hand.
»Grüß sie bitte von uns.«
Victor rief nach Danny.
»Es geht los! Sie wollen, dass wir als Erste starten.«
»Regan, bitte sei vorsichtig!«, drängte Nora, als sie sich alle zusammen dem Ballon näherten. Der Ventilator

lief, und ein mächtiger Luftstrom wurde in die Hochzeitstorte gepumpt.
Es war ein fantastischer Anblick, wie der Ballon allmählich seine richtige Form annahm und zum Leben erwachte. Die Mannschaft stand bereit und hielt die Hülle zu beiden Seiten mit Seilen fest, damit sie sich gleichmäßig füllte. Endlich betätigte Randy den Brenner, und eine Feuersäule schoss sieben Meter hoch in die Luft und in den Ballon. In voller Größe war die Hochzeitstorte nicht weniger als acht Stockwerke hoch. Der Ballon war mit aufgedruckten Rosen bedeckt, und oben stand das Brautpaar, eine Braut in Weiß und ein Bräutigam im schwarzen Frack. Jetzt konnte es also wirklich losgehen.
Einer nach dem anderen stiegen die Passagiere in den Korb. Die drei Kandidatinnen trugen jetzt Sportschuhe zu ihren Cocktailkleidern. Sam filmte natürlich auch ihre Füße.
Als sie ebenfalls in den Korb geklettert war, blickte Regan hinüber zu ihrer Mutter, die versuchte, zu lächeln, aber ihr besorgtes Gesicht nicht ganz verbergen konnte.
Auf Befehl von Randy ließ die Bodenmannschaft einer nach dem anderen den Korb los, und langsam, ganz langsam begann die riesige Hochzeitstorte, sich in den Morgenhimmel zu erheben. Es schien, als wären alle Augen des Festivals nur auf sie gerichtet.
Das ist wirklich grandios, staunte Regan, als sie nach unten blickte. Menschenmassen winkten ihnen zu und lächelten. Einige fotografierten.
Andere Ballons wurden jetzt zum Start vorbereitet, und es dauerte nur Sekunden, bis die Menschen unten immer kleiner und kleiner aussahen, während der Ballon langsam immer höher stieg.
Er bewegte sich wie eine Wolke, und sie standen

schweigend da. Für die meisten von ihnen war es die erste Ballonfahrt, und es konnte gar kein Zweifel daran bestehen, dass es ein großartiges Gefühl war, das sie da erlebten, selbst wenn die Spannungen in der Gruppe mit Händen zu greifen waren.

»Da sind wir also«, sagte Aunt Agony, als sie weitertrieben. Regan stand gleich neben ihr, und Sam hatte sein Objektiv fest auf Agony gerichtet.

»Wohl wahr«, stimmte Danny zu. »Da sind wir also. Und ich denke, jetzt ist es Zeit.«

Aunt Agony blickte Uncle Heartburn an, um die Dramatik noch zu steigern. Sie zog einen Scheck aus der Seitentasche ihres altmodischen Großmutterkleides. Der Scheck war einmal gefaltet. Sie hielt ihn in die Höhe. Regan blickte die drei Paare an, die ihre Blicke nicht eine Sekunde von dem kleinen Stück Papier abwenden konnten.

»Das war eine sehr schwere Entscheidung für Uncle Heartburn und mich«, fuhr Agony fort. »Alle drei Paare haben hart daran gearbeitet, den Funken wieder zu entfachen, der ihre Liebe einst zum Brennen gebracht hat. Manchmal kann unser Leben ein wenig langweilig werden, und wenn das so ist, dann kann es sein, dass wir glauben, unser Ehepartner wäre daran schuld. Aber das ist ein Irrtum – meistens jedenfalls, so hoffe ich.« Sie lachte leise.

»Es ist harte Arbeit, das Feuer am Brennen zu halten, wie bei unserem Piloten, der wissen muss, wann er den Brenner betätigen muss, damit der Ballon weiterfährt.«

»Aunt Agony, unsere Show dauert nur eine halbe Stunde«, scherzte Danny.

Alle lachten ein wenig nervös, während sie immer höher stiegen. Regan blickte hinunter und war verblüfft, zu sehen, wie weit entfernt der Erdboden ihr jetzt vorkam.

»Nun gut. Also, Uncle Heartburn und ich haben entschieden, dass das Paar gewinnen soll, das nicht nur hart an seiner Beziehung gearbeitet hat, sondern auch dazu bestimmt zu sein scheint, zusammenzubleiben, egal was passiert. Und diese beiden sind ...« Sie faltete den Scheck auseinander, machte eine dramatische Pause, sah sie alle der Reihe nach an, blickte dann geradewegs in die Kamera und verkündete: »Barney und Elsa Schmidt.«

Regan drehte sich zu Barney und Elsa um, damit sie den beiden gratulieren konnte, aber die nächsten Augenblicke vergingen wie im Nebel.

Suzette erstarrte und ging dann auf Agony los, mit einem Feuer in den Augen, als wäre sie einer der Stiere bei der Fiesta in Pamplona.

»Nein!«, kreischte Suzette los. Im Bruchteil einer Sekunde hatte sie Agony an den Fußgelenken hochgehoben, als würde sie mit ihr eine Cheerleader-Figur üben, und versuchte, sie rücklings über den Rand des Ballonkorbes zu werfen. Agony schrie auf, als ihre kleine Gestalt rückwärts flog. Regan stürzte vorwärts und griff nach Agonys Knien, bevor sie vollständig über Bord gehen konnte. Aus dem Korb hängend, kreischte Agony wie am Spieß, während Regan sie festhielt und versuchte, sie einigermaßen im Griff zu behalten.

»Aaaaahhh!«, schrie Agony und fuchtelte mit den Armen. Der Scheck fiel ihr aus der Hand und flatterte zur Erde. Danny und Heartburn rangen Suzette nieder, während Regan weiterhin mit aller Kraft Agonys magere Großmutterbeine hielt.

Suzette wehrte sich immer noch verzweifelt und versuchte, Agony zu erreichen. Bill war so geschockt, dass er sich nicht rühren konnte. Victor und Chip stürzten nach vorn, und der Ballon bekam Schlagseite.

Victor stellte sich hinter Regan, die sich über die Brüs-

tung gelehnt hatte und das Gefühl hatte, jeden Muskel anzuspannen. Er beugte sich hinüber, bis es ihm gelang, einen von Agonys Armen zu fassen zu bekommen. Gemeinsam zogen sie die kleine Frau in den Korb zurück und fielen dabei selbst auf den Boden. Dabei traf Agony Regan mit dem Ellbogen genau aufs rechte Auge.
»Zurück auf eure Plätze!«, schrie Randy. »Wenn der Brenner Schlagseite bekommt, brennt er ein Loch in die Öffnung des Ballons.«
»Ich wusste, dass die beiden gewinnen würden!«, kreischte Suzette. »Wir hatten von Anfang an keine Chance!«
»Notlandung! Notlandung!«, brüllte Alice Jupiter in ihr Funkgerät, das sie mit der Bodenmannschaft verband. »Und informiert die Polizei!«
»Bist du jetzt vollkommen verrückt geworden?«, schrie Bill inzwischen Suzette an, die von Danny und Victor festgehalten wurde, die ihr die Arme auf den Rücken gedreht hatten.
Aunt Agony brach hemmungslos zitternd in Regans Armen zusammen. Sie wollte Regan nicht mehr loslassen, nicht einmal, um zu Heartburn hinüberzugehen. Regan fand, sie fühlte sich an wie ein kleiner Vogel.
»Du hast mir das Leben gerettet, Regan!« Agonys Atem ging schnell und stoßweise.
»Jetzt ist alles gut«, versicherte Regan ihr. Sie fühlte, wie ihr Auge langsam zuschwoll, und ihr Herz schlug wie ein Dampfhammer.
Randy begann mit dem Sinkflug, während Suzette weiterhin unkontrollierbar schrie und alle Passagiere sich geschockt an die Seiten des Ballons klammerten.
»Knie beugen!«, befahl Randy jetzt. »Und so bleiben, während wir landen.«
Bei diesem Manöver mussten Danny und Victor Suzette zwangsläufig loslassen.

Als der Korb auf dem Boden aufkam und zur Seite kippte, nicht weit von ihrem Startplatz entfernt, kletterte Suzette eilig hinaus und versuchte zu flüchten. Regan kletterte hinterher, rannte ihr nach und hielt sie auf dem Boden fest.

Suzette schrie wie eine Verrückte, befreite sich und versuchte aufzustehen.

Regan hechtete hinter ihr her, rang sie wieder zu Boden und drückte Suzette mit den Knien herunter. Mit aller Kraft kämpfte sie darum, die wild gewordene Frau auf dem Boden zu halten.

Ein Polizeiwagen kam mit heulender Sirene und blinkenden Lichtern auf das Startfeld gefahren. Die Beamten sprangen heraus und legten Suzette Handschellen an. Danny kam angelaufen und half Regan auf die Beine.

Während sie noch versuchte, zu Atem zu kommen, legte sie eine Hand auf ihr Auge, das jetzt scheußlich schmerzte und pochte. »Ich glaube, jetzt ist ein für alle Mal klar, welcher Kandidat hier zu Gewalt neigt«, kalauerte sie.

»Da bin ich auch ziemlich sicher.« Dannys Stimme zitterte.

Nora und Luke kamen mit Harry und Linda auf sie zugelaufen.

»Regan!«, rief Nora schon von weitem.

»Mom, es ist alles in Ordnung.«

»Ach was, ich hatte gleich so ein komisches Gefühl ...« Nora umarmte ihre Tochter heftig. »Und als ich sah, wie dieser Ballon in der Luft Schlagseite bekam ...«

Weinend versuchte Bill mit den Polizisten zu sprechen, während Suzette auf den Rücksitz des Polizeiautos verfrachtet wurde. »Sie wollte doch niemandem etwas antun. Sie ist nur sehr ehrgeizig. Das ist schon seit frühester Jugend so.«

»Na, wenigstens haben Agony und Heartburn sich nicht für diese beiden entschieden. Das wäre auf jeden Fall die falsche Wahl gewesen«, sagte Regan, die immer noch nach Luft schnappte. »Aber ich gehe jede Wette ein, dass sie in irgendeiner anderen Reality-Show wieder auftauchen werden.«

»Regan, dein Vater und ich, wir werden dich nach Las Vegas begleiten«, unterbrach Nora sie nachdrücklich. »Wir werden heute Abend oder morgen früh von dort aus nach Hause fliegen. Ich lasse dich jetzt erst mal nicht aus den Augen.«

»Ist in Ordnung«, stimmte Regan zu, froh über die vertraute Gesellschaft. Sie lachte leise. »Und in unserem Flugzeug sind ja gerade zwei Plätze frei geworden.«

67

Auf dem Flug zurück nach Las Vegas versuchte Regan, ihr lädiertes Auge mit einem Eisbeutel zu kühlen. Langsam wurde es blau. Aunt Agony konnte sich immer noch nicht beruhigen. Sie wollte neben Regan sitzen, aber da verstand Nora keinen Spaß, sie bestand darauf, in der Nähe ihrer einzigen Tochter zu bleiben. Der Anblick des Ballons, der langsam abkippte, und der Gestalt, die über die Brüstung hing, war in ihrer Erinnerung noch zu frisch. Luke saß auf der anderen Seite des Mittelgangs und beobachtete seine Frau und seine Tochter mit einiger Sorge.

Während des Flugs war von nichts anderem die Rede als von Suzettes Ausbruch.

»Ich bin wirklich froh, dass wir ihr die Million nicht zugesprochen haben«, sagte Agony. »Vielleicht hätten wir sonst niemals erfahren, wie verrückt sie ist.«

»Na, jetzt wissen wir's«, erwiderte Regan. »Und sie ist jetzt auf alle Fälle sicher hinter Gittern, bevor sie wirklich jemandem etwas antun konnte. Menschen mit derartig gewalttätigem Temperament explodieren zwangsläufig irgendwann«, murmelte sie und rückte den Eisbeutel wieder zurecht.

»Davor hat man uns ja schon im Internet gewarnt«, kommentierte Danny. Er hatte inzwischen mit Roscoe telefoniert und ihm mitgeteilt, was passiert war. Die Geschichte hatte schon den Weg in die Morgennachrichten des Lokalfernsehens in Albuquerque gefunden und würde wohl landesweit ausgestrahlt werden, wenn es Zeit für die Abendnachrichten war.

Roscoe hatte sein Bedauern betont, auch wenn die Geschichte ihm insgeheim ausgesprochen gut gefiel. Er konnte die Einschaltquoten förmlich riechen.

»Regans Eltern sind bei uns«, erzählte Danny ihm noch. »Sie kommen auch heute Nachmittag zur Präsentation. Und ich würde auch meine Eltern gern dazu einladen.«

»Je mehr wir sind, desto lustiger wird es«, betonte Roscoe.

»Und übrigens«, bemerkte Danny, »Sie müssen den Scheck sperren lassen und einen neuen ausfüllen. Der erste ist davongeflattert, als Aunt Agony ihren Salto aus dem Korb machte.«

»Kein Problem«, meinte Roscoe. Als er den Hörer auflegte, lief ihm förmlich das Wasser im Mund zusammen.

Chip und Vicky waren nicht so enttäuscht, wie sie vielleicht gewesen wären, wenn in dem Hochzeitstorten-Ballon alles nach Plan gelaufen wäre. Sie hatten mit ihren Eltern gesprochen und den Anrufbeantworter zu Hause abgehört. Dort hatte bereits ein Agent seinen Namen und seine Telefonnummer hinterlassen; er wollte mit ihnen über einen Buchvertrag sprechen.

Barney und Elsa waren natürlich restlos begeistert. Sie saßen während des ganzen Fluges eng umschlungen da.

Als sie in Las Vegas ankamen, machte sich Danny sofort auf den Weg in den Schneideraum. Luke und Nora begleiteten Regan ins Hotel.

»Aber zum Essen gehen wir irgendwo anders hin«, flehte Nora, als sie das Etablissement in Augenschein genommen hatte.

»Von mir aus gern«, stimmte Regan ihrer Mutter zu.

68

Um Punkt fünf Uhr versammelten sich alle Interessierten im Präsentationsraum auf dem Studiogelände von *Balloon Channel.* Alle Mitarbeiter der Comedy- und der Reality-Show waren anwesend, ebenso eine ganze Reihe von Roscoes Angestellten, selbst solche, die Regan vorher nie gesehen hatte. Nora und Luke saßen neben Dannys Eltern, Regan hatte in der ersten Reihe neben Danny Platz genommen. Als sie Honey ganz allein in der letzten Reihe sitzen sah, holte sie sie nach vorn, sodass Danny zwischen ihnen saß. In der ersten Reihe hatten auch noch Bubbles, Pilot Pete, James, Kitty und Roscoe Platz genommen.

Roscoe betrat die Bühne und hieß alle willkommen. Für das große Finale seines Wettbewerbs hatte er sich entschlossen, seine maßgeschneiderte burgunderrote Lederjacke zu tragen, einen Gürtel mit silbernen Beschlägen, auf Hochglanz polierte butterweiche Lederstiefel und eine seiner Lieblings-Cowboy-Krawatten. »Dies war eine anstrengende, aber auch höchst interessante Woche. Wir alle brennen darauf, die Shows zu sehen, also wollen wir keine Zeit mehr verlieren. Wir werden mit *Heiße Luft und coole Sprüche* anfangen.« Er gab dem Techniker im Schaltraum ein Zeichen, und während er seinen Platz neben Kitty wieder einnahm, gingen langsam die Lichter aus.

Leise Musik erfüllte den Raum. Auf dem Bildschirm erschienen die Worte »*Heiße Luft und coole Sprüche*«. Eine Stimme war zu hören: »Das Fahren mit Heißluftballons ist schon alt, aber es war nicht immer sicher, weder in der Luft noch auf dem Erdboden. Tatsächlich besteht bei jeder Landung die Gefahr, dass sie als Eindringling …« Die Leinwand zeigte eine Montage der Schauspieler im Ballon, angetan mit ihren historischen Kostümen, wie sie auf einem Feld landeten und Champagner an Bauern ausschenkten, die ihnen mit Heugabeln entgegengerannt waren.

»Das wäre die perfekte Rolle für Suzette gewesen«, flüsterte Regan Danny zu. Und wo wir gerade dabei sind, was ist eigentlich heute früh aus unserem Champagner geworden?, fragte sie sich. Wenn hier irgendjemand Champagner verdient hat, dann doch wohl ich.

Der Vorspann war ausgesprochen amüsant, und die ganze Comedy hielt das Versprechen des Anfangs. James war natürlich einfach grauenhaft. Man versuchte krampfhaft, höflich über seine Scherze zu lachen, aber seine gesamte Präsenz vor der Kamera war eine einzige Katastrophe. Er war so steif und sprach so monoton! Regan warf einen kurzen Seitenblick auf Bubbles, die mit angespanntem Gesicht dasaß und die Armlehnen ihres Sitzes umklammerte. Pilot Pete rang die Hände. Die Leinwand wurde schwarz, und alle applaudierten.

Jetzt war die Reihe an *Zurück auf Wolke sieben*.

Dannys Stimme ertönte aus dem Lautsprecher, während das Bild den falschen Heißluftballon vor dem *Paris Hotel* zeigte. »Willkommen zu *Zurück auf Wolke sieben*, die Show, in der drei Paare darum kämpfen, ihr Hochzeitsversprechen in einem Heißluftballon erneuern zu dürfen, und zwar auf einer Fahrt, die wirklich unvergesslich sein wird.«

Danny lehnte sich hinüber zu Regan. »Das haben wir aufgenommen, bevor wir heute früh losgefahren sind«, flüsterte er.

Regan lächelte. Die Show war wirklich gut. Die witzigen Erlebnisse der Woche wurden eingefangen, und natürlich die unglaubliche Szene im Ballon. Sam, der ausgebuffte Profi, hatte die Kamera keinen Moment lang abgesetzt, um womöglich zu helfen. Er hatte alles aufgenommen, bis ins letzte Detail, und die ganze Dramatik der Situation eingefangen. Elsa und Barney hatten Danny im Studio gemeinsam umarmt und ihm noch einmal versichert, wie glücklich sie waren, die Sieger zu sein. »So viel Glück in einer einzigen Woche!«, hatte Elsa noch gerufen. »Erst habe ich an dem Spielautomaten gewonnen und dann auch noch in der Show. Aber am glücklichsten bin ich, mit Barney verheiratet zu sein.«

Danny hatte sich aus der Affäre gezogen, indem er gescherzt hatte, der Scheck sei schon auf der Post, und die Show endete mit Bildern von der Parade der Spezialballons: lauter bunte Ballons aller Formen und Größen, die über die Leinwand zogen.

Es gab freundlichen Applaus, und Barney ließ einen Pfiff ertönen, während die Lichter langsam wieder angingen.

Roscoe betrat die Bühne wieder und stand für einen Augenblick still und lächelnd da. »Dürfte ich das Siegerpaar zu mir bitten?«

Barney und Elsa betraten strahlend und Hand in Hand die Bühne.

Roscoe räusperte sich. »Wie ihr alle wisst, wollte ich, dass dieser Wettbewerb vor allem Spaß macht. Reality-Shows sind im Augenblick der letzte Schrei, und es ist schwierig, eine neue Show zu konzipieren, sei es eine Reality- oder eine Comedy-Show, die sich wirklich von den Dingen unterscheidet, die wir alle schon viele Male gesehen haben. Wir fragen uns doch alle: Warum soll ich mir schon wieder so was ansehen? Ich weiß, Sie alle warten darauf, dass ich die Show verkünde, die heute

Abend auf Sendung gehen wird, und Sie fragen sich, warum ich so lange zögere. Nun, ich zögere, weil die Antwort lautet: Die Show, die heute Abend auf Sendung gehen wird, ist …«

Alle warteten.

Roscoe blickte sich um und genoss den Augenblick. »Die Show, die ich ausgewählt habe ist … keine von beiden.«

Ein heftiges Atmen ging durch den Raum. »Keine!«, riefen einige.

»Warten Sie, warten Sie!«, rief Roscoe über den Trubel hinweg. »Sehen Sie, die Sache ist nämlich die: Die ganze Woche haben wir hier unsere eigene Show gedreht, und bei dieser Show geht es um Ihren Wettstreit miteinander.«

»Was?«, kreischte Bubbles.

»Ja!«, rief Roscoe fröhlich. »Wir hatten versteckte Kameras in allen Studios und in den öffentlich zugänglichen Räumen Ihrer Hotels. Wir haben viele Ihrer Missgeschicke sorgfältig geplant und Ihre Reaktionen aufgenommen: Wie der Postsack gestohlen wurde, wie die Kamera verschwand, wie Elsa am Spielautomaten gewann und vieles mehr. Warten Sie nur, bis Sie die Show sehen, sie ist ein echter Brüller. Meine Leute hier haben die ganze Woche hart gearbeitet, jede Nacht, um all die Stunden an Bildmaterial auszuwerten.«

»Elsa hat gar nicht wirklich an dem Spielautomaten gewonnen?«, fragte Danny ungläubig.

»Nein! Wir haben einen Automaten dort installiert, der bei einer Filmproduktion verwendet worden war und überhaupt nicht richtig funktioniert. Und wir haben eine Frau engagiert, die dort sitzen musste, bis ihr alle vom Studio zurückkamt. Eine großartige kleine Schauspielerin, oder?«, fragte Roscoe mit Bewunderung in der Stimme. »Ich glaube, sie ist jetzt bei uns.«

Klein, dachte Regan, drehte sich um und sah die Frau

in der letzten Reihe sitzen, wo sie aufstand, ein breites Lächeln auf dem Gesicht, und sich verbeugte wie auf einer Bühne.

»Aber was ist mit dem Gewinn, der Elsa und Barney zusteht?«, fragte Danny aufgeregt.

»Nun, erst muss ich Ihnen allen noch etwas mehr erzählen. James, würden Sie bitte aufstehen?«

James tat, wie ihm geheißen.

»Die Sache ist nämlich die ... Barney, Elsa und James sind nicht ganz die, die sie zu sein scheinen. Sie sind alle Schauspieler vom Shakespeare-Theater in Stratford-upon-Avon in England. Und sind sie nicht großartig? Elsa und James sind übrigens tatsächlich miteinander verheiratet, nicht Elsa und Barney. Begrüßen Sie mit mir Sir Linsley und Lady Lotus.«

Jetzt brach in dem Präsentationsraum ein Tumult los. Pilot Pete sprang von seinem Sitz hoch und ging mit ausgestreckten Armen James an die Kehle. Aunt Agony schrie, sie wolle auf der Stelle ihre Post wiederhaben, und sie und Heartburn würden zum Gespött der Menschheit gemacht, weil sie ein Paar ausgesucht hatten, das nicht einmal verheiratet war. Sie rannte zur Bühne und begann mit ihren kleinen Fäusten auf Roscoe einzuschlagen.

Pilot Pete war allerdings eine echte Gefahr. Er hatte James niedergeschlagen, seine Finger um James' Kehle geschlossen und drückte ihm tatsächlich die Luft ab.

»Aufhören!«, schrie Bubbles ihn an. »Hör sofort damit auf!«

Regan und Danny versuchten beide, Pilot Pete von James wegzuzerren. Elsa sprang von der Bühne, um ihnen zu helfen. Dabei verrutschte ihre Perücke, und darunter kam ein kurzer, sehr modernen Haarschnitt zum Vorschein, der sie vollkommen verändert aussehen ließ.

Honey versuchte nach Kräften, Agony zu beruhigen, denn sie fürchtete, die Ärmste würde gleich einen Herzanfall bekommen. Der arme Heartburn saß immer noch auf seinem Platz, vollkommen gelähmt vor Schreck und kaum in der Lage, richtig zu atmen. Dieser Tag war wirklich zu viel für ihn gewesen.

»Pete, bist du verrückt geworden?«, kreischte Bubbles, als Regan und Danny den Mann von James weggezogen hatten, der jetzt auf dem Boden saß und seinen malträtierten Hals rieb.

»Ob ich verrückt geworden bin?«, schrie er mit hochrotem Kopf und pulsierenden Adern an den Schläfen. »Was ist denn mit dir? Mit dir und deinem Freund, der Drohbriefe an das andere Team schreibt? Hier!« Er zog einen Umschlag aus der Tasche. »Den hast du gestern verloren, du kannst ihn Sam ja jetzt geben.«

»Sam!«, wiederholte Danny ungläubig.

Der Angesprochene stellte die Kamera ab und flüchtete aus dem Gebäude.

Regan bemerkte, wie Jake jede Menge Fotos machte, während Kimberly eifrig mitschrieb. Die beiden müssen Reporter sein, dachte sie. Was für eine Überraschung.

»Bitte, beruhigen Sie sich!«, rief Roscoe. »Es sollte doch alles nur ein großer Spaß sein. Und schließlich werden Sie alle heute Abend im Fernsehen zu bewundern sein.«

»Sie sind ein Betrüger, Roscoe!«, rief Danny ihm wütend zu.

»Nein, das bin ich nicht. Ich wollte nur eine Reality-Show machen, die den Zuschauern wirklich im Gedächtnis bleibt. Ich dachte, vielleicht komme ich damit in eine der großen Talkshows.«

»Sie können Ihre Interviews im Gefängnis geben! Postdiebstahl ist absolut gesetzeswidrig. Und ich bin sicher, eine ganze Reihe ihrer so genannten Missgeschicke sind ebenfalls illegal«, fuhr Danny ihn an.

»Ich wollte lediglich ein bisschen *Verstehen Sie Spaß* in meiner Show, ein bisschen Grusel und ein bisschen Geheimnis. Und ich dachte mir, vielleicht ist sogar ein bisschen Spannung und Detektivspiel dabei, wie bei der Sache mit den Lippenpflegestiften. Ich wollte einfach nur ein bisschen so sein wie Merv Griffins. Er hat immer so großartige Shows gedreht ...«

»Merv Griffins hasst Reality-Shows, in denen Menschen lügen, betrügen und stehlen, um zu siegen«, informierte Regan Roscoe.

»Woher wissen Sie das denn?«

»Ich habe sein Buch gelesen, und das hätten Sie vielleicht auch tun sollen.«

»Holt die Polizei!«, rief irgendjemand.

Kimberly klappte ihr Handy auf. Sie spielte schon eine ganze Weile nicht mehr die Naive. »Ich habe eine Geschichte für die Titelseite. Haltet den Druck an!«

Erene sackte in ihrem Sessel zusammen. Kimberly war eine Reporterin! Das hatte Erene von Anfang an befürchtet, nachdem Roscoe ihr erzählt hatte, dass da ein junges Paar morgens auf seinem Ballon-Gelände aufgetaucht war. Sie hatte nämlich am Telefon gesagt: »Roscoe, wie schon gesagt, der Ballon wird morgen zur üblichen Zeit bereit sein.« Und nachdem sie bemerkt hatte, dass es nicht Roscoe war, mit dem sie sprach, hatte sie schon befürchtet, dass es ein Reporter gewesen war, der sie angerufen hatte. Nun, vielleicht könnte sie wenigstens eine gute Story daraus machen. Aber im Augenblick schrien hier mehrere Leute nach der Polizei. Erene lief zu Roscoe hinüber und flüsterte ihm etwas ins Ohr.

»Achtung!«, rief Roscoe. »Meine Vertrauensperson und Beraterin Erene hat mir soeben einen wunderbaren Vorschlag gemacht. Wenn Sie alle versprechen, mir zu verzeihen und keine Dummheiten zu machen – wie zum Beispiel Schadenersatzforderungen –, dann werde ich jedem von Ihnen hunderttausend Dollar zahlen, jedem, der an den Shows mitgearbeitet hat und sich nun

betrogen fühlt, als eine Art Schmerzensgeld. Ehrlich, ich wollte nur eine witzige Show ins Leben rufen, ich wollte nur, dass die Leute sich amüsieren ...«
Plötzlich herrschte Totenstille im Raum.
»Ich nehme das Angebot an«, rief Pilot Pete.
»Ich auch.« – »Ich auch!«
Und so ging es durch die Reihen.
Pete, Großmutter und ihr Verehrer, Noel, Neil, Aunt Agony, Uncle Heartburn, Vicky, Chip und Danny, alle nahmen das Angebot an.
»Ich auch!«, rief Bubbles.
»Du und Sam, ihr habt versucht, unsere Show zu sabotieren!«, klagte Danny sie an.
»Ach, wir haben doch nur ein paar Briefe geschrieben, mehr nicht. Im Übrigen hat Sam ja wohl großartig für dich gearbeitet, oder nicht?«
»Was war mit dem Öl auf dem Boden? Und mit der Plattform, die zusammengebrochen ist?«
»Die Sache mit der Plattform war von niemandem beabsichtigt«, gab Leo zu. »Sie war einfach baufällig, wir hätten sie schon längst entsorgen sollen.«
»Und das Öl hat tatsächlich Sam auf dem Boden verteilt. Aber er hat es wieder weggewischt!«, betonte Bubbles.
»Er hat bloß nicht sehr gründlich gearbeitet«, fiel Regan in den allgemeinen Redeschwall ein. »Ich bin nämlich ein paar Stunden nach Barney auch noch darauf ausgerutscht.«
Barney sprang auf. »Ich habe das Öl auf dem Boden gesehen, und da habe ich mir gedacht, jetzt lasse ich mich fallen. Der Sturz war nur gespielt.«
»Großartig, Barney!«, applaudierte Roscoe. »Ehrlich, ihr habt euch alle selbst übertroffen. Ich dachte nur, ihr würdet euch freuen, an einer Reality-Show mitzuwirken, die jede Menge Publicity bekommt. Vielleicht mache ich euch ja doch noch alle berühmt. Bloß die bei-

den Kids, Jake und Kimberly, die haben mich wirklich ausgetrickst. Ich dachte, sie seien wirklich frisch verheiratet, und jetzt, verflixt noch mal, stellt sich heraus, dass sie Reporter sind. Wir werden wohl alle nächste Woche einiges zu lesen bekommen.«

»Allerdings«, stellte Kimberly stolz fest. »Am Montag sind wir damit am Kiosk.«

»Es scheint also klar zu sein, dass alle Schauspieler und die anderen Mitarbeiter das Angebot annehmen«, sagte Danny zu Roscoe, jetzt wieder in ernstem Ton. »Aber Regan sollte die gleiche Summe bekommen.«

»Regan Reilly hat mir das Leben gerettet!«, rief Aunt Agony. »Wenn mir etwas passiert wäre, hätte Heartburn Sie auf hunderte Millionen Schadenersatz verklagt.«

Heartburn nickte heftig.

Regan wollte protestieren. »Danny ...«

»Regan Reilly bekommt ebenfalls hunderttausend Dollar«, verkündete Roscoe. »Und ich hoffe, Ihre Mutter wird sich bereit erklären, mit meiner lieben Kitty zum Mittagessen zu gehen. Kitty liebt nämlich ihre Bücher.«

»Aber mit Vergnügen!«, rief Nora.

»Nehmen Sie das Geld an, Regan?«, fragte Roscoe.

»Wenn Sie darauf bestehen ...«

»Ja, ich bestehe sogar ausdrücklich darauf. Gut, dann werden wir jetzt für ein paar Erfrischungen sorgen, und um acht Uhr werden wir uns gemeinsam meine Show ansehen, dann wird sie nämlich bei *Hot Air Cable* gesendet. Bis dahin haben wir noch eineinhalb Stunden Zeit. Und ich sage Ihnen, die Show ist wirklich ein Knaller. Ich bin sicher, Sie werden angenehm überrascht sein.«

Spontan brandete Beifall auf. Roscoe blickte sich begeistert um.

Regan fühlte ein Klopfen auf ihrer Schulter. Als sie sich umdrehte, stand Jack hinter ihr, und er sah besser aus als jemals zuvor.

»Du hast deinen Lidschatten ein bisschen verschmiert«, sagte er leise und berührte vorsichtig die Haut rund um ihr Auge.

»Ach, bei deinem Anblick wird selbst das kaputteste Auge wieder heil«, gab sie lachend zurück. »Du lieber Himmel, das war ein Tag!«

»Ich hab's schon gehört.«

»Ich wollte gerade los, um dich in Los Angeles zu treffen«, sagte sie leise.

»Als ich von deinem Abenteuer mit dem Ballon heute früh hörte, bin ich sofort losgeflogen. Ich wollte dich in die Finger kriegen, bevor noch etwas passiert.«

»Wie hast du davon erfahren?«

»Ich habe so meine Tricks. Kommst du einen Moment mit mir nach draußen?«

»Aber mit Vergnügen!«

Jack winkte Regans strahlenden Eltern ein schnelles Hallo zu und verließ dann mit Regan den Raum. »Wir sind gleich wieder da«, versprach er.

Draußen griff er nach Regans Hand und rannte mit ihr aufs offene Gelände hinaus. »Wir müssen uns beeilen, sonst ist es zu dunkel.«

»Wohin willst du?« In der Ferne konnte Regan den Ballon von *Balloon Channel* sehen, der gerade gefüllt und zu einer Fahrt vorbereitet wurde. »Jack!«

»Wir werden nicht lange weg sein.«

»Ich finde eigentlich, die Ballonfahrt heute früh deckt meinen Bedarf für einen Tag voll und ganz.«

»Diese Fahrt wird anders, das verspreche ich dir. Nur du und ich und der Pilot.«

Die Bodenmannschaft half ihnen in den Korb, und wenige Augenblicke später glitten sie schon davon. Der Pilot schien sehr beschäftigt und konzentrierte sich auf seine Aufgaben.

Der Himmel war ein wunderbarer Anblick, ein zartes

Blau mit roten, orangefarbenen und goldenen Streifen. Jack und Regan standen eng umschlungen da und blickten auf all die Schönheit um sie herum. Jack drehte sich zu Regan um. »Miss Reilly.«
»Ja, Mr Reilly.«
»Du lässt mich die Welt vergessen.«
Regan lächelte. »Das gilt auch umgekehrt.«
»Und deshalb dachte ich mir, dieser Platz, weit weg von der Welt, wäre der richtige, um dir eine ganz bestimmte Frage zu stellen.«
Regan wartete. Ihr Herzschlag hatte für einen Moment ausgesetzt.
»Regan, willst du mich heiraten?«
Die Tränen traten ihr in die Augen. »Ja. Ja, ich glaube, ich will dich heiraten.«
Jack griff in seine Jackentasche, zog einen funkelnden Diamantring heraus und steckte ihn ihr an den Finger. »Ich liebe dich, Regan Reilly. Ich will mein ganzes Leben in deiner Nähe verbringen.«
»Ich liebe dich auch.«
Und während der Ballon leise durch die Abendluft glitt, beugte sich Jack herunter und küsste sie.
Unten auf dem Startfeld standen Nora und Luke und blickten in den Himmel. Diesmal hatte Nora ein riesengroßes Lächeln im Gesicht. »Ich denke, jetzt ist er seine Frage endlich losgeworden«, sagte sie.
»Vielleicht könnten die beiden die Sache mit der Trauung schnell hier in Las Vegas hinter sich bringen«, schlug Luke trocken vor.
»Pass bloß auf!«, lachte Nora. »Regan und ich werden es so richtig ausgiebig genießen, diese Hochzeit vorzubereiten.«
»Na, dann wollen wir mal alle schön in Deckung gehen«, brummte Luke. »Wenn die beiden Mrs Reillys loslegen.«

69

Als Regan und Jack wieder den Saal betraten, hatten alle dort bereits ein Glas Champagner in der Hand. Nora und Luke kamen zu ihnen und reichten ihnen die Gläser.

»Wir sind so glücklich!« Nora küsste Regan und umarmte Jack.

»Solche Dinge sprechen sich offenbar schnell herum.«

»Jack hat deinen Vater heute früh auf dem Handy angerufen und um deine Hand angehalten«, erzählte Nora.

»Heute früh?«

»Gleich nachdem wir das Festivalgelände in Albuquerque verlassen hatten. Wir haben ihm berichtet, was geschehen war.«

»Na, was für ein Timing«, lachte Regan.

»Da habe ich beschlossen, direkt nach Las Vegas zu kommen«, erklärte Jack und hielt Regan noch ein wenig fester im Arm. »Bevor du mir noch irgendwie verloren gehst.«

Roscoe sprang auf die Bühne. »Wir trinken auf Regan und Jake Reilly.«

»Jack Reilly!«, rief Regan.

»Ja, richtig, Jack. Jake ist der elende Kerl von der Presse.« Roscoe erhob sein Glas. »Auf Regan und Jack Reilly und viele glückliche Jahre.«

»Auf Regan und Jack!«, wiederholten die anderen.

»Noch zwei Minuten bis zur Sendung. Bitte alles auf die Plätze«, befahl Roscoe dann.

Danny und Honey eilten auf Regan und Jack zu. Sie sahen so aus, als wären sie wieder ein Paar. Danny hatte die Hand auf Honeys Rücken gelegt, und sie lächelte von einem Ohr zum anderen. Beide gratulierten Regan überschwänglich.

Als Danny Jack die Hand schüttelte, wandte sich Honey an Regan. »Danke, Regan«, flüsterte sie.

»Wofür?«

»Ich denke, das wissen Sie ganz genau.«

Regan lächelte. »Ich hoffe, Sie und Danny kommen zu unserer Hochzeit.«

»O ja, gern!«

»Alles hinsetzen!«, rief Roscoe aufgeregt.

Die zwei Paare nahmen in der ersten Reihe Platz. Luke und Nora saßen mit Maddy und Shep in der Reihe hinter ihnen. Maddy freundete sich offenbar allmählich mit dem Gedanken an Honey an. Die Aktion mit dem Frisör und der Visagistin hatte wirklich viel für die Qualität von Dannys Show getan, und die fürsorgliche Art, wie Honey sich um Aunt Agony gekümmert hatte, ließ vermuten, dass sie vielleicht doch keine so schlechte Schwiegertochter abgeben würde. Und nachdem Regan Reilly nun definitiv aus dem Rennen war, entschloss sich Maddy, lieber ein bisschen nett zu Honey zu sein. Es war ja offensichtlich, dass Danny sie sehr gern hatte.

Die Lichter gingen langsam aus, und alle warteten in atemlosem Schweigen. Die Leinwand wurde hell, und nun sah man Roscoes lächelndes Gesicht. »Willkommen zu *Roscoe's Reality-Show,* in der nichts so ist, wie es zunächst aussieht.«

So viel ist sicher, murmelte Regan.

Während der nächsten dreiviertel Stunde sahen sie zu, wie die zwei Gruppen mit der Produktion ihrer Shows zu kämpfen hatten. Elsa gewann nicht wirklich an dem Spielautomaten. »James« hatte tatsächlich eine Reihe von Comedy-Preisen gewonnen und sagte, die Rolle eines schlechten Schauspielers sei viel schwieriger, als er erwartet hätte. Elsa hatte schon viele schlimme Frauen auf britischen Bühnen gespielt. Und zum ersten Mal in seinem Leben hatte Barney das Weinen benutzt, um eine Rolle zu charakterisieren.

Wenn Suzette wüsste, dass das alles nur gespielt war, dachte Regan, dann hätte sie uns vermutlich allesamt aus dem Ballon geschubst. Jetzt sitzt sie wohl in einer Gefängniszelle in Albuquerque und wartet darauf, dass die Lichter ausgehen.

Roscoes Show war tatsächlich witzig und klug gemacht. Die Szenen, in denen Bubbles beinahe die Geduld mit James verlor, waren unbezahlbar. Elsa, die im Ringkampf mit der anderen Frau auf dem Boden herumrollte, brachte alle zum Lachen. Und Regan kicherte sogar über die Szene, in der sie zusammen mit Barney frühstückte. Ihr Gesichtsausdruck war zum Totlachen.

Als die Lichter wieder angingen und alle applaudierten, stand Roscoe auf. »Eins noch – wir haben beschlossen, dass *Balloon Channel* Sie alle braucht. Also, Danny und Bubbles, ich biete Ihnen an, Ihre Shows weiter zu produzieren. Kommen Sie doch bitte morgen um neun Uhr in mein Büro, damit wir die Verträge unterzeichnen können.«

Pilot Pete sprang vor Begeisterung in die Luft. »Der Fluch ist aufgehoben!«, rief er. »Ich spiele in einer Pilotsendung mit, die es schafft, ausgestrahlt zu werden, wenn auch nur bei einem kleinen Sender.«

James stand auf. »Mich werden Sie leider ersetzen müssen.«

Pete schlug ihm auf den Rücken. »Das ist schon in Ordnung, Sir Linsley. Vielleicht können Sie ja mal eine Gastrolle spielen, wenn Sie in der Nähe sind.«

»Großartige Idee.«

Danny strahlte übers ganze Gesicht, und seine Eltern

taten es ihm gleich. Sie waren restlos begeistert, dass ihr Sohn endlich ein festes Engagement hatte.
»Wir werden ständig im Fernsehen zu sehen sein«, erklärte Aunt Agony hocherfreut.
»Ihr seht alle so viel glücklicher aus als vorhin, als ich euch die Hunderttausend anbot«, neckte Roscoe sie. »Heißt das, ich muss jetzt doch nichts bezahlen?«
»Nein!«, schrien sie alle und lachten. »Her mit dem Geld!«
Roscoe lachte und winkte ihnen zu. Er genoss diesen Abend in vollen Zügen. Vielleicht würde er mit seinem Fernsehsender ja doch noch berühmt. »Ich bin so glücklich, mit euch allen zusammenzuarbeiten«, sagte er. »Regan«, er blickte auf sie hinunter, wie sie in der ersten Reihe saß. »Könnten wir Sie und Jack nicht überreden, bei uns zu bleiben?«
Regan schüttelte lächelnd den Kopf. »Vielen Dank für das freundliche Angebot, aber ich fürchte, wir haben schon andere Pläne.«

Danksagungen

Auf in die Lüfte! Ich möchte gern einigen Menschen danken, die mir während der Entstehung dieses Buches auf die eine oder andere Weise geholfen haben, vom ersten Entwurf bis zum endgültigen Start.

Als Erste ist da meine Lektorin Roz Lippel zu nennen, die mir stets mit wunderbaren Vorschlägen, Rat und Hilfe zur Seite steht.

Ein Dankeschön auch an ihre Assistentin Laura Petermann.

Lob und Preis gehen an Michael Korda und Chuck Adams für ihre Kommentare und alle Ermutigungen.

Dank gebührt auch meinem Agenten Sam Pinkus und Lisl Cade für ihre ständige Begleitung, dem Art Director John Fulbrook und dem Leiter der Herstellung, Gypsy da Silva.

Und natürlich dem Fotografen Herman Estevez.

Die erfahrene Ballonfahrerin Ruth Lind hat mich einen tiefen Blick in die Welt der Heißluftballons werfen lassen – dafür meinen herzlichen Dank!

Und ich bin auch Tom Rutherford dankbar verbunden, der mir auf dem Ballonfestival in Albuquerque so sehr geholfen hat.

James Hamilton alias »Chicken Jack« hat sich die Zeit genommen, von seiner Imus Ranch für krebskranke Kinder zu kommen und mich auf dem Festival herumzuführen.

Und John Kugler hat mich in seinem Ballon mitgenommen. Danke dafür – die Landung hat besonders viel Spaß gemacht!

Schließlich bleibt mir noch, meiner Familie und meinen Freunden zu danken, vor allem meiner Mutter Mary Higgins Clark und meinem Stiefvater John Conheeney, die mir immer wieder Mut machen.

Ihr seid alle großartig!